惲敬集

〔清〕惲敬 著
萬陸 謝珊珊 林振岳 標校
林振岳 集評

下

上海古籍出版社

大雲山房文稿二集

大雲山房文稿二集自序

右《大雲山房文稿》二集四卷目録，凡雜文九十六篇。嘉慶二十年八月，長洲宋揚光吉甫刻於廣州西湖街，爲日若干而竣。二十一年自贛往歙，武進董士錫晉卿復爲排次，增定十篇，叙録曰：「昔者，班孟堅因劉子政父子《七略》爲《藝文志》，序六藝爲九種，聖人之經，永世尊尚焉。其諸子則别爲十家，論可觀者九家，以爲雖有蔽短，合其要歸，亦六經之支與流裔。」至哉此言，論古之圭臬也。

敬嘗通會其説。儒家體備於《禮》及《論語》、《孝經》，墨家變而離其宗，道家、陰陽家支駢於《易》，法家、名家疏源於《春秋》，從横家、雜家、小説家適用於《詩》、《書》。孟堅所謂《詩》以正言，《書》以廣聽也。惟《詩》之流復别爲詩賦家，而《樂》寓焉。農家、兵家、術數家、方技家，聖人未嘗專語之，然其體亦六藝之所孕也。是故六藝要其中，百家明其際會；六藝舉其大，百家盡其條流。其失者，孟堅已次第言之。而其得者，窮高極深，析事剖理，各有所屬。故曰：修六藝之文，觀九家之言，可以通萬方之略。後世百家微而文集行，文集敝而經義起，經義散而文集益濟。學者少壯至老，貧賤至貴，漸漬於聖賢之精微，闡明於儒先之疏證，而文集反日替者，何哉？蓋附會六藝，屏絶百家，耳目之用不發，事物之賾不統，故性情之德不能用也。敬觀之前世，賈生自名家、從横家入，故其言浩汗而斷制；晁錯自法家、兵家入，故其言峭實；董仲舒、劉子政自儒家、道家、陰陽家入，故其言和而多端；韓退之自儒家、法家、名家入，故其言峻而能達；曾子固、蘇子由自儒家、雜家入，故其言温而定；柳子厚、歐陽永叔自儒家、雜家、詞賦家入，故其言詳雅有度；杜牧之、蘇明允自兵家、從横家入，故其言縱厲；蘇子瞻自從横家、道家、小説家入，故其言逍遥而震動。至若黄初、甘露之間，子桓、子建氣體高朗，叔夜、嗣宗情識精微，始以輕儁爲適意，時俗爲自然，風格相仍，漸成軌範，於是文集與百家判爲二途。熙寧、寶慶之會，時師破壞經説，其失也鑿；陋儒襞積經文，其失也膚；後進之士，竊聖人遺説，規而畫之，睇而斫之，於是經義與文集并爲一物。太白、樂天、夢得諸人，自曹魏發情；静修、幼清、正學諸人，自趙宋得理。遞趨遞下，卑冗日積。是故百家之敝，當折之以六藝；文集之衰，當起之以百家。其高下、遠近、華質，是又在乎人之所性焉，不可强也已。敬一人之見，恐違大雅，惟天下好學深思之君子教正之。

嘉慶十七年正月至南昌，三月往瑞金，八月復至南昌，十二月至吴城，得文七首：《〈朱贇府殉節録〉書後》、《記蘇州本〈淳化帖〉》、《上舉主陳笠帆先生書》、《重刻〈脈經〉序》、《重修松竇庵記》、《重修松竇庵後記》、《萬孺人祔葬墓志銘》。

十八年在吴城，十二月至南昌，得文三十一首：《讀〈大學〉一》、《讀〈大學〉二》、《讀〈孟子〉一》、《讀〈孟子〉二》、《〈戒旦圖〉序》、《〈姚江學案〉書後一》、《〈姚江學案〉書後二》、《〈崇仁學案〉書後》、《〈靖節集〉書後一》、《〈靖節集〉書後二》、《〈靖節集〉書後三》、《〈李氏三忠事迹考證〔一〕〉書後》、《〈維摩詰經〉書後》、《〈壇經〉書後一》、《〈壇經〉書後二》、《上董蔗林中堂書》、《上舉主陳笠帆先生書》、《答伊揚州書》、《答伊揚州書二》、《答張翰豐書》、《答趙青州書》、《吴城令公廟記》、《遊廬山記》、《遊廬山後記》、《子惠府君逸事》、《前翰林院編修洪君遺事述》、《前濟南府知府候補郎中徐君〔二〕遺事述》、《吴城萬壽宫銘》、《刑部尚書金公墓志銘》、《孫九成墓志銘》、《林太孺人墓志銘》。

十九年在南昌，得文二十一首：《説仙上》、《説仙中》、《説仙下》、《〈得姓述〉附説》、《〈楞伽經〉續書後》、《張子實臨徐俟齋手札跋》、《答伊揚州書三》、《答伊揚州書四》、《與宋于廷書》、《答鄧鹿耕書》、《答鄧鹿耕書二》、《〈誦芬録〉序》、《〈十二章圖説〉序》、《〈古今首服圖説〉序》、《〈艮泉圖詠〉記》、《楊中立戰功略》、《前光禄卿伊公祠堂碑銘》、《漢中府知府護漢興道鄧公墓志銘》、《國子監生錢君墓志銘》、《莊經饒墓志銘》、《卜孺人墓志銘》。

二十年在南昌，六月至廣州，得文三十六首：《〈春秋〉説上》、《〈春秋〉説下》、《釋舜》、《釋苃》、《釋鳲鳩》、《釋蟪蛄》、《大過説》、《小過説》、《困説》、《明夷説一》、《明夷説二》、《碧玉説》、《〈卓忠毅公集〔三〕〉書後》、《〈文衡山詩稿〉跋》〔四〕、《〈黄石齋先生〔五〕手札〉跋》、《〈堅白石齋詩集〉序》、《〈香石詩鈔〉序》、《〈聽雲樓詩鈔〉序》、《瑞安董氏祠堂記》、《陳白沙先生祠堂記》、《望山亭記》、《舟經丹霞山記》、《遊六榕寺記》、《同遊海幢寺記》、《遊羅浮山記》、《分霞嶺記》、《茶山記》、《酥醪觀記》、《光孝寺碑銘》、《潮州韓文公廟碑文》、《資政大夫葉公祠堂碑銘》、《贈光禄大夫陳公神道碑銘》、《新城鍾溪陳氏房次科第階職記》、《黄太孺人墓表》、《南儀所監掣同知署揚州府知府護兩淮鹽運使李公墓闕銘》、《浙江提督李公墓闕銘》。

二十一年二月至贛州，六月至歙，得文十首：《〈相鼠〉説》、《〈東門之枌〉説》、《〈北山〉説》、《散季敦説》、《〈得姓述〉附説二》、《〈醴泉銘〉跋》佚、《〈説文解字諧聲譜〉序》、《遊通天巖記》、《朝議大夫董君華表銘》、《翰林院庶吉士金君華表銘》。

【校記】

〔一〕「考證」，二字原無，據正文篇名補。

〔二〕「徐君」，二字原無，同治八年本同。據嘉慶二十年本、同治二年本、光緒十四年本及正文篇名補。

〔三〕「卓忠毅公集」，正文篇名作「卓忠毅公遺稿」。

〔四〕「文衡山詩稿跋」，正文篇名作「文衡山先生詩册跋」。

〔五〕「先生」，原闕，據書前目録補。

卷一

春秋説上

記曰：「比事屬辭，《春秋》之教也。」鄒氏、夾氏其爲説不可知矣，左氏、公羊、穀梁三傳皆於屬辭窺聖人之意。所謂比事者，舉其略焉。漢、唐儒者仍之，至宋則比事之説漸廣，然取其一而遺其二三，取其二三而遺其十百，故聖人之意未能觀其備以折衷之。本朝儒者乃條《春秋》之文十百系焉，於是聖人之意可以事推，可以文合。敬以其法讀《春秋》，推之合之，得數條，列之如左：

「桓十一年夏五月癸未，鄭伯寤生卒。秋七月，葬鄭莊公。九月，宋人執祭仲。突歸於鄭。鄭忽出奔衛。」「十二年十有一月，公會鄭伯，盟於武父。」「十四年春正月，公會鄭伯於曹。」「十五年五月，鄭伯突出奔蔡。鄭世子忽復歸於鄭。秋九月，鄭伯突入於櫟。」「莊四年夏，齊侯、陳侯、鄭伯遇於垂。」「十四年冬，單伯會齊侯、宋公、陳侯〔一〕、衛侯、鄭伯於鄄。」「十六年[二]春，齊侯、宋公、陳侯、衛侯、鄭伯、許男、滑伯、滕子同盟於幽。」「二十一年[三]夏五月辛酉，鄭伯突卒。冬十有二月，葬鄭厲公。」

《春秋》所書鄭事如此。中間桓七年高渠彌弑忽，立子亹，十八年齊殺子亹，立子儀，皆不書。莊十四年鄭殺子儀，納突，亦不書。若是者何哉？蓋寤生之爲惡也非一日矣，至繻葛之戰拒敗王師，人人之所得誅也。其時，天王既無再舉之師，諸侯亦無勤王之議，此非惟齊、宋、魯東大諸侯皆與寤生交也，蓋出於祭仲之謀焉。既戰之後，即使勞王。勞王者，有以賄王也；問左右者，有以賄左右也。古者謂遺曰問，王不可言問，故言勞也。以伐鄭始，以賄終，賄王事未必濟，賄左右則事必濟。於是寤生之罪可以不討，寤生之國可以不夷，而寤生之爵可以不削矣，故卒葬如諸侯之書。

雖然，突之書名，忽之書名，何也？其時，寤生不能有所達於王，且以爲不必達焉，是故忽之爲世子未嘗命於王之朝，突之爲公子亦未嘗達名於王之朝。鄭突書「突」，忽書「鄭忽」而已。雖然，突書「鄭伯」何也？其時，忽在位三月，未及請命可知；突以争國歸，其速請命亦可知。盟武父、會曹必已命也。書曰「鄭伯」，書曰「鄭伯突」，尊王命也。

雖然，忽之書「鄭世子」何也？其時，忽在衛，突已受命爲君，忽之告周也，必以嫡正居長爭國而自引爲世子。周之報之也，既不能奪突之爵以與忽，又不能抑忽之長以從突，亦必以嫡正居長稱之爲世子。文告之往來，傳之於天下，藏之於諸侯，三年於茲矣。於其歸也，書之曰「鄭世子」，亦尊王命也。

夫如是，則鄭之受命於王爲鄭之君者，突一人而已，忽不得而干之，子亹、子儀豈得而干之哉？夫突出奔者也，出奔則絶爲君。突入櫟者也，櫟亦鄭也，入櫟則不絶爲君。是故突不絶爲君，彼忽與子亹、子儀之居〔四〕鄭者，王不得而命之矣，國無二君之義也。是故三人之立與弒皆不書，亦尊王命也。至遇於垂之鄭伯，先儒以爲子儀，豈有是哉！觀與齊、陳睦，則亦突而已。

今夫痞生之大逆，其子孫皆宜誅者也。乃既赦其身，復扶樹其子孫，且舍長立幼，以亂其國，周之政刑可謂傎矣。然而失政刑者，天下之共主也，天下不得不奉其所失之政刑。失政刑因以失名號者，共主之朝典也，史官不得不書其名號。一以見權必統於一，而不可妄干；一以見名必從其正，而不可旁假；一以見事必傳其實，而不可曲没。

且由是推之，以瘖生及忽與突之敗常亂俗如是，而必乞靈於天子之名號以令其衆，則主名號者不可輕以瘖生及忽與突之乘强肆悍如是，而終不能藉天子之名號以蓋其惡，則受名號者不可恃。夫如是，則朱子門人所列不書姓、不書官、不書爵以爲誅絶之例者，豈聖人之意哉？

「定十四年秋，衛世子蒯聵出奔宋。」「哀二年夏四月丙子，衛侯元卒。晉趙鞅帥師納衛世子於戚。冬十月，葬衛靈公。」「十二年秋，公會衛侯宋皇瑗於鄖。」續經：「十六年，衛世子蒯聵自戚入於衛。衛侯輒來奔。」觀於續經，知經書「會衛侯」亦輒也。其書「衛世子」、「衛侯」，皆王命也。蒯聵命於出奔之前，輒命於既立之後也，此之謂慎名。

【校記】

〔一〕「陳侯」，各校本同。案：《春秋經傳集解》（《四部叢刊》景印宋刊本）無此二字，當删。

〔二〕「十六年」，原作「十五年」，據《春秋經傳集解》改。

〔三〕「二十一年」，原作「三十一年」，據《春秋經傳集解》改。

〔四〕「居」，原作「君」，同治八年本同，嘉慶二十年本、同治二年本、光緒十四年本作「居」，今據改。

春秋説下

「桓三年九月，夫人姜氏至自齊。」「十八年春王正月，公會齊侯於濼，公與夫人姜氏遂如齊。夏四月丙子，公薨於齊。丁酉，公之喪至自齊。冬十有二月己丑，葬我君桓公。」「莊元年三月，夫人孫於齊。」不書姜氏，蒙上之辭也。夫人享齊侯，一如齊師，一會齊侯，三皆書姜氏，知此文不書非貶也。書於葬後者，已至魯而復孫也。先儒以爲留齊未歸則宜書於喪至之前矣。不書，復絶之也。

「莊二十四年八月丁丑，夫人姜氏入。」「閔二年秋八月辛丑，公薨。九月，夫人姜氏孫於邾。公子慶父出奔莒。」「僖元年秋七月，夫人姜氏薨於夷，齊人以歸。十有二月，夫人氏之喪至自齊。」「二年夏五月，葬我小君哀姜。」喪至不書姜者，齊桓公討之，絶其屬籍，故不得稱姜，由齊之辭也。葬書姜者，魯人請之，由魯之辭也。

夫文姜、哀姜之惡至矣，爲薨、爲孫、爲享、爲如、爲會、爲奔莒，連類書之，而其事瞭然可推，豈在書姜不書姜、書氏不書氏哉？雖然，自三《傳》言之，文姜、哀姜之淫、之弑可擢髮而數之也；不自三《傳》言之，則《春秋》所書曰「薨」、曰「孫」而已，文姜、哀姜之淫，之弑不可擢髮而數之也。聖人之經，欲以傳信於後世而爲不盡之辭，曰可推而知，則推而得者有之，推而失者亦有之；推之而得其全者有之，推之而得其半者亦有之矣。聖人之經夫豈若是？蓋古者史官之掌，凡朝廷記載之詳，與國文告之繁，王朝典章之備，皆萃於史官。如三《傳》所言，其時故府之牘必且有十倍之數。十倍之者，韓宣子見《易象》與《春秋》曰「《周禮》盡在魯」是也。然或以年積而放失，或以事雜而舛錯，是非乖違，名實紊亂，皆由於此。《春秋》其綱也。聖人取其有關於治亂者筆之，無當於褒貶者削之，由是魯史之放失者可求，魯史之舛錯者可正。討論之於前，垂著之於後，而是非大明，名實大著，故曰「《春秋》成而亂臣賊子懼」，曰「知我者其惟《春秋》乎？罪我者其惟《春秋》乎」？先儒乃求之瑣屑之間，隘矣。是故《春秋》者，魯史之會要也；魯史者，《春秋》之實録也。魯史存，而三《傳》作；三《傳》成，而魯史亡。其不亡者，附于三《傳》，後世讀而知之；其亡者，不附于三《傳》，當時讀而知之。聖人豈爲不盡之辭哉，抑更有可證之於經者？

「僖七年〔一〕，鄭殺其大夫申侯。」「十年，晉殺其大夫里克。」「十一年，晉殺其大夫丕鄭父。」「二十八年，楚殺其大夫得臣。」「三十年，衛殺其大夫元咺。」「文六年，晉殺其大夫陽處父。」「九年，晉人殺其大夫先都。晉人殺其大夫士縠及箕鄭父。」「十年，楚殺其大夫宜申。」「宣九年，陳殺其大夫洩冶。」「十三年，晉殺其大夫先縠。」「十四年，衛殺其大夫孔達。」「成八年，晉殺其大夫趙同、趙括。」「十七年，晉殺其大夫郤錡、郤犫、郤至。」「十八年，晉殺其大夫胥童。齊殺其大夫國佐。」「襄二年，楚殺其大夫公子申。」「五年，楚殺其大夫公子壬夫。」「十九年，齊殺其大夫高厚。鄭殺其大夫公子嘉。」「二十年，蔡〔二〕殺其大夫公子燮。」「二十二年，楚殺其大夫公子追舒。」「二十三年，陳殺其大夫慶虎及慶寅。」「二十七年，衛殺其大夫寧喜。」「昭二年，鄭殺其大夫公孫黑。」「五年，楚殺其大夫屈申。」「十二年，楚殺其大夫成熊。」「二十七年，楚殺其大夫郤宛。」「哀二年，蔡殺其大夫公子駟。」夫殺大夫書國、書官、書氏、書公子公孫、書名、書字，其正也，有罪無罪皆然，美惡不嫌同辭也。魯史詳之則美惡見矣。或書名，或書字，從文告之辭。名從主人，如後世以字行也。

「成十五年，宋殺其大夫山。」不書氏者，山殺魚石，亡宋無蕩族也。「襄二十三年〔三〕，晉人殺欒盈。」出亡，非大夫也。「莊二十二年〔四〕，陳人殺其公子禦寇。」「昭十四年，莒殺其公子意恢。」不爲大夫也。皆顯然者也。

莊二十六年書「曹殺其大夫」，僖二十五年書「宋殺其大夫」，文七年書「宋殺其大夫」，何哉？其必非闕文可知也。先儒以爲殺無罪，故不名。於是洩冶、郤宛皆文致之。是《春秋》之書，周内之書也，其可歟？蓋無君命也。君名其臣，臣不得名其大夫。陽處父、先都、箕鄭父、胥童之殺，必假君命以赴也。慶虎、慶寅，君討始殺之也。

文八年書「宋殺其大夫司馬，宋司城來奔」，何哉？其必非闕文可知也。書司馬者，死司馬之節也；書司城者，致司城之節也。其不名，亦無君命也。

是數條者，比魯史讀之，則所殺、所奔之人見；不比魯史讀之，則所殺、所奔之人不見。聖人豈爲不盡之辭哉？而惜乎三《傳》所紀，或無傳或有傳而妄設例焉。是故古之《春秋》無待於三《傳》而自明，今之《春秋》有待於三《傳》而反晦，知此者可以讀《春秋》。

【校記】

〔一〕「七年」，原作「六年」。據《春秋經傳集解》改。

〔二〕「蔡」，原作「楚」。據《春秋經傳集解》改。

〔三〕「襄二十三年」，原作「襄二十年」。沈校：「按殺欒盈在襄公二十三年，此文『十』字下當脱一『三』字。」今據補。

〔四〕「莊二十二年」，原作「莊二十年」。光緒十四年本校補「二」字，合於《春秋》經文，今據補。

讀大學一

自陽明先生極推古本《大學》，天下學者翕然從之。先生有功于遺經矣。而其釋「格物」也，曰「去欲如宗門所謂不著一物而已」；其釋「致知」也，曰「良知如宗門所謂自性起念而已」。聖人之學夫豈若是哉？今之學者多不從其説。聰明之士，千枝萬條，互相剖辨，而言「格物致知」也，大旨皆以朱子之言爲宗。雖然，朱子以爲有闕文而補之，此則未厭後人之意者也。

夫《大學》之條理燦然者也，曰誠意，曰正心修身，曰修身齊家，曰齊家治國，曰治國平天下。皆一一釋之，而「格物致知」獨無所釋者，何哉？蓋「致知」者不可釋者也。夫所謂「物」者何哉？天下、國家、身、心、意是也。所謂「格物」者何哉？天下、國家、身、心、意之理之至是也。知者，知此也；致知者，致此知也。而何以知？何以致？《大學》無一辭焉，即要之曰「此謂知本，此謂知之至也」，何哉？蓋知者，至廣極大，析精剖微，不可端倪者也。所入之途千百焉，所出之途亦千百焉，大小相乘，緩急相引，若以繩尺加之，必有閉焉窒焉者矣，必有强智以愚、强愚以智而不相及者矣。是故致知者，任人之用力而已。其所以用力者，雖聖人不能與乎人也。是故「致知」者，不可釋者也。「致知」不可釋，而「格物」必舉其事焉。是以《大學》反覆天下、國家、身、心、意相因之實，相待之要，而一以知本要其至。於是，天下之人之知皆涣然怡然于聖人之途軌，而智者不至于歧，愚者不至于罔，高者不至于磒虚，卑者不至于闋實矣。蓋聖人之于「致知」也，不如儒者之與之梏，亦不如異端之决其埒。

讀大學二

夫「知」之體何如哉？人之心，五性主之，曰仁、曰義、曰禮、曰智、曰信；七情發之，曰喜、曰怒、曰哀、曰懼、曰愛、曰惡、曰欲。而輔其情之發以行乎性者有二焉，曰知、曰能。能者，所以實其知者也。情未發之時其知先耀，情既息之後其知尚渟，而能皆退聽焉。是故「知」者，周乎内外始終者也。異端見之，即以之爲心。聖人者，「知」爲心之一端而已。而其用足以舉心之内外始終，故以「致知」爲入聖之本。

夫「知」之用何如哉？《咸》之九四〔一〕曰：「憧憧往來，朋從爾思。」往來者，思慮之道也；憧憧往來者，非思慮之道也。孔子釋之曰：「天下何思何慮，天下同歸而殊途，一致而百慮。」天下何思何慮，知乎此則非思慮之道息矣。復釋之曰：「日往則月來，月往則日來，日月相推而明生焉。寒往則暑來，暑往則寒來，寒暑相推而歲成焉。往者屈也，來者信也，屈信相感而利生焉。」知乎此，則思慮之道行矣，義止矣，無以復加矣。

然而孔子繼之曰：「尺蠖之屈，以求信也。龍蛇之蟄，以存身也。精義入神，以致用也。利用安身，以崇德也。」若是者何如哉？蓋屈伸之道，有有心者焉，尺蠖是矣。君子之精義入神如之，心至則氣動，其知以力進也。有無心者焉，龍蛇是矣。君子之利用安身如之，氣息則用神，其知不以力進也。於是孔子又繼之曰：「過此以往，未之或知也。窮神知化，德之盛也。」若是者何如哉？蓋以力進之知與不以力進之知，顯與晦交焉，動與静守焉。其積之久也，不推所以神而能窮神，不求所以化而能知化，此非力之所能致也，乃德之盛而已。窮神知化，即精義入神之至也。德之盛，即利用安身之至也。此知之用之極也。

夫有心而知進，朱子致知之言已不能盡矣，況無心而知亦進，又豈言語之所能盡哉？故曰：致知者，不可釋者也。知乎此，則《大學》如《中庸》，一以「慎獨」爲始事，而「誠意」又推本「致知」，其次第均無可疑焉。

【校記】

〔一〕「九四」，原作「九三」。案：此文在《周易》「咸」之九四（《四部叢刊》景宋本），今據改。

讀孟子一

真西山先生因《史記》言「孟子受業子思之門人」，遂以七篇之言一一比之《中庸》，此宋儒之勤也。雖然，聖賢之學有所自則可矣，若一一比之，不爲後世附託而無實者開一徑歟？

敬觀《中庸》，求端於天命，其終篇所言皆性、道、教也。至末章始要之曰：「『上天之載，無聲無臭。』至矣。」子思此言，蓋聖人之至極。天地以合，萬物以成，與異端所言本不同，然至此則性、道、教無可言而歸之命，命無可言而歸之天，天無可言而歸之無聲無臭矣。使後人復附益之，何怪異端之揚其波，而他流煽其焰而旁燭哉？《孟子》七篇未嘗一言及之者，蓋不敢導其波之竇，而投其焰之薪也。此孟子善學子思，而正人心、息邪説、距詖行、放淫辭之本，故曰功不在禹下。

讀孟子二

孔子之教，曰「博文」，曰「約禮」，曰「博學之，審問之，慎思之，明辨之，篤行之」。上智如顏子，下愚如哀公，教之未有以異也。然皆入道之門徑而已，非以爲即道也，故復要之曰「下學而上達」，若是則於道豈有不至者邪？孟子之教，曰「學問之道無他，求其放心而已矣」，曰「無爲其所不爲，無欲其所不欲，如此而已矣」，曰「人之所不學而能者，其良能也；所不慮而知者，其良知也。孩提之童，無不知愛其親也；及其長也，無不知敬其兄也。親親，仁也；敬長，義也。無他，達之天下也」。

敬少嘗疑焉。陸子耳自聰、目自明之言，不有相若者乎？陽明先生求諸心、不求諸事物之言，不有相若者乎？孟子，學孔子者也。而孔子之教如彼，孟子之教如此，是首變孔子醇篤謹愼之尺度以趨簡易，使後儒之異説得託之皆由於孟子，而其末流之弊將有不勝究者也。既而思之，孟子言求放心，先之曰「仁，人心也；義，人路也」。言無爲不爲，無欲不欲，輔之曰「人能充無欲害人之心，而仁不可勝用也；人能充無穿窬之心，而義不可勝用也」。孟子皆以仁義言之，言「良知」、「良能」亦然，則言實矣，豈如後儒之無畔岸哉？且時至戰國，人益夸誕巧强，不可控抑，其視孔子「博文」、「約禮」之教，必以爲卑陋迂小而不爲，故孟子就其心之所達可以導之於聖賢者而示之，使之心明意豁，翻然有以自悔，然後可以反循孔子之教，非謂爲學之道可不從「博文」、「約禮」入也。故曰「博學而詳説之，將以反説約也」。明儒謂陸子及陽明先生之學出於孟子，而盡力附會之，亦蔽之甚者已。

説仙一

龍以肉飛，信之乎？曰信之。禽以翼飛，魚以鬣飛，信之乎？曰信之。若是，則仙之冲舉何不信之與有？龍大函天地，細若蠶蠋，信之乎？曰信之。布穀爲鷂，鷂復爲布穀，雉爲蜃，爵爲蛤，蝮育爲蟬，竹爲蛇，信之乎？曰信之。若是，則仙之幻化何不信之與有？有朝夕爲壽夭者，蜉蝣是也；有三十日爲壽夭者，蟬是也；有三年爲壽夭者，爵是也；有三十年爲壽夭者，馬是也；有百二十年爲壽夭者，人是也；有千百年爲壽夭者，虎象是也。信之乎？曰信之。若是，則仙之長生何不信之與有？

管子曰：「人，水也。」夫水之行皆火也，水火相守而物生焉。水之需爲肉，其堅爲骨，而火運焉。火之明爲知，其炎爲運動，而水養焉。

物之生也，氣與形二者而已矣。形九而氣一者，爲土石；形七而氣三者，爲草木；形五而氣五者，爲人與獸。形氣等，故能行。形四而氣六者爲魚，形三而氣七者爲禽，氣勝形，故能飛。形一而氣九者爲龍，故能藏，能見，能高，能下。夫仙，純氣也，故列子御風而行。氣能化形，故噓爲風雨，畫爲江河。氣能固形，故高爲星辰，堅爲金石。然必有不附形而立者而氣始純，其諸爲至人、真人、化人之極歟！

説仙二

夫不附形而立者，其始皆附於形者也。今夫火，滅燎而滅之，火之形亡矣，而熱不亡，蓋久之久之而或息焉。今夫水，隙地而灌之，水之形亡矣，而濕不亡，蓋久之久之而或息焉。火與水其形也，熱與濕其氣也。今夫人，其形渺然者也，而其氣則薄萬物焉，横古今焉，通物我貫幽明焉，何也？百夫之長，其氣旺於百夫，合百夫之氣也。千乘之相，其氣旺於千乘，合千乘之氣也。觀鬭獸者其氣充，觀舞禽者其氣豫，靈蠢不能閡也。癰可潰之以樹，疾可洩之以草，動植不能間也。祭祀而享吐焉，卜筮而從違焉，微顯不能隔也。若是，則合之於天地，充之於古今，豈以大小遠近爲疆域哉？

若是，則不附形而立者何哉？與天地準則與天地闔闢，與古今齊則與古今流行而已矣。是故理大物博，莫不尊親，此其上也；一行之極，通於神明，此其次也；形蜕矣，其氣皆不息者也，又其次。則行有大小，而氣亦有遠近焉。形蜕矣，其氣或百年而息，或數百年而息，或數千年而息者也。方士之術，氣未充則積之，氣未永則守之，其形不可委也。於是芝菌導引行焉。充矣，永矣，夫然後可委而去之，其氣亦或百年而息，或數百年而息，或數千年而息者也，所謂劫也。夫寃之氣不散則存，剛戾之氣不散則存，取精多、用物宏之氣不散則存，皆鬼也，陰類也。仙則陽類也。方士之術，養形以制氣，得氣以變形，攝陰於陽者也。陰者尚存，而况於陽哉？此蓋不附形而立之一術而已，非至人、真人、化人之極也。

説仙三

至於附形而立者，亦各有其等焉。邵子曰：「百二十年者，常數也，不及者皆傷也。」然則聖賢有傷焉者乎？曰：傷之於天者，上古之稟厚，中古之稟漸薄也；傷之於人者，衆人傷於縱己，聖人傷於拯人也。其不傷者，雖衆人亦及數焉。能養則逾之倍之，惟其力之所至。雖然，有以養得者，即有以不養得者，其骨肉必强固，其知、其運動必和而勁，寶掌禪師、李百八等是也。此天與之也，殊氣也。若是者，長年而已。

委形之後，有道則合陽而亦爲仙，無道則合陰而遂爲鬼。氣盛則爲鬼者近於仙，氣衰則爲仙者近於鬼。因絶則爲鬼爲仙之氣其終皆合於太虚，因不絶則爲仙爲鬼之氣其變復歸於萬物，天地自然，無足怪也。

若方士之術，則以養得之者也。其書多廋詞，多歧旨。芝菌，一術也，而以爲麟焉，以爲鳳焉。道引，一術也，而以爲龍焉，以爲虎焉。白石之説，累變而益陋；黄庭之説，屢遷而益誣。其上者却疾延年而已；其下者且益其疾、促其年，不可救也。惟有道之士不藉其術以治氣，而假其術以留形。既得其術以留形，遂即其形以治氣，是爲方士之至道極功，而於仙可漸而至焉。然而知之者蓋亦廑矣。世之爲其術者或附之於天，或附之於日月，或附之於《易》，或附之於《莊》、《列》，或附之於釋氏，各有得以眩世之人，皆譾言耳，君子慎毋爲所惑焉。

嘉慶十有八年十二月甲寅，與建平龔西原説仙，因識之。

釋舜

《説文・舛部》:「舜,草也。楚謂之藚,秦謂之藑。蔓地連華。象形,從舛,亦聲。」按《鄭風》「顔如舜華」,此舜是也。《説文・草部》:「蕣,木堇也。朝華暮落。從草,舜聲。」按《月令》「木堇榮」,此蕣是也,二物也。是故《鄭風》之「舜」,非《月令》之「蕣」也。其「舜」之非「蕣」奈何?蕣之榮如戎葵,近萼黑,遠萼者微有光曜而已,以擬女之顔,《詩》之比物豈若是歟?舜之身,蔓地步以百計焉。舜之榮,連華英以億計焉。紅而暈,暈而善惑焉,故曰「顔如舜華」。是故《鄭風》之「舜」,藚也,藑也;《月令》之「蕣」,木堇也。二物也。是故《鄭風》之「舜」,非《月令》之「蕣」也。

雖然,《詩》之《傳》固辨於草木者也。其傳《鄭風》曰「舜,木堇」何歟?按《爾雅》「椵木堇,櫬木堇」,郭注「別二名」。夫《爾雅》之別名,蓋有焉。唐蒙女蘿,女蘿菟絲,此別菟絲也,一物也;芣苢馬舄,馬舄車前,此別車前也,一物也。皆重文言之。椵、櫬,無重文,鶨天雞、螒天雞之類耳,二物也。則未知舜之木堇爲椵歟、櫬歟?則未知蕣之木堇爲椴歟、櫬歟？古者，白爲椴，《爾雅》「椴」、「柂」是也。赤爲櫬，《爾雅》「櫬」、「梧」是也。蕣，白身，其椴歟！舜，赤身，其櫬歟！是故《鄭風·傳》之言木堇，爲舜言之也，櫬木堇也。《月令》之言木堇，爲蕣言之也，椴木堇也。其「舜」與「蕣」之皆爲木堇奈何？葉堇也，身木也。皆爲《釋草》奈何？《爾雅》于木之小而弱、弱而灌生者草之，「舜」與「蕣」皆小也，皆弱也，皆灌生也。後之釋者以《爾雅》木堇爲一物，於是「椴」、「櫬」混焉。以《月令》之木堇釋《鄭風》之木堇，於是「舜」、「蕣」混焉。「舜」、「蕣」混，而「舜」之名不立矣。「舜」之名不立，於是蔓地連華之「舜」遂以「檉河柳」當之。夫「檉」在《釋木》，非小而弱、弱而灌生者也。郭注「赤莖小楊」，即赤楊也。高至尋丈焉，豈蔓地連華者哉？

嘉慶十六年，偕子寬自都還江南，見蔓地連華者。問之土人，曰「日及華」也。江南名河柳，蓋木堇華，名「日及」。椴、櫬通焉，河柳則誤名也。其誤名者「日及」，在江北皆蔓地連花，至江南有尋丈者焉，即赤楊也，故牽連及之耳。十八年十二月，在吴城作此釋正焉。

釋莪

《爾雅》：「莪，虬虾。」郭云：「今荆葵也，似葵，紫色。」陸云：「華紫緑色。」羅云：「華似五銖錢，粉紅，有紫文縷之。」數説皆是也，以名荆葵，故北方名江西蘋。蘋，蒿也。唐《十道志》「江南西道，北盡鄂岳，南極涪黔」，皆荆境也。以紫色、紫緑色，似五銖錢，粉紅，有紫文縷之，故南方名藍菊。藍言色，菊言形也。

然則以爲似葵者何歟？古者，茹末大曰葵，《説文》：「葵，菜也。」《爾雅》「菥蓂葵」、「芹楚葵」、「終葵」、「繁露」，皆葵類也。其華之名葵者，菺戎葵是也。郭云：「今蜀葵也。華如木堇華。」夫戎葵如木堇，與莪懸甚矣。以爲似葵者何歟？蓋華如木堇而五色者曰蜀葵；華如木堇而黄者曰秋葵，即黄蜀葵也；華如菊而大徑五寸、莖及丈者，曰黄葵、衛足葵也；華如菊而大徑一寸、莖餘尺者曰荆葵，即莪也。似葵者，似黄葵，非似蜀葵也。

然則以爲虬虾者何歟？其葧廣，其萼蔟，如聚蛾子焉，故曰虬虾也。《古今注》以蜀葵混荆葵，後人求所謂虸蚄而不得，遂以紫荆爲虸蚄，謬矣。

釋鳲鳩

鳲鳩，鳴鳩也。鳴鳩，鵲鵴。鵲鵴，布穀。布穀，郭公也。羽黑，翅尾如反舌，有紒焉。如鸜鵒，其鳴多聲，聲二十四轉，故曰鳴鳩。黄鸝十二轉而已。其哺子，朝從上下，暮從下上。故《小宛》之詩以興懷二人焉。夫父子之倫正，推之無不正矣。《鳴鳩》之詩大矣哉。〔一〕

戴勝，戴鵀也。大如鴿，長喙，赤黑雜羽，而有白文。其勝在首，度周尺，尺有畸，兩鋭而中椾，如五木，亦赤黑而白文。古者，力所能勝曰任，任者任其所能勝也，故所任之物名之曰勝。戴鵀，戴所任；戴勝，戴所勝也。西王母戴勝而處西極之地，其國俗以戴任爲業耳，豈有仙人之説哉？後之言勝者至以飾其首，非初義矣。

【校記】

〔一〕王校："潘云：下半篇釋戴勝，與上半篇絶不牽合，似另一篇。當分爲二則，合百有六篇之數矣。"

釋蟪蛄

蟪蛄草居，非蟬也，而似蟬，蟬皆木居也。蟪蛄大如幺貝，身、羽、足深緑色，羣族菅茅中。四月應陰氣，千百相和而鳴，其聲喧沉，留耳中啾啾然。故曰：「違山十里，蟪蛄之聲尚猶在耳。」「蟪蛄鳴兮啾啾。」《爾雅》「蠽，茅蜩」注：「江東呼茅蠽。」此蟪蛄也。知蟪蛄之爲茅蜩，而後《爾雅》釋蜩可別焉。

「蜓蚞，螇螰」注：「即蝭蟧也，一名蟪蛄。」此景純之誤也。疏：「《方言》：蝬蚞，齊謂之螇螰，楚謂之蟪蛄。」此子雲之誤也。蝭蟧木居，似馬蜩而差小，黑黃色，其鳴自呼曰「蝭蟧」，夏蟬也，非蟪蛄也。「蜺，寒蜩〔一〕」注：「寒螿也。」亦木居，似蜓蚞而復小，黑黃色，其聲鏘鏘，如舞鐃，如鈴，故曰「螿」，非蟪蛄也。

「蚻，蜻蜻」注：「《方言》：有文者謂之螓。」亦木居，似蜺而尤小，青赤色，其聲札札，如纙，如丁寧，故曰「蚻」，非蟪蛄也。後人以蜺爲蟪蛄，以蚻爲蜺，亦謂之蟪蛄，轉而相淆，豈有既耶？蜺蚻，秋蟬也。蜩蜋、蜩螗、蜩蝒、馬蜩，皆夏蟬也。自其蜕言之曰蟬；自其鳴言之曰蜩；自其采言之曰蜋，具五色也；自其蝘言之曰唐，首正偃也；自其大言之曰馬，馬、蜀、胡皆大也；蛹之義如蝘。

【校記】

〔一〕「蟬」，諸本同，《爾雅》作「蜩」，郭璞注：「寒螿也，似蟬而小，青赤。《月令》曰：寒蟬鳴。」（《天禄琳琅叢書》景宋監本）案：「蜩」多用作蟬之别名。

大過説

大過，陽過也。四陽居二陰之中，曰大過。九四「棟隆」上比五，故隆也。《象傳》：「不橈乎下。」言比乎上也。九三「棟橈」下比二，故橈也。《象傳》：「不可以有輔。」言二不能輔也。凡卦皆以二五爲位，觀全卦之德，此卦陽之過在中，故以中二爻比二五者，與卦同辭焉。

其卦辭獨取棟橈之義何歟？「棟」，《説文》謂之極，《爾雅》謂之桴。棟之本末以受節斲之，斲之則弱矣。巽棟而兑斲也。橈與隆，中爲之，不在本與末，而本末有其責焉。

隆非初上之功而與有功，橈非初上之過而與有過，故《象傳》言「本末弱」也。棟多橈，而隆者寡；大過之時，事多凶而吉者寡也。

其二與五取夫婦之義何歟？二變則爲澤山咸，少男少女之感也；五變則爲雷風恒，長男長女之久也。二變則外卦少女不動，爲女妻，當大過之時，艮極而反，震爲老夫。五變則内卦長女不動，爲老婦，當大過之時，震極而反，艮爲士夫。「大過」取義於陰陽，陰陽莫見於夫婦。夫婦者，萬物萬事之始，可以觀陰陽之過焉。故二爻辭如此。老夫女妻，陽雖過而就衰，過而不過，故言无不利，而吉在慎始，如初之「藉用白茅」可也。老婦士夫，陽既過而方盛，過而益過，故不言凶，而凶在怙終，如上之「過涉滅頂」是也。此卦三與四爲對，二與五爲對，初與上爲對也。巽爲楊，兑伐爲枯，澤潤爲生，稊生於下而能成，華生於上而不能成。茅，巽在下；涉，兑在上也。諸儒釋此卦之義多未盡，故申之。

小過四陰居二陽之外，陽盛在中，陰盛在外，陰包陽，陽納陰也。頤對大過而取養者，陰盛於中，口食之義也。中孚對小過而取信者，陽盛於外，化邦之義也。

小過説

小過，陰過也。此卦亦初與上爲對，二與五爲對，三與四爲對，如大過。大過象棟，小過象飛鳥者，陽動而過必静，陰静而過必動也。下止上動，飛鳥也。中陽爲身，外陰爲翼，飛鳥之象也。飛而遺之音，則動之至矣。音下振而上浮，親上不親下，抑高從卑，所謂宜下也。如《象傳》「行過乎恭，喪過乎哀，用過乎儉」也，故大吉也。

大過三四，如卦辭取棟，小過初上，如卦辭取飛鳥。陽自内而充，陰自外而斂也。大過三凶而四吉，小過初凶而上亦凶。陽過之卦主吉凶半之，陰過之卦主皆凶，且小過六爻無吉占也。二比初，陰比陰，陽不用事，故有過祖、遇妣、不及君、遇臣之象。二居地之上，卦辭所謂下也，故無咎。五比上，亦陰比陰，陽不用事，故有「密雲不雨」之象。五居天之下，得位可有爲，卦辭所謂宜下也，故弋在穴。三，内卦主守，如事之過防；四，外卦主有爲，如事之過遇也。

聖人作《易》六十四卦，三百八十四爻，如天行之渾成，如地勢之安固，諸儒乃於一卦六爻即割裂之，以就其説，以致卦與爻不相攝，爻與爻不相通，敬故累舉其端以明三聖人之意。有志者能於卦爻一一推之，以求其極，言《易》豈有齟齬耶？至以理釋《易》，始於《十翼》，不可蔽罪於王輔嗣、歸過于程正叔也。

困説

《彖傳》曰：「困，剛揜也。」剛指二五言，揜指三上言。二五卦主，三上揜之，一也。坎之初二，於四象爲少陽；兑之初二，於四象爲老陽。而加一皆陰以揜之，二也。先儒取坎爲兑揜之義釋《彖傳》，凡陽卦内，陰卦外，皆可言困矣，其諸非聖人之意歟？困未有甚於富貴者也，故二五以朱紱、赤紱言之。朱紱君服，赤紱臣下之服也。二困於三，居下卦，困未甚。神昏於酒，氣窒於食而已。昏而不敢不飲，窒而不敢不食，此則貧賤所無也。然而不能求息於妻子，求息於朋友也。何也？朱紱且方來焉，置傳焉，置頓焉，饋饎焉，饋廩焉，困矣。然而禍福且未可知也。五困於上，居上卦，困已甚。劓何也？曰無以爲顔也，俯仰皆慚也。刖何也？曰無以爲行也，進退皆危也。其爲赤紱者，所困如此。無以爲顔，必有説以爲顔；無以爲行，必有説以爲行。姑徐之云爾。徐則意變，意變乃善飾也。然而榮辱且未可知也。困之至者，必有鬼神之事以求助焉，故二用享祀，五用祭祀也。三上皆困人者也，困人者必自困，困人不可訓也，故取自困之義。困於石，前遇險也；據於蒺藜，後據險也。當困之時，父子不相諒，兄弟不相慰者，妻能釋之，不見其妻，困之至也。於葛藟，遇柔而困也；於臲卼，遇剛而困也。三，困之中，故凶；上，困可解矣，故征吉也。

初與二爲體，小民之事也。困於株木，其止不可也。古者，危坐任膝，安坐任足，夷坐任臀，株木惟夷坐可任焉。入於幽谷，其行不可也。古者，大事以三歲焉，不覿則終困也。四與五爲體，諸侯大夫之事也。困於金車，如求金求車是矣。古者，以金車爲上下之禮。困於金車，困矣，其終必至俯仰皆慚，進退皆危焉。是故困未有甚於富貴者也。

明夷説一

「明入地中，明夷」，《彖傳》、《象傳》同辭。離爲明，坤夷其明。二離主，五坤主，爲義至顯。先儒以上爲坤主而統全卦，其諸非聖人之意歟？地體如丸，地之中乃闇之主，其上下皆日所繞也。上之辭曰：「不明晦，初登於天，後入於地。」指日之繞言之。晦者，明之漸；入於地者，登於天之漸。明夷之時，日方入，而出之理在焉，故爻辭兼明晦登天入地言之。以爲坤主而統全卦，其諸非聖人之意歟？

五之辭曰「箕子之明夷」，何也？蓋文王繫明夷，慨然有所感，而繫之曰「利艱貞」，其時箕子未爲之奴也。至周公繫明夷，傷文王之意而不忍言。是故二，文王也；五，紂也。於紂之最比近者，得爲奴之箕子焉，繫之曰「箕子之明夷」。微子、比干皆夷其明，獨繫箕子者，於「利艱貞」之義相附也。文王臣也，箕子親也。文王外諸侯也，箕子內諸侯也。事益有難言者矣！箕子之難見，而紂之暴可推；紂之暴見，而文王之德益可推矣。至孔子繫明夷，乃達周公之意，而曰「內文明而外柔順，以蒙大難，文王以之」，言羑里也；「內難而能正其志，箕子以之」，言爲之奴也。於是二與五二爻之義始大白焉。三聖人之意蓋相條貫如此，知此則諸爻之辭可釋然矣。

明夷説二

陽，明也；陰，闇也。明之見於天地者，日爲之宗。日無夷之者，故取象於入地。明之見於人身者爲目，明之見於人心者爲知。知之夷不可象也，日之夷則全卦象之矣。故二四取象於人身。左腹者，肝與膽之居也。肝膽病則目耗，此明夷之所以然。所謂明夷之心也，《傳》釋之曰：「獲心意也。」意者，心之所達；目耗者，肝膽病之所達也。獲之，則可出於門庭以復其明，耳、目、口、鼻皆門庭也。四居坤下，日既入則地之下皆明，故取復明之象。

四，大臣之位，周公於成王，伊尹於太甲，皆其象也。股者，陰陽蹻之所行，左病則先入肝膽，故二之辭取左股焉。讀《易》如是，凡漢宋諸儒所未言者可發其覆，所已言者可破其鵠矣。

自記曰：惠松厓先生曰：「箕子當從古文作其子。劉向云：今《易》其子作荄滋。其與亥、子與兹，古音義皆同。坤終於亥，乾出於子，用晦而明，明不可息也。」此論近儒視爲秘義，特恐於孔子《彖傳》有違耳，故前篇略爲別擇，此篇復推明爻義以附焉。

相鼠説

此詩一章言無儀，三章言無禮。禮者儀之幹，儀者禮之表也，惟二章言無止。《毛傳》：「止，所止息。」箋云：「止，容止。」箋別鄭義，後儒多從焉。夫言「容止」，則一章言儀已盡之矣，箋義非也。人必忘道然後無儀，無儀然後無禮，無禮之至，則弑君父矣，而其禍皆始於無止。饜飫之求，輕暖之取，逸豫之就，宮室車馬之擇，高爵厚邑不足以償之，於是自足恭至於吮癰舐痔，自長傲至於裂冠毁冕，自好樂至於上烝旁報，自争權至於劫主遷后，皆所謂無止也。詩人始窺其端以無儀，終要其亂以無禮，中發其痼以無止，故三章皆以死絶之。不然，無儀無禮之人遠之可矣，何詩人之嚴如此哉？《終風》，無儀也；《新臺》、《牆有茨》、《鶉之奔奔》，無禮也。衛之滅以此，故戴公復國，國人深戒焉。

東門之枌説

《朱傳》以南方之原爲地。按《毛傳》：「原，大夫氏。」箋云：「以南方原氏之女可以爲上處。」《簡兮》箋：「上處者，前列上頭也。」毛、鄭知南方之原非地者，本經言宛丘與蕩同地，言東門與東門之池、東門之楊同地，故一章言國之交會，民之所聚，不復以二章南方之原爲地也。子仲爲大夫之氏，原亦爲大夫之氏，蓋并舉以刺焉。

此詩一章言男子歌舞也，二章言女子歌舞也，三章言男女歌舞，且往觀歌舞也。「視爾如荍，貽我握椒。」其諸風人之風乎？惲子居曰：吾于此詩得性善之義焉。荍，芘芣也；椒，芬也。《傳》之釋止此耳。箋曰「男女交會而相説」，曰「我視女之顔色如芘芣之華，然女乃貽我一握之椒」，以通情好也。夫芘芣，紫赤色，顔色之美而喻以芘芣，左矣。蓋男女之以禮相接者，其授受皆無所慚。無所慚者，以其無牀笫之志也，祭享是也。男女之不以禮接者，其授受皆有所慚。有所慚者，以其有牀笫之志也，投報是也。慚則顔之色如芘芣矣，此一慚充之可以止乎禮義，故聖人録焉。不然，《溱洧》之詩前之矣，何必復申之哉？佗之殺以外淫，平國之弑以下淫，陳之爲國可知矣。而民之是非羞惡無殊焉，此删詩之義也。

北山説

此詩刺大夫不均也。役不均，則飾之曰：「是賢焉，非斯人莫任此也。」「是賢焉，而未老，而方將，而方剛焉，非斯人莫任此也。」於是乎均之説不得入，而惟大夫爲之政矣。問之王，王以爲宜役也。大夫以賢之説進王，必曰是大夫也忠。問之卿士，卿士以爲宜役也。大夫以賢之説進卿士，必曰是大夫也才。今日簡書曰某也稅於某，則驅車從之。明日簡書曰某也稅於某，則驅車從之。蓋役之發也，其令自上而下，王而卿士，而大夫，役之僎也。其政自下而上，大夫而卿士，而王。故曰刺大夫不均也。其不均奈何？有居息者焉，古者倚几曰居；有息偃者焉，古者正臥曰偃。夫居息息偃，皆渠渠沉沉者也。有當關焉，故不知叫號，皆庸庸泄泄者也。有適圉焉，故棲遲偃仰。然而未已也，爲淫焉，爲酗焉，則湛樂飲酒。然而未已也，爲讒焉，爲譏焉，則出入風議。夫至於出入風議，其人之心志面目可知也，皆大夫之所狎也。于是居息者康而無事，賢者盡瘁焉，一時之勞也。息偃者臥而自恣，賢者于行焉，則非一時之勞也。不知叫號者，人不能謁，賢者劬勞焉，一事之勞也。棲遲偃仰者，事不能涉，賢者鞅掌焉，則非一事之勞也。然而未已也，或以爲怨謗焉，或以爲懈弛焉，則慘慘畏咎。然而未已也，士卒之苦共焉，僕隷之辱共焉，則靡事不爲。夫至於靡事不爲，其人之身家姻族可知也。皆大夫之所疏也，故曰刺大夫不均也。

碧玉説

右碧玉拓本。嘉慶二十年十月辛巳，謁陳白沙先生祠，登碧玉樓，其裔孫禮所詒也。玉以周尺度之，厚半寸，袤尺二寸，首廣三寸二分微羨。下射廣四寸，剡之去首二寸强。爲孔周二寸弱，當孔之左右爲兩珥，横出五分强，下迆之以放於射。玉之質，《潛確類書》所稱「甘清玉，色淡青而帶黄」是也，非碧玉。

碧玉南産倭奴，西産于闐，皆蒼緑色也。玉之澤，手近之則津，其諸記所稱水玉歟？謹按《周禮·玉人》：「大璋、中璋九寸，邊璋七寸，射四寸，厚寸。」此言璋也。「黄金勺，青金外，朱中。」此言勺也。「鼻寸，衡四寸，有繅。」此合言璋勺也。先鄭謂鼻爲勺之龍鼻，後鄭謂鼻爲勺之龍口。若是，則駔琮無勺無龍首，經言鼻寸不可通矣。古者謂紐爲鼻，璋之鼻其以系繅歟？此玉兩珥各寸，如璋之鼻；射四寸，如璋；厚寸，亦如璋；當兩珥度之衡亦四寸，如璋。惟袤逾三寸。敬觀淳熙《古玉圖》尺度多過於古者，此玉之袤偶異而已。經下文云：「大璋亦如之，諸侯以聘女。」蓋天子大璋、中璋、邊璋皆有勺，故以淉〔一〕。諸侯大璋無勺，故以聘女。此玉蓋古聘女之大璋也。

敬前在廣州，問碧玉樓之故，有言明憲宗以聘先生者。及至新會，考之志乘，無其説。《白沙集》碧玉樓諸詩亦無之。先生《記夢文》在成化三年已言卧碧玉樓，而憲宗之聘在十九年，其非聘先生之玉無疑義矣。先生詩言玉失而復得，其諸先人之所留遺歟！

《唐書·五行志》：上元二年，楚州獻寶玉十三，其一曰玄黄天符，形如笏，長八寸，有孔，云辟兵疫。按唐笏直，宋始弓之，笏頭亦微羡，與此玉極似。唐人妄加之名耳，疑即大璋也。宋程棨《三柳軒雜識》有片玉，長可八寸，闊三兩指，如刀有靶，名抶衣。古帝王既御袍帶，以此抹腰，無褶縐，與此玉亦極似。二説存之，以質之博古者。

【校記】

〔一〕「倮」，王校：「馮云：《考工記·玉人》作『裸』，查注或作『淉』。」

散季敦説

婺源董文舫明經，言其戚鐵樓程君於江右市中得古銅敦，敬因索觀之。越二日，有健足負巨厢，頓於地，啓之，則敦與汪雲海所作圖在焉。圖之上下，書程讓堂賢良、董小查太史所作識考，而搨敦銘於其右。文舫登敦于几，覩之追然古也。其尺寸，讓堂言之，銘及文不合《博古》、《考古》二圖，小查言之，而文舫復以説請。説曰：

文王臣散宜生，古注家皆以散爲氏、宜生爲名。近世釋者，本《大戴禮》「堯娶於散宜氏」之文，以散宜爲氏、生爲名。今以銘考之，其諸注家之説是歟！然商周之間無二名者，惡來名革，飛廉以獸名謂之，非名也。若是，則宜生何以一名？其諸初氏散宜，子孫去宜氏散歟？抑散與散宜爲二氏歟？《明堂位》曰：「有虞氏兩敦，夏后氏四連，殷六瑚，周八簋。」釋者皆以爲黍稷器。而《周禮·玉府》「共玉敦」以歃，敦之用固不一歟？《儀禮》惟《公食大夫》言簋。《婚》、《喪》、《虞》、《特牲》爲士禮，言敦。《少牢》爲大夫禮，亦言敦。釋者遂有士用敦之説，而於《特牲》之分鉶簋不可通變。言同姓從周制，敦與簋之等亦不一歟？《周禮·舍人》「共簠簋」，注言：「方曰簠，圓曰簋。」《説文》：「簋方簠圓。」《禮圖》言：「簠外方内圓，簋外圓内方。」鄭、許其各據一端言之歟？敦以瓦，「旊人爲簋」，亦以瓦。釋者言天地外神以瓦，宗廟以木，簋之質亦不一歟？其敦、簠、簋皆以銅，始於何時歟？自兩漢至今幾二千年，學者依經據傳，推明古制，以必求其是，而終不可得，况古器之流傳者，有時代之異制，有真贋之異物，有全缺之異文，而欲據一端以定是非，此言金石之大蔽也。是故君子之於學也，舉其大而略其小，用心於有益而不用心於無益焉。

程君捐館舍已一年，子孫善藏此敦，則古者能守之義也已。

得姓述附説一[一]

惲氏得姓，推本平通，無可依據。若更他附，益非理矣。然有可疑者，當詳考之，亦所以明慎也。

按新、舊《唐書·藝文志》有《蔣王惲家譜》一卷[二]。蔣王，太宗第七子也。《新唐書·宗室表》：蔣王生子十六人，第十子爲潯陽郡公爽。爽生子三人，長爲右長衛將軍森。森生子五人，第三子爲杭州刺史構。構生子七人，第二子爲常州司法參軍税。唐世宗室子孫多籍於官所者，税既官常州，其諸有籍於常者歟？《新唐書·地理志》：「江州潯陽郡，本九江郡，天寶元年更名。」是天寶前無潯陽郡也。爽爲太宗孫，與中宗、睿宗同時，不應至天寶後始封。若是，則《宗室表》「潯陽郡公」乃「鄱陽郡公」之誤也。税爲惲五世孫，惲既於皇唐玉牒外别有譜，其諸子孫因是别姓惲歟？税爲爽曾孫，其諸即以封鄱陽爲望歟？

今惲氏望鄱陽，而世居常州。敬故詳考之如此。若十國時，楊再惲名與平通同，而世較近，然史不載所籍，俟廣搜之。

【校記】

〔一〕「附説」，光緒十四年本同，嘉慶二十年本、同治二年本、同治八年本作「書後」。

〔二〕「新舊唐書藝文志」，疑「舊」字衍，因《舊唐書》不稱《藝文志》。又《蔣王惲家譜》僅見《新唐書・藝文志》著録，并不見於《舊唐書・經籍志》。

得姓述附説二

近世道家刻《五岳真形圖》，中岳姓惲名㷋，㷋無音釋，道士僞造也。《五岳真形》始見于《漢武内傳》，乃六朝人所作，未嘗言圖中列姓名，止言帝藏之而已。《河圖》曰：「東方太山君姓圜，名常龍。南方衡山君姓丹，名靈峙。西方華山君姓浩，名鬱狩。北方恒山君姓登，名僧。中岳嵩山君姓軍壽，名逸〔一〕。」段柯古《酉陽雜俎》引《河圖》而不引《真形圖》。柯古，中唐人。意者僞造在唐以後，柯古不及見歟？自緯書造五帝名，道書仿之，肆無所忌，天地百物皆爲姓名以目之，鄙倍拉雜不可名狀，後又竄入符籙，以誑愚蒙。

吾惲氏有執姓惲名奐之説爲典要者，非也。然後世道教尊于江右，而惲氏望鄱陽，意者有慕于其説而易姓從之，是亦事之未可知者。或謂惲氏著于紹興以後，其時士大夫多自北方南渡，鄆出于邑，渾出于部落，僤出于官，皆北方姓，而與惲皆相近，然各望皆于鄱陽無涉也。

【校記】

〔一〕「中岳嵩山君姓軍壽名逸」，案：《太平御覽》卷第八百八十一引《河圖》文作「中央嵩山君神姓壽名逸群」（《四部叢刊》景宋本）。

卷二

姚江學案書後一

《世説新語》：愍度道人始欲過江，與一傖道人爲侶。謀曰：「用舊義往江東，恐不辦得食。」便共立心無義。既而此道人不成渡，愍度果講義積年。後有傖人來，先道人寄語云：「爲我致意愍度，心無義那可立？治此權救饑爾。」按，此術明儒多用之，嘗立一義以動天下。其才力不及者，亦必于師説少變焉，如止修諸人是矣。而開其始者，陽明先生致良知之説也。

夫言致則不得爲良，言良則不得爲致，致良知之義豈可立哉？孟子兼良能言之，愛敬即能也。陽明先生去良能言之，良知之義亦不可立矣。于是一變而爲良知即未發之中，未發豈有知耶？再變而爲良知即天理，天理豈有知耶？及無端自言之，則曰人心靈明而已。是良知不能該良能矣，不能該良能必不能該性與情也。又無端自言之，則曰是非之心而已，是良知不能該惻隱、羞惡、辭讓矣。不能該惻隱、羞惡、辭讓，必不能該性與情也。其後及門更多支駢，互相矛盾，皆由于此。大抵先生才高氣盛，不受漢、唐、宋以來諸儒籠絡，故能懸旌立幟，奔走天下，而議論偏竄，才氣又足以拯之，東擊而西馳，南攻而北走，不可端倪捉搦。及至合前後之説相較，其不能相應固有如此者。然天下及後世才力聰明之士皆喜徑惡曲，喜簡惡煩，故爲先生之説十嘗〔一〕得八九，其斷然能別擇先生之是否者，累世不獲一焉。

若夫守陳腐之言，循迂僻之行，耳不聞先儒千百年之統緒，目不見士大夫四海之淵源，而曰「吾主朱子」、「吾主敬齋」、「吾主敬軒」，欲與爲先生之説者力抗，至則靡耳。況朱子、敬齋、敬軒撲之聖賢，又有其過不及哉？雖然，黑固不可以爲白也，夜固不可以爲晝也，是在學者善觀之而已矣。

【校記】

〔一〕「嘗」，同治二年本作「常」。

姚江學案書後二

本朝陸清獻公深斥陽明先生爲禪，而欲廢其從祀。夫陽明先生之學，是非可得而微辨焉，若以從祀言之，聖人之門豈若是之小哉？

敬嘗觀禪有近於朱子「理在氣先」之説者，如魯祖「茶盞在世界前」之言是也；有近於朱子「知在行先」之説者，如仰山「行履在何處」之言是也；有近於朱子之論性與氣者，如趙州「有業識無佛性」之言是也；有近於朱子之論體與用者，如溈山「有身無用，有用無身」之言是也。此皆議論之時，枝葉波流偶然相及，非爲學之本源，故雖甚近，不可據此謂同於朱子。若達磨所言「浄智妙圓，體自空寂」、大鑒所言「真如自性起念，六根雖有見聞覺知，不染萬境，而真性常自在」，此皆本源之言，與陽明先生良知之説無異。故先生之學，不得不謂之禪。然而有與禪異者：亦言戒慎、恐懼，亦言慎獨，亦言禮，亦言仁義，亦言孝弟，此則其異者耳。至朱子之學，其榘矱〔一〕繩尺與聖人之教皆一轍焉。惟兢兢然，孑孑然，自拔於禪。寧言之實而不敢高，寧言之紆而不敢徑，寧言之執而不敢通，遂有與聖人不相似者。敬嘗謂朱子本出於禪而非禪，力求乎聖而未盡乎聖，蓋此故也。

夫聖人之道，固極其正者也，異端不得而混之。然其大，則如天地之持載覆幬焉。冉有、宰我之過，後人爲之，宋儒所必擯也，而以言語、政事爲高弟子。曾子明孝道，其後有吴起。子夏好論精微，其後有莊周、七十子之徒，有顔子驕、施子恒、琴子張諸人。若是，則聖人及門固非若一人之言，一人之行者，豈得謂聖門之雜哉？天地之道固如是也。

今觀浮圖之有功力者，蓋異於衆人矣，况其精大者乎？是故釋迦、達磨、大鑒諸人，苟世與孔子相及，當有所以待之者；而謂高朗博大如陽明先生，必不收録在弟子之列，此敬之斷不敢信者也。

【校記】

〔一〕「檠篗」，原作「檠度」，同治八年本同，嘉慶二十年本、同治二年本、光緒十四年本作「檠篗」，今據改。

【評語】「古山於陽明先生時予時奪，往往有自相牴牾處，此篇斷制平允。」案：此條據王批過録。又，「古山」爲惲敬之號。

崇仁學案書後

康齋先生其聖門之獧者乎？平生刻苦自立，所著語録多返責之身心，無後儒恣睢之習，其聖門之獧者乎？至與弟訟祭田一事，世儒多爲先生設辭以解者，此未得先生之意也。先生爲宗子，守祭田，而弟鬻之，以爲弟得罪於祖若父，已不得私焉而已。大抵獧者必褊隘，自律嚴，律人亦嚴，所見一有所執，其潰裂必至於此。夫家事與國事有不同者，管、蔡危社稷，周公不得不奉王命以討之；若家事，則以恩彌縫之而已，豈可較短長哉？事過之後，先生必有所歛然也。

靖節集書後一

《直齋書録解題》載蜀本《靖節先生集》有吴斗南《年譜》一卷、張季長《辨正》一卷。今坊間本止存《年譜》一卷而已，疏謬處甚多，而最悖理不可不辨者，則以先生爲受桓玄之辟，此先生出處大節，豈可誣之！

按昭明太子序曰：「素愛其文，不能釋手，故加搜校，粗爲區目。」是先生之詩并無先後次第也。斗南見《始作鎮軍參軍經曲阿》一章，在《庚子自都還阻風規林》、《辛丑赴假江陵夜行塗口》二詩之前，意先生庚子辛丑起官，可謂固矣。又意其時桓玄方當事，乃以鎮軍歸之。而《桓玄傳》并未爲鎮軍將軍，遂意殺殷仲堪後，代其任。不知《仲堪傳》止進冠軍，又辭不受，并未加鎮軍也，是曲折求通而終於不可通也。况戊戌七月，桓玄反，陷江州，己亥十月，桓玄反，陷江陵，皆在庚子辛丑前。庚子三月加督八州，辛丑十一月桓偉鎮夏口，明年桓玄大敗，王師遂入建康。豈先生而爲之參佐以奬逆哉？此必無之事也。

然則先生庚子至都何耶？曰：先生《飲酒》詩言「遠遊」，言「飢驅」，言「營一飽」，則非仕事矣。其言「阻中途」，即阻風規林事也。是先生以遠遊至都耳，乃瞭然者也。

先生辛丑赴假江陵何耶？曰：先生本傳曰：「州召主簿，不就。」先生既抱羸疾，召主簿必以疾乞假，至滿則赴之，而終以疾辭。故本詩言「投冠」，言「不縈好爵」是也。先生江州人，州召主簿應赴江州而赴江陵者，是時桓玄領江州刺史駐南郡，是先生以辭主簿至江陵耳，亦瞭然者也。

合前後觀之，先生不汙於玄可信矣。而斗南於千餘載之後誣之，誠何心哉？是故先生爲鎮軍參軍，當以《文選》李善注「元興三年甲辰參劉裕軍」爲是。裕建義旗，先生從之，故自題「始作」，蓋幸之也。其經曲阿，則裕本始事丹徒，當更有收集之事耳。庚子辛丑先生未仕，則《辛丑遊斜川》、《癸卯懷古田舍》二詩俱可通，不必如斗南改辛丑爲辛酉，改癸卯爲辛卯矣。

宋人讀書好武斷，斗南至改年歲以就之，可謂怪誕之甚者矣。季長《辨正》，他日當更求閱，不知與敬所見同異何如也。

靖節集書後二

《宋書》傳靖節先生言：「自以曾祖晉世宰輔，恥復屈身後代，自高祖王業漸隆，不復肯仕。」《南史》亦同。此言似〔一〕得先生之心矣，然未悉當日事勢也。何也？

先生生于晉哀帝興寧三年，及壯，當安帝之初。其時王國寶、司馬元顯、桓玄相更代，故先生無宦情，一起爲州祭酒即自免去，徵主簿不就，蓋不欲與諸人之難也。至元興二年，桓玄篡位。三年，劉裕復京邑，行鎮軍將軍，追桓玄過潯陽，先生乃爲其參軍，年四十矣。先生附義旗而起，以劉裕爲可安晉室耳。明年，劉裕從兄劉惟肅爲建威將軍，先生爲其參軍，其秋即令彭澤。敬思先生與劉穆之、王弘、徐羨之、謝晦同在劉裕幕府，其差池不待言，而劉裕之懷異志，穆之等之附裕，先生必微窺得之，于是晉室之安無可望，故自鎮軍參建威，自建威令彭澤，然後脱然遠去，永遂其不臣二姓之志耳。先生去官時，劉裕尚未執政，以爲王業漸隆者，非其實矣。先生處己之高、見機之決、進退之裕，皆于此可見。

其詩清微通澈，雄厲奮發，如其人，如其人焉。楊吴江夢孫亦潯陽人，徐知誥表爲秘書郎，夢孫乞天長令去，其庶幾聞先生之風者歟！

【校記】

〔一〕「似」，原作「此」，嘉慶二十年本、同治八年本、光緒十四年本同，同治二年本改「似」，王校改作「差」。今據同治二年本改「似」。

靖節集書後三〔一〕

敬嘗遊廬山，求所謂栗里者得之。其地西南距柴桑，東北望上京，廬山之陽谷也。先生始居上京，後遷柴桑，暫居栗里，復還柴桑。年月遺落，前人考求頗未當。

敬就《晉書》本傳并先生詩文推正之，《遊斜川》詩在辛丑，《懷古田舍》詩在癸卯，是辛丑至癸卯，先生尚居上京無疑。甲辰夏爲鎮軍參軍，乙巳春遷建威參軍，其秋乃令彭澤。爲《鎮軍》詩言「與田野疏」，言「返班生廬」；爲《建威》詩言「田園夢想」，言「懷歸舟」，皆未遷居之言也。《本傳》：先生謂親朋曰：「聊欲絃歌以爲三徑之資，可乎？」

《歸去來辭》曰「三徑就荒」，曰「攜幼入室」，蓋先生未赴縣時，遷家累於柴桑，當乙巳之秋，至冬罷彭澤，遂居之。《歸田園》詩言「宅」，言「屋」，言「後園」，言「堂前」，即柴桑宅也。《還舊居》詩則自柴桑偶還上京，故言「周故居」而已。以爲自彭澤還上京者，非也。若遷栗里，乃在戊申之秋，觀《遇火》詩、《移居》詩可見，乃倉卒事耳。意其時，故人龐通之等居栗里，故先生往從之，以爲在庚戌者亦非也。且不久即還柴桑，觀《庚戌西田》詩、《丙辰下潠田》詩亦可見也。「五柳館」當在上京，先生未仕時事。「歸去來館」當在柴桑，先生休官時事。今栗里有二館，後人之企附也。

夫古人之事往矣，其流傳記載百不得一，在讀書者委蛇以入之，綜前後異同以處之，蓋未有無間隙可尋討者。若是，則古人之事大著，可由其事以求其心焉。及古人之心大著，可復引其心以斷其事。此尚友之道也。若任情肆意爲之，雖今人朝夕共處之事且不能得要領矣，況古人哉！

【校記】

〔一〕篇名原作《陶靖節集書後三》，目録無「陶」字，與前兩篇一致，今删「陶」字。

李氏三忠事迹考證書後

宜興李慶來鹿耔采集其先世三忠事迹，爲《考證》一卷，而以諸名人所爲傳、志、雜文冠之，皆明永明王時殉節者也。曰用楫，官兵部侍郎，肇、高、廉、雷、瓊巡撫，拒大兵於合浦，戰敗，自沉於靈山之㔉家池；曰耒，用楫同産弟，官監軍道。大兵敗李定國於肇慶，耒走死德慶州；曰頎，用楫同姓，祖父行，官江西道監察御史，與大學士吴貞毓等十八人謀召李定國誅孫可望，可望遣其黨鄭國殺之隆安之馬場。謹案本朝於明三王死事之臣，悉仍其官予之謚，所以勵名義也。用楫、耒抗顔行以死，死而未及達其名於本朝議禮之官，謚不及焉，然其皎然之意如日月也。若頎之死，則有不可不詳辨者。

定國、可望，始皆流賊也，繼皆張獻忠養子也，其在賊無異也。可望流入雲南、貴州，定國流入廣西，皆奉永明王，其歸朝亦無異也。舍可望就定國，於義何居焉？ 蓋當日者永明王再返肇慶，可望邀「秦王」封，先發難，大罪一；及走隆安，可望下兵貴州，脅乘輿，大罪二；擅殺嚴起恒、楊畏知，大罪三；馬吉翔等謀畫《堯舜禪授圖》，大罪四；

改國號，易印文，大罪五。此五大罪，皆不可赦者也。可望，劇盜耳。其勢不及王彌、秦宗權，於曹操、司馬懿不能爲其奴隸也。然而劫遷、易衛、殺人望、加殊禮，皆已爲之矣。是故可望必誅者也。欲誅可望，非召定國不能。十三鎮在湖南，定國於隆安尚近，宜召一；湖南兵次第敗散，定國能敵可望，宜召二；各降將朝暮反側，定國知尊朝廷，宜召三。此三宜召，皆不可易者也。若是，則永明王雖無詔書，尚當以安國家利社稷爲之，況當日之奉命行事哉？

自江介自立，南服播遷，諸臣多結黨藉援，構災煽亂，馬士英倚黄得功而左良玉反於楚，金堡主何騰蛟而鄭芝龍叛於閩，吴楚之黨内訌，黔粤之師外潰，皆由私意彼此，流禍無窮。若召定國一事，則大義所在，國統攸關，非諸臣反覆者比也。後此，可望反於貴州，遂降本朝，定國始終求出永明王於緬甸，不克而死。若定國者，其可謂晚蓋者歟！

朱贊府殉節録書後

南城朱茂才以六世祖新城贊府延忠《殉節録》求士大夫記載、歌詠之，茂才從祖父新城校官元錫所撰也。徵傳于敬，敬告以大傳非文集體；復徵書事，敬告以文集與府、縣志不同，若累累言忠節，乃志體耳。而茂才請不已，遂取其録書後歸之。

贊府聞李自成陷京師，棄官後以不下髮被逼自殺，其死正矣。敬獨悲其未死時已見夢於妻姜孺人，言得從崇禎皇帝，此忠臣魂魄，死生一致，而一家之中其誠足以相及之驗也。

江右〔一〕前明殉節諸臣，吉水李左都邦華、宜春袁僉都繼咸、峽江曾文淵櫻、清江楊東閣廷麟爲最著，諸君子忠謀亮節，照耀寰宇。贊府以位卑，所行無他表見，然歸命君父，如水之百折必東，與諸君子艱危戰守，死而猶視，豈有異耶？

士大夫幸生平世，當求贊府所以能自立之故，則知伊、周可與龍逢、比干易地，而所成之事其大小高卑於性分蓋無二焉。

【校記】

〔一〕「江右」，同治二年本作「江左」。案：下所舉地名皆屬江西省，作「江右」爲是。

卓忠毅公遺稿書後

瑞安林監州從炯蒐次卓忠毅公遺稿，并附各文及詩之傷忠毅者，爲三卷刻之，而徵辭於敬。敬以名與忠毅同，不敢附於篇末。監州謂：「古者既葬而諱，恐傷生者之心耳，非如字之尊名。後世不達此指，以不斥名爲禮，傎矣。又諱必及其世，今已去忠毅四百餘年，且非臨文之義。」敬遂不敢辭。

謹按，忠毅授命於建文四年，其生平經濟氣節，前人已表章之，如日月之著矣。敬所惜者，劉忠愍所作原傳載忠毅著述有遺書十卷、詩文五十卷，今止存數十首。忠毅門人黄潮光所作年譜、行狀，今悉不存。夫古之大人具蓋世之氣，全不世出之節者，其生平無不謹小慎微，事事得其所處。若跅弛之士，感激一旦，竟成其名，史書及府、縣志紀録則有之，必不能千百年之後人人變色動容，有一百折不屈之人，如在其心，如出其口，若忠毅、方學士、鐵尚書者也。故敬嘗喜於詩文集求古人性情之所在，年譜行狀求其瑣屑不經意之事，以觀其學問之所至，而惜乎忠毅之竟歸散落也。李將軍名將，子長記其被獲，臥兩馬間；張都督百戰保江淮，退之記其不忘名姓；段太尉手擊朱泚，子厚記其鬻馬償債。皆其人精神意氣流露於不及覺者，故可以爲觀人之法。忠毅本學宋儒，其言行必精密有步驟，而竟無可考證，豈不重可惜哉？然忠毅遺文、遺迹雖散落，幸有此數十首及忠愍所作原傳，讀者能一一推之，未嘗不可以測忠毅。此後監州其益蒐次之，或更有所得，則益幸也。

維摩詰經書後

此經亦鳩摩羅什所譯大乘經，史稱與釋道安相合。白太傅曰：「證無生忍，造不二門，住不可思議解脱，莫極於《維摩經》。」蓋指其中精語言之。行文則弇陋平雜，不足觀也。其經之全旨，在注明維摩詰示疾爲緣起，蓋佛教人出家，而維摩詰以居士見身，故此經《佛道品》言「煩惱泥中，有衆生起佛法」，乃即病與藥耳。然執藥治病，藥即病矣，故下章《入不二門品》盡掃除之，所以爲大乘經也。如此義諦，惟佛地位能決之，諸弟子并大菩薩豈任問此疾耶？蓋全旨皆出於佛，而筆授者非過量人，雖釋道安、鳩摩羅什無如之何也。

楞伽經續書後

盍亦觀車之行於大塗乎？引而之乎千里者馬也，視乎險夷曲直者人也，其載則車也。人之心譬之車，而載與人、馬皆具焉。是故性之五，情之七，心之載也。知爲心之人，能爲心之馬，善不善爲心之險夷曲直，其至爲心之千里。若是者，盍亦觀車之行於大塗乎？性，善者也。情，善而之乎不善者也。知之體，洞然無善無不善者也。而其用能知善不善。能之體，充然可以爲善，可以爲不善者也。而其用，或專於善，或專於不善。是故孟子性善之言以性言性，而舉其全；荀子性惡之言以情言性，而要其末；揚子善惡混之言以情言性，而混其末與初；韓子性有三品之言以知能之用言性，而忘其體；惟浮圖之言則能舉知能之體焉。而能者有畔岸者也，故多舍能而言知，曰「常惺惺」，曰「活潑潑」，皆知之體也。以此爲性，故其言曰「性無善無不善」。程子、朱子引「常惺惺」、「活潑潑」之說而附之以儒言，失其旨矣。

此經六識分見，第七識合見，第八識爲性海，皆由知之用以推極知之體。六識、第七識即《楞嚴》生死根本也，第八識即《楞嚴》常清浄體也，其義宏深浩渺，細極無際，大含無涯。陽明先生終身言良知，無出是範圍者。其徒雖屢變他説，又何從出之哉？故其言曰：「良知包括天地。」夫知之體，宏深浩渺如是，若於能之體尺寸推之，必有可敵《楞伽》斯義者，而惜乎律家所言不能盡也。

壇經書後一

大通禪師偈曰：「時時勤拭拂，不使惹塵埃。」大鑒禪師反之曰：「本來無一物，何處惹塵埃？」今《壇經》所言皆拂拭之功，何耶？蓋圓、頓、漸三教未有不終身拂拭者也。未悟之先，拂拭導之；既悟之後，拂拭養之。宗門宿德皆如此。然滯於拂拭，有漏之因耳，故大鑒以無一物救之；滯於無一物亦有漏之因耳，故大滿以未見性救之。《涅盤經》言：「佛性常，諸法無常。」大鑒乃言：「佛性無常，諸法有常。」皆以解黏去縛而已。惟如此，方可以言拂拭之功。《壇經》所言，非止爲接引初機設也。

壇經書後二

大鑒禪師臨涅槃，次傳授之世，自摩訶迦葉尊者至菩提達摩尊者，凡二十有八，而吉迦夜所譯《付法藏記》止二十四，至師子尊者而絶。宋沙門契嵩據《三藏記》著《傳法正宗》，論定爲二十八祖，是矣。然契嵩咎彌遮伽多等七尊者無師弟子傳授之義，則非也。

敬觀佛書記師弟子傳授，大約附會成之，甚鄙誕不可訓，不止如朱子所詆「用中國音韻聲律」而已。浮圖稍有識力，如元沙備、徑山杲〔一〕必不爲是言，況諸尊者之超然哉？故《壇經》止次其世，無綴辭焉。後之人可以無惑於附會之説矣。

【校記】

〔一〕「杲」，原作「果」，同治八年本同，嘉慶二十年本、同治二年本、光緒十四年本作「杲」。案：徑山杲禪師名作「杲」，今據改。

文衡山先生詩册跋

陽曲李巽宇同年藏《文衡山先生詩稿》四册，揭陽鄭總制家故物也，曾歸真定梁蕉林相公，總制官直隸，故歸總制。凡爲古近體詩若干首，皆清瀏雋上，書法則出入顏、褚，極率意處皆有法可尋。真迹也！

古大家、名家所作，自性情流出，故生氣坌涌，大小高下如其人之生平。贋者支支節節爲之，則索然矣。

衡山先生託志高尚，而此册有不可遏抑〔一〕之勢，朱子讀陶詩而歎其凌厲，蓋隱士胸中之氣皆如是也。夫事功較之文章異矣，然未有不本之性情者。總制以治才著乾隆中，蕉林相公在聖祖朝委蛇黼黻，極一時之盛，二人胸中其亦有不同於俗，未易以淺近窺測者歟！巽宇必以敬之言爲不謬也已。

【校記】

〔一〕「抑」，原作「如」，同治八年本同，嘉慶二十年本、同治二年本、光緒十四年本作「抑」，今據改。

黄石齋先生手札跋

汀州伊墨卿太守藏石齋先生手札一通，《與熊魚山書》也。詳書中所言，當在崇禎九年先生起官之後。時魚山以事降官，牢落在外，故辭多隱約耳。書後歸心丹訣，其有所託而爲之歟。

古者忠義之士如顔平原及先生，皆學仙而得明驗於授命之日者也，富鄭公丹訣一匣，康節舉而焚之，曰「先去一大病」。善學古人者可以互觀焉。

張子實臨徐俟齋尺牘書後

右陽城張子實臨《俟齋先生尺牘》，并三家跋語作一卷。敬愛其雋宕清超，假歸案頭一月餘。第八行爲下食婢汙損數字，不可治，因書後歸之。

敬今秋至南昌，首見左忠毅、史忠正手札，次見董文敏初入翰林時家書，次見俟齋尺牘，皆真迹也。忠毅之言如苦行沙門，眼超語峻，必證上果；忠正處分軍事，謹密當事機；侯齋隨手作書，莊語譃詞具見格調，如接王、劉諸人談嘯；文敏皆家常語耳。劉豫州聞之，當自卧百尺樓上矣。於此見士大夫性分風尚各有所近，而所處之世緩急治亂亦可尚論焉。

忠毅、忠正手札藏桐城左氏。《侯齋尺牘》查守樗自廣東攜歸京師。文敏家書爲子實所藏。因并識之。

記蘇州本淳化帖

嘉慶十一年十月，敬在南昌於彭臨川處見板本《淳化帖》十卷，卷數下有「臣王著摹」四字。檢卷後，仍摹「奉聖旨摹勒上石篆書」，則卷數下四字爲賸矣。士大夫必不至此，其爲市井所爲僞本無疑。十四年八月，復於南昌見之，知爲瑞州吴司馬故物。後至京師，見多鬻之者。旋過蘇州，則賈人以數帙炫賣焉，然後知爲蘇州本也。

《六研齋筆記》王文肅所藏《淳化帖》，卷數下四字與此同。又第二卷鍾繇書，第三卷孔琳之書，增多處亦同。惟文肅本裂文八處，此本或見或不見。文肅本「莆田陳知古王俊刻」等字，此本皆無之。據此，則此本爲翻刻文肅本亦無疑。文肅於此事雖未見深嗜，其家庭門館多知者，何至弆此贋物？豈賈人先饋之爲聲價歟，抑文肅好廣而漫購之歟？文肅本鈎摹不知何如，吴司馬本則俗〔一〕甚，然尚是百年前拓本，今市中本則更下也。

【校記】

〔一〕「則俗」，原作「俗則」，同治八年本同，嘉慶二十年本、同治二年本、光緒十四年本作「則俗」，今據乙。

上董蔗林中堂書

中堂大人閣下：敬前在都，不及見吾宗宛平君。宛平君有孤女二人，中堂爲猶子娶其少者。敬欽風義之日久矣，然處卑賤，不願自通於左右。後令富陽，爲中堂鄉縣，以禮至邸第一投謁，而中堂辱存之。侍坐之頃，妄測淵雅之衷、宏通之量，蓋庶幾唐之張子壽、宋之王子明者，是用益不敢苟然致獲咎於大君子。蓋十五年之間，未嘗一日忘，未嘗一事干，此則敬之所以自立於天下士大夫，而中堂之所深知深知者也。

雖然，上之於下也，知其識，知其才，知其守，皆有迹可求者也。故雖以卿相之尊，欲知草茅初進之士難矣而實易。下之於上也，有奏狀之言，有制詔之辭，有朝議之公，有輿論之詳，易矣而實難。何也？彼在上之庸淺者蓋亦有之矣，而不爲庸淺者，識至遠而不見其識，才至大而不見其才，守至堅而不見其守，皆無迹可求者也。而以庸淺測之，則惡乎知，惡乎不知？是以敬之於中堂不敢以庸淺測之，則請言敬之所能測者。

曩者，敬以官事久羈浙中，中堂歸富陽，一切以古禮自處，而人人所道者，入官寺如甘寧〔一〕，過里中如石建，敬以爲此自好者所能，不足以見中堂。敬所竊窺者，其時海內無事，而中堂獨居念之深，念之至深，處若忘，行若遺，在堂則循階，在室則繞柱。且中堂立朝，素不以辭色從人者。及自富陽至天津，至京師，而不惜委蛇行之。行之而無所圖，則向之念之深、念之至深者何爲也？行之而有所圖，則向之念之深、念之至深者何不聞一親者之與聞、一智者之與議也？及數年之後，朝廷施大賞，用大罰，而後使敬渙然而意得之，此則中堂之不見其識，不見其才，不見其守有如是也。然而敬尚不敢信以爲如是也。及往歲侍坐，微及古今相業有旋乾轉坤者，中堂悚然惕然，言何敢承，何敢承！而後益信爲必如是也。敬所能測中堂者此一事耳而已。如是推之，則中堂輔佐兩朝垂四十年，其中識之遠、才之大、守之堅而無迹可求者，豈易更僕數哉，豈易更僕數哉？

敬生有狂名，而所守皆獧者之事，惟好觀古今之大人，察其人人之所不諒者。此則分外之想，分外之志，其世人所謂狂歟！然性之所喜，不能以已。敬座主戴文端公於中堂淵源最近，道義最深，其忠愛勤勞亦有深隱不可驟識如中堂者。敬文稿《上書》一首、《神道碑文》一首，庶幾得其大凡，不可不呈之中堂。古者語必以類，故詳叙敬之所以測於中堂者以先之，惟留意焉。正月十八日惲敬謹上。

【校記】

〔一〕「入官寺如甘寧」，郭象升曰：「此子居誤記也，當作『入官寺如凌統』耳。《吴志·凌統傳》：『過本縣，步入寺門，見長吏懷三版，恭敬盡禮。』統父爲甘寧射殺，相仇久之，吴王爲之解釋乃止。子居因凌、甘有此事，二人又皆吴之勇將，故涉筆致誤也。」（見《郭象升藏書題跋》）

上舉主陳〔一〕笠帆先生書（其一）

笠帆先生閣下：前者旌旆自江西移湖南，士聚於庠，商告於市，民要於野，願一叩首馬前。先生豈人人被之澤，以要結之哉？心之所及，足以相信有如是也。而其中能詩文者，復揄揚其事以獻之左右，先生亦深慰藉之。後敬追隨至九江，先生問獨無詩若文，以言别之故，敬對而未悉也。

古者贈送詩若文，多規戒之辭。至明而盡出於諛悦，蓋不問其人若何，而皆有以諛之悦之者。其升擢朝覲，則諛悦之辭從同同，是故敬集中無是也。且詩文集序及題辭亦無之，何也？五尺之童，未知丁倒即有集，此誑科第耳；遺種之叟，萬事瓦裂亦有集，此無聊賴耳；富貴酣養，欲爲清流亦有集，此乘豪横耳。序者纍纍焉，題辭者纍纍焉，一言以爲知，一言以爲不知，此不必更附其後也。況禍福之端，一人造之，一人當之，已未不稱本，若以從他人，豈不大可惜哉？是故敬集中亦無是也。

先生文章事業出於人人，不在鯫生之揄揚。敬事先生，與人人殊，不在隨人人爲揄揚，故先生之去亦無之。惟先生之去亦無之，而後四海之大，百年之久，無有再以贈送之詩若文責敬者，而集中之義例遂如金城之不可攻，湯池之不可越矣。然而有白之先生者，故九江之對，請以書進，幸得畢其辭焉。蘇子由曰：「古之君子不用於世，必寄於物以自遣。」敬之庸劣，不敢附於古之君子。需竊微禄近二十年，不敢謂不用於世。然今之天下人才衆矣，任鈞軸者有人，任疆埸者有人，任河渠者有人，任漕輓者有人，任百執事者有人，皆循循然奉功令赴期會。較其貴賤，則有相懸者矣；論其賢不肖之相去，其間豈能以寸哉！是何也？世亂則才勝法，世治則法勝才。太平既久，無異政，無殊俗，豪傑與凡庸同功，正直與詭隨并譽，如洪鑪熾則金鐵雜投而皆鎔，大海泛則浄穢疾下而同化也。若是，則敬雖服卑官二十年，豈敢謂用於世？即等而上之，再等而上之，又豈敢謂用於世哉？若是，則寄於物以自遣之説，敬何敢辭焉！且夫操觚之臂可引六鈞，習於射也；超距之足可越三丈，習於踊也；測理之心可達千聖，習於文也。敬自能執筆之後，求之於馬、鄭而去其執，求之於程、朱而去其偏，求之於屈、宋而去其浮，求之於馬、班而去其肆，求之於教乘而去其罔，求之於菌芝步引而去其誣，求之於大人先生而去其飾，求之於農圃市井而去其陋，求之於〔二〕恢奇弔詭之技力而去其詐悍。淘汰之，播揚之，摩揣之，釁沐之，得於一是而止。是故「質諸鬼神而無疑，百世以俟聖人而不惑」，竊有志焉而未逮也。

本朝作者如林，其得正者，方靈皋爲最，下筆疏樸而有力，惟叙事非所長；再傳爲劉海峰，變而爲清宕，然識卑且邊幅未化；三傳而爲姚姬傳，變而爲淵雅，其格在海峰之上焉，較之靈皋則遜矣。其餘諸子，得固有之，不勝其失也；是固有之，不勝其非也。敬才駑下，終其身而已矣。若夫文之堅毅者必能斷，文之精辯者必能謀，文之有始終者必能持正，則所謂鈞軸、疆場〔三〕、河渠、漕輓，百執事，蓋無二道焉。然或寓之文而充然，寓之事而未必不欲然者，則又存乎其人、存乎其時而已，敬非敢自矜也。茫茫千古，如驅羊，如履豨，如害馬，不力辯焉，則此事皆爲謬種矣。惟先生諒之。八月二十一日惲敬謹上。

【校記】

〔一〕篇名原無「陳」字，據目録補。

〔二〕「之於」，諸校本均無「之」字，是本剜改作「之於」（兩字并排共占一格）。王校：「應有『之』字。」

〔三〕「疆場」，原作「彊場」，刻誤，據前文「任疆場者」改。

上舉主陳笠帆先生書（其二）

笠帆先生閣下：本月十六日接奉鈞諭，辭旨精審，以敬爲可教而諄諄示之，言藝如是，言事、言道必悉如是，此古人所以能日進之道也。而簡末及于亭孝廉，則知幕府賓從，皆見敬前書而幸正之。先生知交遍海内，幕府之盛幾於裴丞相、錢留守。敬以言藝進，當始終盡其愚并以質之諸君子焉。

書日之法始於《尚書》，而詳於《春秋》。《春秋》書魯大夫之卒，《穀梁》言日者正也，不日者惡也。《公羊》則以不日爲遠。今考公子牙以後二十三人，賢與不肖卒皆日，則不日者以遠失之，《公羊》爲是。故古者金石文卒皆書日也。《左傳》：「衆父卒，公不與小斂，故不書日。」孔《疏》以季孫行父等證之，是君臨宜日也。《文端碑》書「甲寅皇上親臨喪次」，其法本此。至賜謚，賜祀賢良，賜祭，《春秋》無明文可比，然不日則疑於與臨喪同日矣，故謹書之。《春秋》於喪之歸皆書日，桓公、昭公是也。故文端之喪至南昌，亦謹書之，葬之日不日。《公羊》有渴葬、慢葬〔一〕之説，而以不日爲正。然《春秋》書魯公之葬、夫人之葬各十，皆日，則他國之不日者亦以遠失之，非如《公羊》之説也。故文端之葬亦謹書之，數條皆金石文通例也。

若書三代封贈之法，其以一筆書者，必官封無異焉。今箕圃先生有官階不可没；彭太夫人受夫封，亦不可没，是以前後詳書，而中以如曾祖、如曾祖妣，變文以隔之，此亦金石文通例也。其所以必三代排比書，不合書有官無官，有封無封，而一筆以封贈結之者，抑更有説。此文自「嘉慶十六年」至「如令式」〔二〕，以日排比書。舉人中書，以文端之年排比書。賜及第以後，以國家年號排比書。而於賜及第書文端之年，爲上下轉捩，蓋前後數百言皆排比法，以見謹也。若書三代，獨不排比，則爲文體不純矣。《史記》、《漢書》有排比數千言者，其後必大震蕩之。此文實在前，虚在後，所以如此者，因通篇不書文端一事，故用排比法，敘次家世、科名、官位，然後提筆作數十百曲，皆盤空擣虚，左回右轉，令其勢稽天匝地，以極震蕩之力焉。此法近日諸家無人敢爲，亦無人能爲也。東坡《司馬公神道碑》虚在前，實在後，所以如此者，由一切事業不足以盡文正，故竭力推闡在前，後列數大事，止閒閒指示如浮雲，如小石，此文正人之大，東坡手筆之大也。文端雖賢，必不敢自儕古人。敬才弱，不敢犯東坡，因顛倒其局用之。至變化則竊取子長，嚴整則竊取孟堅也。

自南宋以後，束縛修飾，有死文無生文，有卑文無高文，有碎文無整文，有小文無大文。韓子詩曰：「想當施手時，巨刃摩天揚。」南宋以後，止於水航之尺寸粗細用心，而不想施手時，故陵夷至此也。

婦人稱「太」，始於太姜、太任、太姒，戰國始見「太后」之稱，漢、晉以來有「太夫人」之稱。其夫在不稱「太」，乃定制於北宋，至今沿之；而夫婦皆亡，則仍不稱「太」，與歷代升祔不稱「太」同。文端爲修撰之時，篔圃先生夫婦相繼而逝，故封一品時應去「太」字，于亭之言是也。如尚有未當，祈即續示爲幸。十月十一日惲敬謹上。

【校記】

〔一〕「慢葬」，原作「漫葬」，王校作「慢」，合於《公羊》之文（阮刻《十三經注疏》本），今據改。

〔二〕原作「『嘉慶元年』至『如公式』」，沈校曰：「按前讀碑銘原文以嘉慶十有六年起，至下云『如令式』，此『元』字、『公』字似當照原本作『十六』字、『令』字爲是。」今據改。

答伊揚州書一

秋水先生閣下：不見二十餘載矣！天下不過此數人耳，何日忘，何日忘！今年在椒丘舟中，得二月二十二日書，喜甚。開椷讀之，知在粵東見敬《文稿》，過蒙獎借，不安殊甚。惲子居他日何以副朋友之所期耶？不日進即日退，恐文質無所底，愧見諸君子，則今日之訡癡符，亦終歸於覆醬瓿、貯敝筐而已。藹如其言，昱如其光，皦如其音，先生視敬，有一焉否也。

清夫徵士，時時於往來中知其爲人，其文必有過人者。往歲敬北下章江，先生爲故人子所發書并清夫徵士集均未寄到，至下籤之説，敬何人斯，敢當斯語？然有可復之先生者。曹子建云：「後世誰相知，定吾文。」劉彦和云：「善爲文者，富於萬篇，貧於一字。」歐陽永叔文成即黏壁，時時讀之；蘇子瞻用事必檢出。此數人者，其用心可以觀矣。是故，文者，私作也，必以公行之；文者，藝事也，必以道成之。固有賢人君子窮極精慮之所作述，而一得之士可以議之者。然則清夫徵士之集，敬請得因先生之言而一一籤之，天下當不以爲僭也已。

敬於孟詞爲鄉試同年生，孟詞卒後，未聞其一事，心嘗恤然。其生平學問又未得其要領，所命云云，皆敬心中所朝夕念也；然如何而可以不負孟詞，惟復命之。

聞先生明歲有江右之行，當可作數日遊，所欲言者無窮極也。七月初七日惲敬謹復。

答伊揚州書二

秋水先生閣下：前奉韶州手書，七月中作復，并《文稿》四部由瑞金楊茂才國芸寄李汀州處矣。如未達，可向署瑞金邵君促之，甚便也。八月下旬，清夫徵士之少君蘭芳來寓手書并清夫文集一部，始知遲遲之由。蘭芳事已與料理矣。敬前復書，蘭芳録本奉呈，想已達也。清夫爲今之作者，先生來書何言之謙耶？貴省近日古文，推朱梅崖先生，清夫得之梅崖，梅崖始終學韓公者也。大抵韓公天質近聖賢豪傑，而爲文從諸經諸子入，故用意深博，下筆奥衍精醇。梅崖止文人，而爲文又從韓公入，故詞甚古，意甚今，求鍊則傷格，求遒則傷調，自皇甫持正、李南紀、孫可之以後，學韓者皆犯之。然其法度之正，聲氣之雅，較之破度敗律以爲新奇者，已如負青天而下視矣。清夫猶是也。敬與清夫所學不同，若强清夫之文以從敬，是猶毁鼎彝而鑄刀劍，舍琴瑟而聽鼓鼙，後者未成，先者已棄。鄙意欲於其目録之不劃一者齊之，稱謂之不相當者易之，當時語之不合法者删之，如是而已。望寓書清夫，視所見同否也。九月初五日惲敬謹復。

答伊揚州書三

秋水先生閣下：前月得舍弟書，知過嶺修謁，重蒙嘉惠，感謝感謝。舍弟蹉跎二十年，不得已請書於先生，從此或有遇合以成其用，皆先生之賜也。目下尚在瑞金，望後方可至章門。所賜家南田畫未得展玩，而心之欣然已不成寐矣。惠書舍弟先附來，昨又得九月二十七日書，所以慰藉期待敬者良厚，不敢當不敢當。

敬近日觀尹河南、范忠宣所以處患難之言，褊心暴氣，似有銷釋之漸。其餘世事，俟大定後與世之大君子權之，不敢求進亦不敢言退也。光禄公人倫模楷，專立祠堂，頌述功德，敬得附名其間，可謂幸甚。惟來示命以作記，敬思記體謹嚴，唐宋諸名人雖破體爲之，不過抑揚唱歎以遠神激蕩而已。氏族官位既不能詳列，學問事功又不能實載，是以改作祠堂碑銘，可以用大筆發揚，用重筆結束。太夫人祔廟亦於體得書矣。先生必以爲宜然宜然也。

古者，講學之人祠堂記多稱號、稱先生，今用祠堂碑例，宜稱官稱公，至惠州之事，例不宜書。太夫人生平之事，例不宜書。孫、曾銜名，例不宜書。先生亦必以爲宜然宜然也。道學異同，若入碑文中，少涉筆則不透徹，多涉筆則辨體論體矣，不涉筆則通篇之文如玉卮無當，玉盤缺角，故起首推明朱子之學，後列高宗之諭及文恭之論，君友共證明之。遞入銘中，可以縱横往來，使銘辭瀏然確然，與碑文相照耀，乃變法中正法也。鄙意如是，必屑屑自明者，敬以後學爲先進作碑文，庶幾慎之又慎，或免咎戾，先生亦必以爲宜然宜然也。

敬爲飢寒所迫，秋來又病腰脚，明春得暇，清夫之文當卒業焉。或天假之緣，得朝夕晤對，則可益盡其愚，清夫必不鄙夷之也。

龔西原署瑞州，周雨亭署南昌同知，皆時見，已致盛意矣。方茶山在遠，未得見也。冬寒，一切爲道自重。不宣。十月初五日惲敬謹復。

答伊揚州書四

秋水先生閣下：二十二日舍弟自瑞金至南昌，盛言先生兄弟之樂、子姓之謹、精神之固、問學之勤，爲之欣然，可以觀所養矣。又言秋水園古樹數章，修篁數十畝，池館位置得疏宕之意，兼有近石遠山，引人着勝。先生何修而得此耶！敬在千里外已神游化人之宫矣。能繪一圖來，當以小賦或小記償之，庶幾此山之靈，欣然解顔也。

所惠香山老人畫，是其晚年之筆，意境超遠，體勢雄厚，皆以篆籀法爲之，惜神已敗矣，緣懸挂積年，爲塵土所侵，裝潢家又以低手壞之也。敬過眼雲烟，幾數千軸，大約以俗冒雅者貴，以雅篾俗者賤，以邪干正者賞家多，以正排邪者賞家少。小道尚如此，如何奈何！

《光禄公祠碑銘》，先生當自書之，或用青石大碑四統，如《表忠觀碑》，書徑三寸字，四圍以石柱石押束置一處，可得五百年不毁，五百年後必有再刻之者。如此則此碑之獨雄宇内，無窮期也。

先生銜名，例應直書，已書之矣。今人作文，即不書名一節已成大謬也。光禄公之曾祖司鐸何地，望示知，可填入拙集中。不宣。十一月二十五日敬謹上。

答趙青州書

味辛先生閣下：往歲在鄉郡，敬將返江右，而先生有關中之行。千里鑱驅，彼此同之，所慮者敬少壯於先生，江右一水可通，無多勞勩，先生則未免車馬之苦耳。今歲十月，得印山大兄書，知道體違和，有南轅之意，尚未深悉。十二月中，孟巖廉使詣部，始知其詳，并得手書。知左手足枯重，急切未愈。昔之名人，多有此疾。當由性情耿介，中懷時有所不然，又多危坐讀書，血氣不行所致。然關右風高，可愈積濕，何遽至如此？將毋爲甚寒所中耶？若是，則湯散不可專補血氣也。

先生自作輓匾、輓聯，雖佳甚，然豈得便議此？自靖節自作輓歌，近代名人沿結習爲之，或數十年後尚康强逢吉，不幾於欺謾當世後世耶？閲書至此，當乙之以一笑愈疾可也。

敬嘗觀之古人，其畜道德能文章者，饑寒之外復多變故。或家室違異，或朝廷歧阻，或毁敗於讒譏，或展轉於疾病，使歷睽變之人情，發幽沉之己志，故一旦事權會屬，則智力所詣，適中機牙，而牢落一生者，其遺文逸事、法書名畫，皆能曲折精微，鴻懿絶特，不類乎人人之所爲。孟東野曰：「身病始知道。」道尚可進，其他所得寧有既哉？寧有既哉？

大集之序，乃後死之事，比之元晏，愧何敢當？然元晏之才，實不及太沖，當時皆耳食耳。茫茫天下，作者幾人，知者幾人？此後先生即不徵敬文，敬亦有以報也。續刻《文稿》於原刻多改正，附呈一部，祈是正之。五月六日惲敬謹上。

與宋于廷書

于廷孝廉仁弟足下：獻歲擾擾，過從未盡所欲言。居陋意蕪，致足下與漁樵登舟北行，不及一執手。迨正月垂盡，因雨霽赴江干，旌旆久已東發矣。

今年會試，聞言路又先事及之，當事者必加意束縛，或藉此可得真讀書人。若是，則足下及諸與敬相知者獲儁必倍蓰也。

敬近況如相見時，家慈已來章門，子寬尚在吴城。爲舉債計，終恐無益耳。西原太守時時來，夏首可署撫州。

《見懷詩》清峇可諷誦，中引嵇中散事極相肖，若戴九江事則鄭漁仲所誣也，敬久欲雪此言，今因足下詩輒分疏之。案《通志》叙次《小戴記》，斥之曰「身爲贓吏，子爲賊徒」，而引《漢書·何武傳》爲證。敬求之漢人他書，無有言九江事者，故漁仲於《何武傳》之外亦未引他書。今止據此分疏，可無漏落。《傳》曰：「九江太守戴聖，《禮經》稱小戴者也。行治多不法，前刺史以大儒優容之。及武爲刺史，行部録囚徒，有所舉以屬郡。聖曰：『後進生何知，乃欲亂人治！』皆無所决。武使從事廉得其罪，聖懼，自免。」原文言「多不法」，言「得其罪」，未嘗言「受贓」也。此如以意决事、不守功令期會，或過誤賞罰、科斷乖背皆是。觀刺史所舉，九江尚敢廢閣，殆倚聲望，傲然爲之，致積愆過而已。不當二千載之後，懸入以受贓。使如漁仲言，貢禹以職事爲府官所責，公孫弘以罪免，皆可曰受贓矣。《傳》又曰：「後爲博士，毁武於朝，武聞之，終不揚其惡。而聖子賓客爲羣盜，得繫廬江，聖自以子必死。武平心決之，卒得不死。」原文言「平心決之」，則武非縱盜也。武非縱盜，則九江之子非盜黨也。此蓋漢法連坐，其子之賓客爲羣盜，故子繫廬江，緣漢人市好客名，多通輕俠耳。漁仲斥之曰「賊徒」，如斥九江「受贓」，失事實矣，可哂也！

北宋以後，儒者喜刻深，而讀書又不循始終，即妄爲新論，專以決剔前人瑕累爲快，如諸葛忠武、文中子，皆詆毀無完膚，況九江哉？至明程篁墩拾漁仲謬説，遂有罷祀之議，廢已之耳目，隨人之是非，益可哂也。冉子有聚斂，端木子貢貨殖，南宫子容載寶而朝，皆記載明確，以親受業聖人，不敢議。於九江，則正史所不書者，以意加之，儒者之言宜如是歟？且九江父子果大惡，則容贓吏、祖賊徒，蜀郡何君公何以爲賢刺史也？

敬前過栗里，考陶靖節事，知吴斗南言靖節仕桓玄甚非事實；今九江事得敬此書，當大白矣。如後此有數十年暇日，當遇事爲古人分疏，勿使漁仲諸人陷溺昔儒，詿誤後學也。近《十二章圖説》、《首服圖説》、《兵器圖説》已定稿，寫畢當呈請是正。三月十六日惲敬謹上。

答張翰豐書

翰豐仁弟足下：爲别三載矣！中間時一通問，不盡欲言，遼闊之忱如何能置？春間書來，乃聞蘭畦先生之訃。近園孝廉亦前後書來，事至於此，奈何奈何！然悠悠之人，至欲歸咎診候藥物，長安居真不易矣。五月中，近園復有書來，以志屬敬，敬義無可辭，辭則無以對蘭畦先生矣！屬草稿之後，有知舊者謂不宜作如是言，宜言國家恩遇，門地貴盛，終世無過。嗚呼，知舊其愛敬者歟？然此無過之志銘，長安貴人能操筆墨者不下五百人，何必江南惲子居千里嘔心，起古之揭日月、泣鬼神者，而質其然否也！

敬嘗謂南宋以後，爲志銘者如壞畫工，凡傳之師授之徒者，知衣冠佩帶而已，他非所知也。是故所爲顔、閔之容，無甚相遠也；所爲飲光、鶩子之容，無甚相遠也。爲志銘者，官閥之外言其和於家，言其勤於朝，言其惠於朋友，千百人皆此數語耳。安眉於目上，植須於頷下，頎頎然，團團然，去衣冠佩帶，孰辨爲顔、閔、飲光、鶩子哉？若是者，皆可以無過者也。

夫天下有生平煦煦嘔嘔，言行無可指訾，而死後不得爲君子之徒者；或衆所忌怨，生平所爲有得有失，千載之後必有仰企之論焉。此無他，觀其大體而已。敬於蘭畦先生，本其性情，得其形貌，故讀之終篇，如見轉盼而思，厲聲而呼，高步而望，倚几而指揮。至於朝廷知人之明，用人之當，層疊皆見，則知舊所謂無過者或亦庶幾焉。然而揭日月、泣鬼神者，未嘗不可見。仁弟詳觀之，其有以告我。

秋中，彦惟當北行，見時爲道念。六月十五日惲敬謹上。

答鄧鹿耕書一

鹿耕先生明府閣下：前蒙惠書，所陳皆古人之義，敬何敢承？知即日舟赴章門，可面罄一切，未及作報。嗣恩恩奉謁，先生益有以奬借之，敬益用自愧。然何幸得此聲於天下士大夫，此後不敢不自勉矣。使來，復奉書及多儀，愧甚愧甚。

尊甫大人名儒循吏，伐石之辭，敬得操筆墨以揄揚盛美，方懼不稱所使，何敢濫叨嘉貺，詒誚古人？然却之則非先生事尊甫大人之心，因先生之美，遂忘鄙人之陋，謹再拜登之。前鶴舫先生曾以蟾蜍大研、孔雀補見賜，亦不敢辭，其於他人則未之敢受也。

古者，文人集中所刻，時與石本不同，皆由年力俱進，積漸更定，故致如此。尊甫大人志文，敬因作意部勒，故用筆未得自然，下語亦不能堅定，心常嗛嗛。近塗改數字，删易數語，較呈西原太守本略似整齊。然未敢信也，謹鈔録奉寄。如已諏〔一〕日，可先付鈎摹。敬有更定，自存集中可也。

先生論史筆不難於簡，難於有餘，最爲高識名論。敬更有復之先生者。王右軍寫《樂毅》則情多怫鬱，書《畫讚》則意涉瓌奇，《黄庭經》則怡懌虚無，《太史箴》又從横争折。此如太史公傳《儒林》、《循吏》，皆筆筆内斂，與《游俠》、《酷吏》不同。是以敬於尊甫大人志文不敢縱宕行之，遂致神太迫，氣太勁。若《儒林》、《循吏》，神與氣何嘗不有餘？此古人之不可及也。先生以爲何如？

江廣文十載知交，札應即復。敬性疏脱過甚，竟忘其别字。不敢隱於相知，又不敢率爾作世俗之稱，望示明後報之。北上何時路過吳山，必留數日是幸。不盡及。八月十二日惲敬謹上。

【校記】

〔一〕「諏」，諸校本作「陬」。

答鄧鹿耕書二

鹿耕先生明府閣下：昨奉賜書，知尊甫大人大事誠信無悔，敬不能隨執紼諸君子與觀盛禮，又葬期在既禫之後，不得復有所附達，將其慺慺之忱，而先生諄諄然致過分之言，愧甚矣。承示塋兆形勢，極慰。意此事自古有之，觀孟堅所志各書，可見其理。與《周禮》「九州」、《爾雅》「四極」相通貫，皆氣之變爲之。棄骨裹而足疾平，穴蟻除而脅疾愈，生死一理而已。惟小人棄本求末，不務脩德，止求吉葬，無論天道人事，不能得善地，即得之必有物以敗焉。若君子思安其親，其爲造化之所福無疑也。鄙見如是，先生當必以爲然。

敬近況如常，家慈精神如五六十人，惟向爲濕氣所苦，近飲木瓜酒，漸輕除矣。大著《周禮條考》尚未寓目，因西原太守於長至日丁内艱，不能索觀也。古人詩文，必各自成家。先生儒者之言，以和平慎密爲主。敬前盡其愚，不以見責而反褒之，敬何以自安耶？壽田茂才進境何如？敬與先生交非尋常，而賜書過爲謙下，敬何敢當？自後斷不可見外也。十月初三日惲敬謹上。

卷三

重刻脈經序

晉王叔和《脈經》十卷，《隋書》、新舊《唐書》、《宋史》各《經籍志》皆有之。此本爲明萬曆三年福建布政司督糧道刊本，有袁表後序。其卷首列宋熙寧元年國子監博士高保衡等請鏤板劄子并校正及進呈各銜名，次列廣西漕司重刻陳孔碩序，次列元泰定四年江西龍興路重刻移文并柳貫、謝縉翁序。蓋此書前後凡四刻矣。各序皆斥五代高陽生《脈訣歌》援勦經説，粗工便之，致此書傳習不廣，此醫學所以日陵夷也。

袁表後序言第十卷録載《手撿圖》二十一部，而卷中止復論十二經脈、奇經八脈、三部二十四脈，無《手撿圖》。高保衡劄子言俗本有二：其一分第五卷爲上下卷，其一入隋巢元方《時行病源》一卷爲第十卷。意者本經第十卷《手撿圖》已亡，後世據所見或分第五卷，或入元方書以足十卷之數歟？若是，則今之第十卷亦高保衡所改定，非本經原文也。

蕆原朱君世藏此書，沈南昌重刻行世，移卷首徐中行書附之後序之左，以從時世，并於十卷録下删夾注十二行，以註意見後序中，不應復列也。若夫是書之精微博大，足以發軒岐之奥窔，通天地之門户，則四刻各家具言之，學者可得其要領矣。

誦芬録序

敬於歸安鄭柳門先生爲年家子。先生就養星子，折行輩交之，甚引重也。敬每脩起居，先生諄諄以所輯《誦芬録》命之序。後敬居南昌，先生以書促之，敬禮不敢辭。《誦芬録》者，録滎陽鄭氏自浦江遷歸安諸先正之言行也。古者，譜牒之學以明世系、定昭穆爲宗。後世稍裒集〔一〕嘉言善行以附益之，於以章前功、訓後嗣，如史書所載英賢録、官族傳是矣，然多出著述家，非子孫之言。若李繁《鄴侯家傳》、韓忠彦《魏公家傳》、王皥《沂公言行録》，雖出子孫，又止一人之事而已。惟明棨《明氏世録》、崔鴻《崔氏世傳》，則通記一姓之人。《誦芬録》之體例蓋視乎此，而所録言行則以遷浦陽之後爲限斷焉。

浦陽自南宋以孝友傳家，垂數百年。義門之名滿天下，本源深固，支派蕃衍，其分散遷徙者俱守義門家法，以長其子孫。歸安於浦陽分居浙東西，風氣相及，是以録之。所載大者至兄弟争死，名動萬乘；小者推財讓能，有益於人，以及守一術之微勤，一事之細類，皆有長者之意，不愧其先，可謂善矣。使鄭氏子孫有得乎此，可善其一家；若天下士大夫能推而行之，相勉以和，相厲以節，其所成未可以〔二〕意量也。若是，則先生之爲此書也，其意不甚盛歟！

敬，鄭之所自出，系自歙，爲南祖之裔，與浦陽自北祖者不同，然皆望滎陽。舅氏清如先生家法恂謹，敬少時私淑焉。故敬於是書樂附名其間，且推闡之如此。嘉慶十九年十月既望陽湖惲敬序。

【校記】

〔一〕「裒集」，原作「褎集」，王校作「裒集」，今據改。

〔二〕「可以」，原作「以可」，同治二年本、光緒十四年本校改作「可以」，今據乙。

十二章圖説序

古者，十二章之制始於軒轅，著於有虞，垂於夏殷，詳於有周，蓋二千有餘年。東漢考古定制，歷代損益，皆十二章，亦二千有餘年，可謂備矣。中間秦王水德，上下皆服袀玄，西漢仍之，隔二百有餘年。是以諸經師不親睹其制，多推測摹擬之辭，然搜遺祛妄，各有師承，考古者必以爲典要。至歷代《輿服志》具載不經之制，而冕弁服則兢兢然不忘乎古焉。其大臣議禮之説，多可采者。是故言史不折以經不安，言經不推以史不盡也。

敬自束髮受書，頗窺各家禮圖得失，今上采箋注，下揆史志，爲十二章，分圖若干，合圖若干，歷代圖若干，附其説於後。世之君子其有以是正之，則幸矣。

古今首服圖説序

古者有冒，有冠，有纚。纚者，所以韜髮也，《士冠禮》「緇纚」是也。纚之變爲幘，幘之覆爲巾，巾之變爲幅巾、爲帢。三代加冠於纚，後世加於幘，若幅巾、帢則不加焉。帢之變爲葛巾，幅巾之變爲幞頭，常冠也。幞頭之變爲翼善冠。自纚至翼善冠凡八物，皆非冠也。而幞頭、翼善，則冒冠名焉。

冠者，冠也，冠於紒也。冠之别，一曰緇布冠，「太古冠布，齋則緇之」是也；一曰玄冠，周委貌、殷章甫、夏牟追，皆玄冠也；一曰爵弁，士冕也，周弁、殷冔、夏收，皆爵弁也；一曰冕，夏后氏收而祭，商人冔而祭，周人冕而祭，皆冕也；一曰皮弁，「三王共皮弁素積」是也；一曰韋弁，「凡兵事，韋弁服」是也。自緇布冠至韋弁凡六物，皆冠也，而名皆别焉。

冒者，冒也。《通典》：「上古冒皮。」〔一〕冒之名所繇起是也。其制先於冠冕，後世庶人無爵者服之。北魏朝臣皆服，便乘騎也。江左君臣則私居服之。

夫三代之時，爲制備矣，而首服益嚴。觀禮經記載，其用劃然者也。自漢以後，士大夫喜趨於苟簡，三代首服之制以意增損之。增損既久，與古全乖。其燕閒所服，更無故實，牽彼就此，以古合今。故禮圖所繪，不能無失。敬考各家經注及史傳，參伍始終，錯綜正變，爲《圖説》若干卷。冠之類從冠，以著其儀；纚之類從纚，以推其等；冒之類從冒，以盡其便。立乎千載之後，以言乎千載之前，豈敢謂出於盡是？然浮假之説，歧雜之言，則不敢及焉。若夫朝祭之用，則經史具有明文，考古者可自得之矣。

【校記】

〔一〕「上古冒皮」，《通典》卷五十七作「上古衣毛帽皮」（清武英殿本），「冒」字作「帽」。

堅白石齋詩集序

静樂李石農先生爲詩四十年，少即遠遊不遑息，曰《行行草》；官西曹，曹有白雲亭，曰《白雲初稿》；分巡温、處二州，曰《甌東集》；提刑雲南，曰《詔南集》；謫迪化州，曰《荷戈集》；分巡天津，曰《七十二沽草堂吟草》；提刑廣東，曰《訶子林集》。合爲《堅白石齋詩集》若干卷。陽湖惲敬爲之序。序曰：

言詩於今日，難矣哉。古近之體備於唐，唐之詩人蓋數十變焉。宋較之唐，溢矣，亦數十變焉。元較之宋，斂矣，且屢變焉。明較之元，充矣，又屢變焉。本朝順治中，詩贍而宕；康熙，則適而遠；雍正，則瀏而整。夫積千數百年之變，而本朝諸名家復變焉。於是自乾隆以來，凡能於詩者不得不自闢町畦，各尊壇坫。是故秦權漢尺以爲質古，《山經》、《水注》以爲博雅，犛軒竭陀以爲詭逸，街彈舂相以爲真率，博徒淫舍以爲縱麗，然後推爲不蹈襲，不規摹。是故言詩於今日，難矣哉！

夫詩有六義焉，兼之者善也，其不兼者必有所偏至，而詩之患生焉。六義者，天下人之性情也。性情者，給於萬事，周於萬形。故得性情之至者，六義附性情而各見於詩，雖合古今而契勘之，何虞乎蹈襲，何畏乎規摹哉？且夫性情者，撣之而愈深、窒之而愈摯者也。石農先生自髫年及於中歲，室家之近，羇旅之遠，科名之所際，仕宦之所值，多處憂患之中；即偶有恬適之時，亦思往念來，不可終日。其胸中鬱然勃然之氣、悠然繚然之思，要以皭然確然之志，而又南極滇海，西窮濛汜，久留幽燕冠蓋之場，遠託吳越山水之地。故其爲詩清而不浮，堅而不劌，不求肆於意之外，不求異於辭之中，反覆以發其腴，揉摩以去其滓。何也？性之至者體自正，情之至者音自餘也。今夫思婦之朝吟必長，無律吕以節之，而未嘗無抗與墜也；感士之夜嘯必厲，無聲韻以限之，而未嘗無調與格也。伯奇「行邁」之篇，簡子「憂心」之什，《北山》之所怨尤，《何人斯》之所刺詈，「采葍」之孤行，「弋鳧」之獨往，揆之皆閎雅之體，詠之皆唱歎之音，此性情爲之也。使彼數詩人者爲遊歌之作、燕喜之章，何嘗不鏘然如韶鈞，蔚然如虎鳳哉？是故愁苦可以遣懷，歡娛亦可以致感，知此者可以讀堅白石齋之詩矣。

敬於身世之遇未至如石農先生，性情亦淺薄無所施，惟有生以來不可釋不可言之隱未必諒於他人者，有同慨焉。故因論詩發之，且以質於能詩之君子。

香石詩鈔序

敬在江右交順德黎仲廷。十年，仲廷棄官歸嶺南，旋復遊吴越，過江右，與敬會于百花洲，甚相樂也。仲廷篋中攜《香石詩鈔》四卷，清瀏蕩漾，遠具勝情，於是始知香山黄子實之名。而子實之友，番禺張子樹、陽春譚子晉之詩亦得次第讀之。子樹之詩高邁，子晉之詩渾逸，翁覃溪學士目爲粤東三子者也。及敬過嶺首，與子實定交，始知子實尊甫仰山先生以儒名，而先世雙槐、粤洲、泰泉三先生在明之中葉皆爲儒，立朝居家，具有風範。子實持身亦甚謹，不背其先人，則又歎黄氏之多賢，而子實之能繼其門地也。

夫聖人之道，惟爲儒者可言。《詩》三百篇爲體不同，合之《易》、《書》、《禮》、《春秋》諸經，其義無以異也。後世爲儒者，詩多質勝文，詩人則文勝質，兩家遂不能相通。即如粵中白沙、甘泉之詩，世所謂不爲道學所掩者，而於近今詩人之意已不能厭飫，况其他哉？昔仲廷嘗和陸子、朱子鵞湖講學詩，敬告以言心性不必爲詩，即爲心性詩不必學陸子、朱子此詩，蓋皆爲此。今子實世爲儒，善矣，而詩又善詩人之詩也。由於其爲學也，儒與詩分而習之，故其爲詩非猶夫爲儒者之詩也。夫道，一而已矣，然必分習之而後得其合。故儒可以揚道之華，而詩可以既道之實。能如是，庶幾通儒與詩兩家之蔽焉。請訊之子樹、子晉及粵東諸君子，若仲廷則夙以鄙言爲不謬者也。

聽雲樓詩鈔序

粵東之詩，始盛於南園五先生。王彦舉題其集曰「聽雨」，黄庸之構聽雪篷，而題其集曰「雪篷」。蓋詩人于蕭閒寥闃之時多所慨寄，故名之如是。番禺張子樹題其集曰「聽松」。松之於雨，於雪，則有間矣，其爲蕭閒寥闃則一也。陽春譚子晉題其集曰「聽雲」，敬嘗訊之子晉，曰「此幻也」。噫，天下孰爲幻，孰爲非幻哉？則請爲子晉畢其辭。

夫聖人之作也，必正名百物焉。自百家出，而夢可言覺、覺可言夢者有之，生可爲死、死可爲生者有之。卵有毛，丁子有尾，白馬非馬，臧三耳，皆此説也。古人有言，爲兩耳甚易，而實是也；爲三耳甚難，而實非也。至佛氏之書沿之，而音可觀，林木可聞焉，未已也。自文人沿之，而天可問，風可雌雄焉；自詩人沿之，而雲可養，日月可沐浴焉。近世且有以「聽月」名者，若是，則子晉「聽雲」之説何獨不然？雖然，雲之中萬籟未嘗息也，則所聽者非雲也，蓋淺之乎言聽也。夫天下之動者必有聲，形與形值則有聲，氣與氣值則有聲，形氣相值則有聲。雲在形氣之間而動者也。夫人之耳不可執不可恃也，蟻動而以爲牛鬥，蜻蜉翼而以爲曳大木。震雷發乎前而聾者不聞，使鯈俞、師曠之徒側耳於氤氲變滅之中，必有如水流之儵然，如火炎之爆然者矣。若是，則子晉「聽雲」之説何獨不然？然而聖人必正名百物者，何也？爲兩耳甚易而實是也，爲三耳甚難而實非也。是故爲詩必言其易與是者，勿言其難與非者焉。知此，則唐、宋、元、明諸詩人之大小得失見矣。

説文解字諧聲譜序

本朝言韻學者數十家，而顧氏炎武最著。其《古音表》析唐韻二百十部，而類從之爲十部。字以從韻之部，諧聲以定韻之字，而古音復明，江氏永《古韻標準》之祖禰也。江氏析爲十三部，後段氏玉裁復析爲十七部，其言時時反攻顧氏，以自見其學；然綱而紀之、範而圍之者顧氏也。吾友莊述祖寶琛析爲十九部，以小篆寫之。寶琛未竟其業，屬之張惠言皋文，復析爲二十部。皋文寫畢，復之寶琛，題曰《説文諧聲譜》，以小篆皆用許氏原書，不增減也。敬按「説文」即五百四十部之文，「解字」即九千三百五十三之字，改題曰《説文解字諧聲譜》而爲之序。序曰：

昔者，先王虞書名之淆也，于是設官以達之。書者，有形者也，其一之猶易也。名者，無形者也，無形則差數生，而一之爲難。皋文此書，書宗許氏，於書蓋顓若矣，而名則以顧氏爲大。凡後世之音悉排之，所趨可謂正矣。雖然，脣齒之差，父不能得之於子焉；宫徵之易，君不能强之於臣焉。輕重相承，疾徐相生，毫釐之間，可以千里，况廣之以四海，引之以千古哉？是故聖人之作《爾雅》也，廣輪之變曰《釋言》，山河之隔，都鄙之囿是也；古今之變曰《釋詁》，歲月之積，時代之遷是也。其不變者，聖賢所録，方策所傳，别之曰《釋訓》。經語史論，以義爲重，故無所變焉。夫《釋言》之文，音之以横被者也，後世於是有方言之書；《釋詁》之文，音之以從貫者也，後世於是有古今韻之書。方言之變有窮，而古今韻之變無盡，故言韻者必以别古今韻爲要領，而方言從之，縱得而横自序之義也。夫周公、孔子，大聖人也。子夏諸儒，大賢人也，而《釋言》、《釋詁》所收如是，未嘗尊雅而屏俗，揚遠而抑近也。是故，言韻者以廣取爲宗，用韻者以適時爲大。《易》之韻歸之《易》，《詩》之韻歸之《詩》，秦漢之韻歸之秦漢，唐、宋、元、明之韻歸之唐、宋、元、明。爲繇，爲頌，爲箴，吾以從乎《易》焉；爲誄，爲銘，爲四言詩，吾以從乎《詩》焉；爲騷，爲賦，吾以從乎秦漢焉；爲五七言詩，吾以從乎唐宋焉；爲詞曲，吾以從乎元與明焉。若夫成一家之絶學，求前人之墜緒，開後來之精識，皋文此書之所得，蓋有未易幾及者。學者能潛心於是，則書與名之學其亦庶幾焉也已。

戒旦圖序

秦臨川以《戒旦圖》寫真見示，爲《女曰鷄鳴説》序之。此詩漢、唐、宋諸儒之説不同者三：其一，《序》主刺，朱《傳》主美，變《風》、《雅》中，朱《傳》多持此論。雖然，刺詩有可美者焉，《魚藻》之義是也；美詩有可刺者焉，佩玉晏鳴，《關雎》刺之是也。是在讀者自得之而已。其一，鄭《箋》主士大夫，朱公遷主士庶人。按首章言「弋鳧與鴈」，士大夫亦爲之；次章言「琴瑟静好」，末章言「雜佩贈之」、「問之」、「報之」，此非庶人之事也。當以鄭《箋》爲長。其一，「宜言飲酒，與子偕老」，鄭《箋》主燕樂賓客，朱《傳》及宋人多以夫婦言之。按首章言「子興」，次章言「與子」，末章言「知子」，無歧義也，當以朱《傳》爲長。知此三義，則《詩》説與臨川此圖皆可比附焉。

夫是詩言夫婦各治其事，以相和樂，而以親賢友善爲保其和樂之本，陳義可謂高矣。乃毛《傳》必推之間於政事，何哉？蓋古之君子上則先國後家，下則先民後己。先國後家，則大倫舉矣；先民後己，則庶事治矣。是故論所操之本末，則自身而家而國而天下；論所權之輕重，則天下重於國，故王朝之事先於諸侯；國重於家，故諸侯之事先於士大夫。不問於政事，則和樂室家者皆非君子之事也。毛《傳》故推本言之歟！

臨川自筮仕至令大邑，勤勞安静，於所謂先國後家、先民後己者，兢兢惟恐失墜，而其孺人復能輔相焉。若臨川者，其可以和樂室家者也。至末章之義，則近致者贈之，遠託者問之，先投者報之。蓋耽於色者必不説於德，和於内者必能宜於外，是以《卷耳》之詩及於官人，而此章於朋友之際唱歎往復至於如此。臨川不妄交，交必有道，其亦有得於詩所云者乎？若臨川者，其可以保其和樂者也。

敬與臨川相處以誠以禮，故能知之詳而深信之，遂書於圖之後，使兩家子姓不忘斯義焉。

吴城令公廟壁記

吴城令公廟者，唐御史中丞、副河南節度使張公巡之廟也。稱令公者，自唐之中葉，節度使累加中書、尚書令，其下皆以令公稱之，如六代之稱令君，後遂爲節度使之稱也。明太祖皇帝與陳友諒戰於鄱陽湖，得神助，歸靈於公，封公爲安瀾之神。有司以春秋祀，至今幾五百年矣。漢魏至唐，祀宫亭神在湖北之神林浦，宋祀順濟王在湖南吴城山之左，今祀靖江王在湖中央左蠡山。而公之廟在順濟王之右，東、南、北三面臨湖，自大門、儀門至寢殿，凡三成，高五十級，爲巍焕焉。

方友諒窺江西，劉齊、朱叔華、趙天麟等皆死之，而趙德勝、鄧愈力守洪都，以待救至。是時，浙西及吴東屢失屢復，安瀾神之祀其諸爲守臣勸歟？

考《舊唐書》李翰等論，公蔽遮江淮，沮賊勢，天下所以不亡。此猶以功伐言之耳。公之告令狐潮曰：「君未識人倫，焉知天道？」君臣者，人倫之首也，守官者死官，守土者死土。公守睢陽，六萬人死亡盡，不汙賊，則六萬人皆人倫中人矣。降固非人倫，走亦非人倫之至也。且走則江淮以南必有屈於賊者，不走則關、陝、河、洛聲應氣接，各效馳驅，而人倫大明於天下，豈止睢陽六萬人哉？人倫明則天道自定，千萬世忠義之士未有不與天地爲一者也。

敬嘗修祀事於廟，故推論之，以告後之有志者焉。

瑞安董氏祠堂記

敬前在浙中登胥山，遇泰順董正揚眉伯，後於江右章江門舟中復遇之，意甚相得也。及居百花洲，眉伯自大庾來，朝夕過從。眉伯以六世祖龍溪先生祠堂記請焉。先生諱應科，明諸生，國變後坐卧一小樓者二十餘年。其時，嘉興徐節之先生以避地來隱縣之天闞山，相去五里許。兩人皆汐社遺老，而不往來，不通書問，至今稱城南兩先生而已。董氏子姓，以高節推龍溪先生爲别祖，爲祠堂祀之，所出皆祔。凡爲門若干楹，堂若干楹，乙丙舍若干楹，如功令祠堂式。

昔有明之季，吾鄉鄒衣白先生之麟亦終身坐卧小樓，隱於書畫。而吾宗袁白先生厥初閉户不通賓客，隱於禪。其心皆皭然可白於天下者也。

本朝於前明諸死事之臣，與專謚、通謚者三千餘人，皆有官守言責、亡軀湛族者也，而荒遐榛莽之中，引義不屈又多如此，可不謂難能而可貴歟！然非本朝激揚忠義，群有司奉行得其道，諸君子又寧得宴然而爲此歟！是故在下可以觀節，在上可以觀政也。

節之先生諱與齡，黄石齋先生主浙江考時所取士也，眉伯言《泰順志》逸其事矣，子孫何如，眉伯至浙中當一訊之。嘉慶二十年三月朔，陽湖惲敬記。

陳白沙先生祠堂記

新會小廬山下有白沙先生祠，即舊宅也。先世居仁會里，至先生始遷小廬山大門之外，有石坊，曰「母節子賢」，次曰「貞節堂」，吴康齋先生爲林太夫人所題也。次爲享堂，次曰「碧玉樓」。「貞節堂」、「碧玉樓」名皆始於先生，其宇則子孫所葺治也。同年李君巽宇宰新會，以修祠未有記，令子弟導敬謁祠，因記之如右。

有明以來，言學者人人殊矣，然未有不致慎於五倫者。《虞書》曰：「敬敷五教在寬。」《中庸》曰：「天下之達道五，所以行之者三。」《孟子》曰：「人倫明於上，小民親於下。」聖賢教人如此而已。先生自正統十二年舉於鄉，十三年赴會試，景泰二年亦赴會試，後更十五年，至成化二年始赴會試，此何爲哉？蓋明代宗之立，所以守社稷也，於義本甚正。然英宗歸而錮之南内，則君臣之禮廢，而兄弟之恩絶矣，易太子則父子之道舛矣。至英宗復辟，輔之者幾如行篡焉。於是而〔一〕君臣、父子、兄弟之倫不可復明，遂成一攘奪之天下。嗚呼，此先生之所以不出也。憲宗則序宜立者也，故先生復出焉。魯定公從亡於乾侯，後昭公薨，季氏扳而立之，與明代宗、英宗不同。故孔子不仕於陽貨執政之時，而仕於季斯悔禍之日。若先生，則非止避徐有貞、石亨也。人倫明而後道學正，故先生爲大儒。李君其以示新會之人，且俾先生之子孫咸喻於此義，亦教訓正俗之要也。嘉慶二十年十一月朔，後學惲敬記。

【校記】

〔一〕「而」，同治二年本作「則」。

重修松竇庵記

敬始至瑞金，即聞有松竇和尚者，在本朝初年以詩名嶺南北。求其詩讀之，蓋灑然有以自得焉。及見黎參議所爲塔銘，始知和尚初習禪觀於縣東之烏華山。得法後，縣人營招提以居之，環院宇橋道種松千萬樹。其山巖谷深奥，日月如竇中仰視，故名之曰「松竇」。敬心向之，而未得即往也。

後陳茂才雲渠來談縣西山水之勝，皆遠在數十里外，以暑不及遊，因同遊縣東之松竇。陟岡繞澗，盤旋於陂陀曲折中，意境頗幽寂可喜，及望見烏華之麓，則偃仰者不過三五樹，餘者久摧爲薪，其院宇橋道亦荒落矣。

清澗者名悟增，和尚之三傳弟子也。性清苦，亦爲詩，寄居南塔寺。聞敬遊松竇，請復住持，而田屋皆已廢斥。州司馬楊家騂、茂才楊國芸等悲清澗之志，請於敬，謀之數年，用公使銀葺佛殿及寮房，贖其田歸之，而清澗復住持松竇。敬時已去瑞金矣。喜清澗能繼其師，而諸君子不廢古昔，爲嶺南北勝事，雲渠聞之，當亦快然撫掌作再遊之計也。遂記其始末如此。

重修松竇庵後記〔一〕

松竇山施於顧廷舉，其佛宇衆善成之。今存者已葺治，其頹廢者附記名題及間架於左方，庶後有能復之者焉。常住田皆開山時所買，後廢斥未贖者四十一畝，已贖者三十五畝，亦附記於左方。

護生居三楹，有左右廂各一楹。

田寮，東三楹，西三楹。

廚房三楹。

右共屋十四楹，在烏石山下，見存。

大殿三楹。

殿東，怡雲室三楹，即方丈。

殿西，齋堂三楹，廚房三楹，石香樓五楹。

殿前，甘露閣三楹。

殿後，嶺上藍浮亭，左下古月臺。

右共屋二十楹、亭一、臺一，在烏石山上。雍正十三年燬於火。

民田四十一畝，租四十五石。

右楊姓民田，康熙十二年、十四年前後買，至乾隆五十六年僧達念、峻山、空階、真皎、空仲出賣，未贖。

軍田二十五畝。

右羅姓軍田，康熙十五年頂耕，乾隆五十七年達念等出退，已贖回。

軍田十五畝。

右乾隆二十四年僧繼慧報墾，乾隆五十七年達念等出退，已贖還。

嘉慶十八年八月初八日，知瑞金縣惲敬記。

【校記】

〔一〕篇名原無「重修」二字，今據目録補。

望仙亭記

谷鹿州之東接京家山，陂陁剈㢋，具隈蔚之勝。其陽爲觀，祀純陽真人。相傳爲宋丞相京鏜舊宅，曾有真人之迹焉。住持孫霖因之爲望仙亭。亭之址高五尺，亭爲再成。登之，西望江，北望羣山，東南望則高天下垂，行雲無極而已。亭之下爲脩廊，廊之西爲室如舫，舫之西復爲亭。篔簹之清，樅檜之嚴，楓柳之森疏，華萼〔一〕之動揺，皆若環而侍於望仙者。寧化伊墨卿太守過而樂之，書其楣榜，陽湖惲敬爲之記。

道家之説，老子、列子、莊子所言，釋氏之先路也。一變而爲徐福、欒大，再變而爲張道陵，三變而爲陶弘景、葛洪，四變而爲寇謙之、杜光庭，五變而爲張伯端、丘處機，然後復歸於釋氏。若純陽真人，求之縉紳先生之撰述，未嘗言其學於釋氏也。而釋氏必牽挽之，道家亦以釋氏日尊，以爲吾之師亦有其説。學術之弊，始則妄相別異，終則詭相附託，歧之中復有歧，互之中復有互，九流皆然，不足怪也。

雖然，純陽真人固道家所謂得仙者也。昔漢武帝讀《大人賦》，飄飄有凌雲之氣；謝仁祖企脚北窗下彈琵琶，有天際真人想；李供奉可與神遊八極之表。如是，則斯亭之上所謂西望江、北望羣山者，其有御風而過之者耶？所謂高天下垂、行雲無極者，其有翱翔而往來者耶？若京鏜之生平，真人必聞聲覽氣而速去之。以爲有其迹者，當時之讆言也。是故五倫之道、忠佞邪正之辨，千古如一，無所謂歧與互焉。

【校記】

〔一〕「薎」，王校：「雷云：當作『薎』，《易》『震爲薎』，當無薎字。」

艮泉圖詠記

步蒙子獨立玄覽，超然止於浮山之阿。浮山者，《南越志》稱浮水所出，故名浮，與羅山共體，故曰羅浮是也。徐道覆始有會稽浮來之説，袁彦伯以爲蓬萊三島，此其一焉。

艮泉者，在浮山山背，步蒙子始搜得之，名之曰艮泉，《山志》「瀑布九百道」所未及也。羅浮四百三十二峰、十五嶺、七十二石室，步蒙子闢艮泉而廬之，如山中梅花千萬樹，是爲花之一房而已。然一房之中，或爲薎〔一〕焉，或爲萼焉，或爲英焉。是故曰楓臺，曰修篁徑，以物名；曰砥行岩，曰養正廬，以行名；曰調琴石，曰趺霞處，曰代葦舟，以事名；曰琉黎潭，曰游龍澗，曰雲梁，以想名。而匯瀑亭仍以艮泉名。

夫山可浮，九天九地何所不浮？泉可艮，九天之上、九地之下何所不艮？蒙之叟曰：「昔者，莊周夢爲蝴蝶，栩栩然蝴蝶也。俄而覺，蘧蘧然周也。不知周之夢爲蝴蝶與，蝴蝶之夢爲周與？」夫艮泉固花之一房也，而山中之千萬樹自在也。步蒙子遠矣，於是古山道人輾然手其圖而起，繼諸君子之詠以賡之焉。

【校記】

〔一〕「蔫」，王校：「雷云：當作『萬』。」

遊廬山記

廬山據潯陽彭蠡之會，環三面皆水也。凡大山得水，能敵其大以蕩潏之則靈；而江湖之水吞吐夷曠，與海水異，故并海諸山多壯鬱，而廬山有娛逸之觀。

嘉慶十有八年三月己卯，敬以事絶宫亭，泊左蠡。庚辰，檥星子，因往遊焉。是日，往白鹿洞，望五老峰，過小三峽，駐獨對亭，振鑰頓文會堂。有桃一株，方花。右〔一〕芭蕉一株，葉方茁。月出後，循貫道溪，歷釣臺石、眠鹿場，右轉達後山，松杉千萬爲一桁，横五老峰之麓焉。

辛巳，由三峽澗陟歡喜亭，亭廢，道險甚，求李氏山房遺址，不可得。登含鄱嶺，大風嘯於嶺背，由隧來。風止，攀太乙峰。東南望南昌城，迤北望彭澤，皆隔湖，湖光湛湛然。頃之，地如卷席，漸隱；復頃之，至湖之中；復頃之，至湖壖，而山足皆隱矣，始知雲之障自遠至也。於是，四山皆蓬蓬然，而大雲千萬成陣起山後，相馳逐，布空中。勢且雨，遂不至五老峰，而下窺玉淵潭，憩棲賢寺。回望五老峰，乃夕日穿漏，勢相倚負，返宿於文會堂。

壬午，道萬杉寺，飲三分池。未抵秀峰寺里所，即見瀑布在天中。既及門，因西瞻青玉峽，詳睇香爐峰。盥於龍井，求太白讀書堂，不可得。返宿秀峰寺。

癸未，往瞻雲，迂道繞白鶴觀，旋至寺，觀右軍墨池。西行尋栗里卧醉石，石大於屋，當澗水。途中訪簡寂觀，未往。返宿秀峰寺，遇一微頭陀。

甲申，吴蘭雪攜廖雪鷺、沙彌朗圓來，大笑排闥入，遂同上黄巖，側足逾文殊臺，俯玩瀑布下注，盡其變。叩黄巖寺，跐亂石尋瀑布源，溯漢陽峰，徑絶而止。復返宿秀峰寺，蘭雪往瞻雲，一微頭陀往九江。是夜大雨，在山中五日矣。

乙酉，曉望瀑布，倍未雨時。出山五里所，至神林浦，望瀑布益明。山沉沉，蒼靄一色，巖谷如削平。頃之，香爐峰下白雲一縷起，遂團團相銜出；復頃之，遍山皆團團然；復頃之，則相與爲一，山之腰皆弇之。其上下仍蒼釅一色，生平所未睹也〔二〕。夫雲者，水之徵，山之靈所洩也。敬故於是游所歷皆類記之，而於雲獨記其詭變〔三〕足以娛性逸情如是，以詒後之好事者焉。

【校記】

〔一〕「右」，王校：「俞云：『右』當作『有』。」

〔二〕「生平所未睹也」六字，原脱，同治八年本同，據嘉慶二十年本、同治二年本、光緒十四年本補。

〔三〕「敬故……詭變」十九字，原脱，同治八年本同，據嘉慶二十年本、同治二年本、光緒十四年本補。

遊廬山後記

自白鹿洞西至栗里，皆在廬山之陽；聞其陰益曠奥，未至也。四月庚申，以事赴德化。壬戌侵晨，沿麓行，小食東林寺之三笑堂。循高賢堂，跨虎溪，卻遊西林寺，測香谷泉，出大平宫，漱寳石池。甲子，渡江，覽湓口形勢。乙丑，返宿報國寺，大雨，溪谷皆溢焉。

丙寅，偕沙門無垢，藍輿曲折行澗中，即錦澗也。度石橋，爲錦繡谷，名殊不佳，得紅蘭數本，宜改爲紅蘭谷〔一〕。忽白雲如野馬傍腋馳去，視前後人在綃紈中。雲過，道旁草木羅羅然，而澗聲清越相和答。遂躡半雲亭，睨試心石。經廬山高石坊，石勢秀偉不可狀，其高峰皆浮天際，而雲忽起足下，漸浮漸滿，峰盡没。聞雲中歌聲，華婉動心，近在隔澗，不知爲誰者。雲散，則一石皆有一雲繚之。忽峰頂有雲飛下數百丈，如有人乘之行，散爲千百，漸消至無一縷。蓋須臾之間已如是。徑天池口至天池寺，寺有石池，水不竭。東出爲聚仙亭、文殊巖，巖上俯視，石峰蒼碧，自下矗立，雲擁之，忽擁起至巖上，盡天地爲綃紈色，五尺之外無他物可見。已盡卷去，日融融然，乃復合爲綃紈色，不可辨矣。返天池口，東至佛手巖，行沉雲中。大風自後推排，雲氣吹爲雨，灑衣袂。蹊坐昇仙臺，拊御碑亭，雲益〔二〕重。至半雲亭，日仍融融然耳。無垢辭去，遂獨過鐵塔寺而歸。天池之雲，又含鄱嶺、神林浦之所未見。他日當贏數月糧居之，觀其春秋朝夕之異。至山中所未至，亦得次第觀覽，以言紀焉，或有發前人所未言者，未可知也。

【校記】

〔一〕「名殊不佳」至「紅蘭谷」十五字，同治八年本脱。

〔二〕「益」，原作「蓋」，光緒十四年本同，嘉慶二十年本、同治二年本、同治八年本作「益」，今據改。

舟經丹霞山記

自南雄浮湞水而下，過始興江口，岸山皆卑扈無可觀。行六七十里，忽舟首横土岡數重，岡趾相附錯，岡之背見大石磊落列天際，其氣酣古偉岩，在十里外。登岸望之，有平爲嶂者，穴爲岫者，重爲巘者，沓爲崑崙者，立爲厓者，俯爲巖者。心樂之，而無徑可往，遂返舟。舟行附錯之岡趾間迴旋而達，石時見時不見。於是，有始爲嶂而如岫者，始爲巘而如崑崙者，始爲厓而如巖者，其復爲嶂與巘與厓亦如之。行數里，出岡趾，石不復見。水繞沙如半環，一灘斗落，前有峭壁横截焉。舟人放溜恐觸壁，以繂逆挽其舟，逶迤投壁下，故得從容其境。頃之壁盡，而向之石復見。石之下皆石岡也，二大厓爲之君，過大厓則石峰相累而下控於地。自大厓回望石岡，舟向厓而近，則石岡爲厓蔽，如斂而促；舟背厓而遠，則石岡如引而長。異境也！

敬聞韶有韶石山，虞舜南巡奏樂於是，以爲是山之奇勝足當之矣。及至州，按《圖經》，乃仁化之丹霞山也。韶石山在其西，益奇勝不可狀。

夫聖人之心華邃鴻遠，包孕天地，豈若拘儒之規規者哉？洞庭可以見天地之大，韶石可以見天地之深。敬觀於奏樂之地，可以推黄帝、虞舜之性情矣。洞庭前十五年過其東，韶石未至，蓋先於丹霞山遇之焉。

遊六榕寺記

東坡先生過陽羨，書周孝侯斬蛟之橋。敬在常時往求遺迹，橋已易名廣濟，先生書石刻藏之敗屋中矣。過嶺求六榕寺遺迹，先生書懸門之楣，寺亦易名浄慧。廣濟、浄慧於先生所名，不待智者能決其得失，而世人必易之，何也？

六榕已久廢無存，院宇爲諸沙門障隔成私寮，牆壁縱横，階徑迂曲，無可遊憩。其舍利塔重建於宋與明，頹陋甚。先生所書《永嘉覺證道歌》共四碑，面陰皆刻之。一碑在塔之左，餘三碑不知没何所，可歎也！敬前與石農廉訪飲六榕山房，語及先生此書。後數日過光孝寺，天雨新霽，望舍利塔浮浮然，遂與定海藍奉政及二沙門往遊，不謂敗意如此。東坡先生年五十九以謫過嶺，敬休官後至此亦五十九。文質無所底，於先生何能爲役？而石農廉訪擁傳來，年五十八，方以風節、經濟、文章自厲，求所以不愧古人者。若是，則六榕山房之必傳於後如六榕寺無疑，特未知世人所以易之者又何如耳。蓋天下是非成毁之數，君子所不能争，亦必不争，而其可信者自在，皆如此也。

同遊海幢寺記

順德黎仲廷善琴而嗜於詩，與海幢寺沙門江月爲方外之交。海幢寺者，長慶空隱和尚經行道場也，在珠江南壖，西引花田北，東環萬松嶺，爲粤東諸君子吟賞之地。敬至廣州，樂其幽曠，嘗獨往焉。八月之望，與仲廷飲於靖海門之南樓。隔江望海幢，如在天際，意爲之灑然。仲廷遂邀同志於後三日集於海幢。

是日，至者皆單衫、青鞵、蒲葵扇，其齊紈畫水墨數人而已。南村麥學博鼓大琴，爲

《關雎》、《塞上鴻》之操；鳳石鍾孝廉以樂書吹笛定其弦；敬獨臥江月房，仲廷起之，與蒼厓黃提舉、聽雲譚孝廉聽焉。而青厓梁中翰與隱嵐呂明經棋於側，若不聞者。人心之用固如是歟！灃浦謝庶常創意畫元人六君子圖，立大石主之。其仲退谷上舍及東坪伍觀察、墨池張孝廉、小樵何上舍、香石黃明經爲點筆渲墨。隱嵐棋罷，亦有事焉。灃浦謂石庳不足主六君子，退谷增之及尋丈。文園葉比部與其仲雲谷農部謂宜歌以詩，於是在坐者皆爲六君子詩，且侑之以酒。何衢潘比部後至，亦爲詩，皆性之所近也。仲廷、香石遂訊子居爲遊記，柟山張孝廉書之幀首，期後日刻石於方丈之壁間。

江月，空隱下第九世也。空隱一傳爲雷峰禔，再傳爲海幢無。海幢無整齊如百丈，靈雋如趙州，汪洋如徑山，國初龔芝麓、王漁洋諸人俱共吟賞焉。夫士大夫登朝之後，大都爲世事牽挽，一二有性情者，方能以文采風流友朋意氣相尚，至枯槁寂滅之士，無所將迎摇撼〔一〕，故嘗有超世之量、拔羣之識如海幢無者，蓋佛氏上流。敬爲儒家言數十年，惜乎未得生及其時，與之掃榻危坐，各盡其所至也。

【校記】

〔一〕「撼」，原作「憾」，王校作「撼」，案《莊子・知北遊》：「無有所將，無有所迎。」言心寂無所動摇，故無所摇撼亦言枯槁之士不爲所動。今據改。

遊羅浮山記

羅浮山之以致勝者也，如見荀奉倩、劉真長諸人，如讀張文昌詩，如觀王叔明畫。山南氣藴藉，如廬之龍眠山；山北氣峭蒨，如杭之龍井山。峰必有泉，泉必有谷，則二山所無也。瀑布以黄龍洞爲最，二泉源于山頂，重叠走樹石間，至黄龍斗落數十丈，而交于山之足。其東谷復有一泉，勢足相敵。惟廬山瀑布直下，羅浮稍迤邐之，爲不同耳。西爲浮山，東爲羅山，遊者山南由浮入羅，曰龍華寺，曰華首臺，曰黄龍洞，曰延祥寺，曰寶積寺，曰白鶴觀，復東繞山至北。由羅入浮，曰冲虛觀，曰九天觀，曰茶山庵，曰酥醪觀，皆釋老之宫也。樹與石甚勝，其附近名迹可一一尋之。大率前後不出五十里外，爲是山甗腴之地。餘諸峰壑，漸褱漸遠漸粗惡，所謂羅浮五百里者，統外山言之也。

浮山西南距海百里有畸，羅山二百里有畸，蓋廣東地勢，廣州治已傅海，而東地又邪入海中也。大率地志山經常有所誇飾，釋老二氏之書更多荒誕之言。愚者往往爲所眩惑，以古爲今，以虛爲實；其一二矯抗之士，止求奇偉駭心目者以爲山水之至，一丘一壑則委而去之。此均非善遊者也。《三百篇》言山水，古簡無餘辭，至屈左徒肆力寫之，而後瑰怪之觀、遠淡之境、幽奧潤朗之趣，不名一地，不守一意，如遇於心目之間，故古之善遊山水者以左徒爲始。知此，則羅浮之名動天壤幾二千年，必有能得其故者矣。敬留山中十日，所作詩無可觀，若誇飾之説則未嘗附焉。

分霞嶺記

羅山之北西接浮山，有横嶺高及千丈，而盂頂曰佛子隩。隩之南連岡叠巘，如青霞拍天，左右陵陵，然其上即鐵橋也，界羅、浮二山如懸眕。番禺張子樹易佛子隩之名曰分霞嶺，於是，遊羅浮者皆以分霞嶺目之。

嶺之背爲入浮山之徑，有門，寧化伊墨卿名之曰蓬萊門，徑取徐道覆「蓬萊左股」之語也。蓬萊門徑之内曰玉液亭，爲義漿以濟行者。亭無泉，自南之最高峰，曲折數里，以筧接渠，引之匯爲池，上爲濯纓池，下爲濯足。其側爲庲，以煮茶酒蔬脯，曰雲廚。玉液亭之右，爲靈官殿，爲土地祠。玉液亭之左，爲洞賓仙館，祀純陽真人，曰天香室，爲憇賞之所，種木樨繞之。而環分霞嶺種松、桄榔、梅及千萬樹。樹雖稚氣，已薄巖谷矣，皆酥醪觀住持所營築也。

夫秦漢方士多鑿空之言，而所謂神山、玉京、閬苑，數千載之人如目遊，如身踐，今分霞嶺則朝夕可至者也。諸君子一一名之，後世其有未至而思，既至而樂，以寤寐歌嘯之者耶？住持名本源，自號雲濤道人，番禺人也。

茶山記

自分霞嶺以西，循浮山之陰入第一谷，過小溪，爲茶山。道士曾復高祀黄〔一〕野人，因名曰黄仙洞。山中以野人傳者有三：東晉葛稚川之隸，一也，其廬在冲虚觀之南。南漢禎州刺史黄勵，二也，其廬在水簾洞。二人皆居羅山之陽。唐處士黄體靚，三也，其廬在觀源洞，居浮山之陽。今茶山所祀，東晉黄野人也。

始登，多小石。及山之半，樹參天際，大石間之，隱隱聞瀑聲。佇足睇望，白濤走樹間，爲枝葉所障，或見數尺，或及丈。落地北行，即前所過小溪也。再登，得小堂，屋再成，依厓立。堂之右，過石澗，有瀑懸巖而下，長數丈，如雙練，爲前樹間瀑之源，谷最深處也。山中之洞，大率皆谷耳，而以洞名焉。茶山荒寂杳深，蹊徑犖确，遊屐不恒至，故能全其幽。復高棄塵世來山中，於山又取其如是者，其意可尚也已。

茶山之西，第二谷爲小蓬萊，邃而曲；第三谷爲艮泉，曠而適，皆有瀑數十道焉。艮泉則步蒙子黎君應鍾隱居也。

【校記】

〔一〕「黄」，原作「王」，沈校：「按下文『黄仙洞』、『東晉黄野人』，則此『王』字亦似當作『黄』字。」王校：「當作『黄』，劉校同。」今據改。

酥醪觀記

茶山、小蓬萊、艮泉三谷之水匯爲大溪，西南奔注，曰下陂，曰白水砦。大溪之中阻與岡阜爲回合，而酥醪觀翼然臨之，葛稚川北庵也。楹牖廉廡甚飾。其樹多松，大者數十圍；其竹多篔簹、龍鍾；其花多木芙蓉、木犀；其鳥多謝豹、搗藥鳥，時有五色雀。

《集仙傳》云：「安期生與神女會于玄丘，醉後呼吸水露，皆成酥醪。」此廋詞也，取之名觀，不知所自始。

觀之東北隅，有樓一楹，香山黄子實名之曰「浮山第一樓」。觀之外爲小築，亦有樓。敬入山居之七日，名之曰「八龍雲篆之樓」。觀之前有大坪，坪之前有池，池有紅白蓮。住持度大坪將爲觀門，左右益構丹室焉。浮山之勝會於雙髻、符竹、蓬萊三峰，三峰之勝會於酥醪觀。

自酥醪觀過下陂，背白水砦，以登於麓，羣峰擁之，西至分水嶺，即浮山之外山矣。蓋浮山東鬬分霞嶺，西鬬分水嶺也。

復五十里至增城，敬常薄暮過之城堞之上，山俱作紺碧色，山外落日如盤，爲五色蕩之，其時真神遊八極之表矣。嘉慶二十年九月癸丑，陽湖惲敬記。

遊通天巖記

巖，岸也；岸，水厓而高者。有垠堮者曰厓，無垠堮而平曰汀。是故巖、岸、厓皆際水者也，其不際水者曰礹。礹，石山也。通天巖不際水，皆石山，宜名礹；而冒巖名者，天下石山蓋皆冒焉。

巖在贛治西二十里，敬自粵返，與雩都牛君、贛吴君往遊。背城過迤岡，復過欹嶺，見通天巖沓諸石山之上，縱横偃仰不可狀，其旁皆谾谷也。山瀆無所通，曰谿；泉出通川，曰谷。望之益谻谻青也。循山脅行，下水磧，以屬于巖。蘭若見於林中，巖差池相次，皆厂也。蘭若充之。厂，人可居也。厂之上盤盤然爲墮，爲棧，爲崛，斵佛像數十百，横爲行叠之，甚敦古。引而左，宋以後諸題名雜鐫厂下。復北而左，過主巖，巖益盤盤然。南折而西，有岫出巖背，曠然也，曰忘歸巖。自忘歸巖返登主巖，鑿石爲隥如大階，以及于頂，遠山皆見。於羣巖之外，小山岌大山，大山宫小山，小山别大山，皆有之。雲四塞下垂，霆霓發於雲足，乃反蘭若宿焉。雨大至，參飲於碓旁，亦厂也。

二君語及柳子厚諸遊記，敬以爲體近六朝，未爲至。凡狀山水，莫善於《爾雅》，而《説文》次之。遂記之如右。牛君，安邑人。吴君，敬同縣人也。

子惠府君逸事

金壇進士史悟岡先生所著《西青散記》，多記山中隱居及四方遊歷瑣事。爲詩文性靈往復，頗亦灑然。其遊孟河，則雍正十二年也。

敬幼侍先祖父子惠府君，言先生自孟河偕巢訥齋、惲寧溪來，善飲酒，能畫，能作篆分書。子惠府君鼓琴多古操，即受之先生者也。《散記》中鄭痴庵常與先府君過從，去先生遊孟河時幾四十年矣。爲人頎長，白須冉，攜榔櫪杖，有出塵之表，見敬嘗令吟詩，時亦點定敬文，則大笑稱快甚。蓋其時天下殷盛，士大夫多暇日，以風雅相尚，所謂非古之風發發者，非古之車揭揭者，未之有焉。故悟岡先生及其友朋能自逸如此。

嘉慶十有八年十月戊申望，吴城治西錫箔坊火，北風大作，焰參天際，往南走。太孺人望火道叩頭，忽東風卷火壓山隅，隅曠無人居，火遂止，所全迤南當火道者數百家。時敬趨救火還治，始知太孺人至懇，反火道也。太孺人慰勞，旋告之曰：「汝知汝祖子惠府君之德乎？」往在有明之季，七世祖敬於府君遷石橋灣之莊舍，其廳事悉以柟構飾，共九間而三分之。乾隆六年四月壬寅，廳事火。火初至，家人皆避火。子惠府君之祖母高孺人年八十矣，挾宅券坐黄荼蘼架中。府君冒入屋下，求高孺人不得，三往始於架中得之。負孺人趨而出，出而廳事下頽，皆燼焉。後至三十八年，東鄰火，府君叩頭曰：「吾生平食祖德，無不義財。」火頽牆焦柱矣，而忽滅。四十年，市屋西鄰火，亦如之，今爲府君祠堂者是也。

敬思府君生平詆佛法，不信鬼神，而所感如是，此可以觀天事矣。

前翰林院編修洪君遺事述

君諱亮吉，字君直，一字稚存。唐宣歙觀察使宏經綸改姓洪氏，子孫世爲歙人。君曾祖璟，大同知府。祖公寀，候選直隸州州同，贅於武進趙氏。武進後分陽湖，君爲陽湖左厢花橋里人。父翹，國子監生，母蔣氏。

君生六年而孤，家貧苦，身力學。由縣學生充副榜貢生，常橐筆游公卿間，節所入以養母。母卒，君時客處州，弟靄吉不敢訃，爲書言母疾甚，促君歸。君亟行，距家二十里，舍舟而徒，方度橋，遇賃僕之父仇三，問得家狀。君號踊，失足落水中。流數里，汲者見髮颺水上，攬之得人，有識君者共舁至家，久之方甦。君以不及視含斂，後遇忌日輒不食。

年三十五，順天鄉試中式。更十年，爲乾隆五十五年，會試中式，賜第二人及第，授編修，充文穎館纂修官，順天同考官，督貴州學政。貴州之士向經史之學，爲歌詩有格法，君有力焉。

皇上嘉慶元年，充咸安宫官學總裁官，旋奉旨上書房行走。君初第時，大臣掌翰林院者網羅人才，以傾動聲譽，君知其無成，欲早自異。遂於御試《征邪教疏》内力陳中外弊政，發其所忌，隨引弟靄吉之喪，乞病假歸。後高宗純皇帝升遐，坐主朱文正公珪有書起之，復入都供職。

君長身，火色，性超邁，歌呼飲酒，怡怡然。每興至，凡朋儕所爲，皆掣亂之爲笑樂。而論當世大事，則目直視，頸皆發赤，以氣加人，人不能堪。會有與君先後起官者，文正公并譽之，君大怒，以爲輕己，遂怏怏不樂，君於是復乞病假。行有日矣，留書上成親王并當事大僚言時事。成親王以聞，有旨軍機大臣召問。即日覆奏落職，交軍機大臣會同刑部治罪。君就逮西華門外都虞司，羣議洶洶，謂且以大不敬伏法。君之友中書趙君懷玉見君縲絏藉稿坐，大哭投於地，不能言。君笑，字謂趙君曰：「味辛今日見稚存死耶，何悲也？」頃之，承審大臣至，有旨毋用刑。君聞宣，感動大哭，自引罪。奏上，免死，戍伊犁。明年，京師旱，皇上下手詔赦君，在戍所不及百日。自君獲罪至戍還，文正公常調護之，君與文正各盡其道蓋如此。十四年，君以疾終於家，年六十四。

君娶於母黨。長[二]子飴孫，舉人，候選知縣；次符孫；次胙孫；次齮孫。

君學無所不窺，詩文有逸氣。所著《左傳詁》十卷、《比雅》十二卷、《六書轉注録》八卷、《漢魏音》四卷、《乾隆府廳州縣圖志》五十卷、《三國疆域志》二卷、《東晉十六國疆域志》六卷、詩文集若干卷，行於時。

論曰：敬與君同州，君多遊四方，未得見。後敬居京師廢招提中，君日晡攜大奴叩户入，曰：「聞子居在此，攜斗酒隻鷄來飲食之，不愈於他日酹墓地乎？」是年，君官侍從，數往來。及出官貴州，敬作縣江表，至竟未一相遇。然君於敬，不可謂非深知異待也。君之智力足以顛倒英豪，激揚權勢，獨於名義所在，一心專氣以必赴之，此非經生文士之所能企逮，而惜乎所見止於如此。然君不遇聖主，受殊恩，非伏鑕稿街，則襲棺絶域矣。吾州多異才，敬於君尤爲惋歎焉。

【校記】

〔一〕「長」，嘉慶二十年本、同治八年本、光緒十四年本作「一」，同治二年本及底本改作「長」。王校「母黨」下曰：「當作『子四』。曰楨按：『一』字當作『長』字。」案：「一子」義不通，當依底本改「長子」爲是。

前濟南府知府候補郎中徐君遺事述

君諱大榕，字向之。先世自江陰馬鎮遷武進吕市橋，遂世爲武進人。曾祖允榮，縣學生。祖材，國子監生。父瓚，新繁縣知縣，從將軍温福公勦大金川，死木果木之難，贈兵備道。母楊氏。

君性縱達，一切細行多不檢，遇大富貴人，兀奡臨之如無物者，居禮席與少年場無異，興盡則跳去之。補縣學生，兩試落解，遂入都充順天解額。乾隆三十七年成進士，補户部浙江司主事，旋擢員外郎，轉郎中，隨原任大學士李公侍堯讞獄湖北。李公貴倨有大才，而甚奇君才，君由是知名。君在部，有勳家子爲侍郎，年未三十，以小事斥司官。其事不必争，君睨之，不發一語。侍郎怒，君表立益睨之，侍郎無可置言，起去。君曰：「兒曹長矣，不能如若翁待吾輩也。」同列皆大笑。君逋不貲，歲除，廳事悉債家，君衣冠出，曰：「色寡人者入室坐，錢則無，且吾豈久負若者？」遂鬨而散。其玩世若此。

君雖起家掌計，而讞獄最長，其思無不入，能平心察辭氣，盤旋左右，忽急赴指其情。會出知萊州府平度州，民羅有良者悍而詐，伺其姊之夫張子布外出，鬻其姊，子布歸，索婦，鬥於室，母庇壻，趨救之。有良拳子布仆地，悶絶，懼殺人罪，遂蹴母腹下，斃之，大呼曰：「子布殺吾母，吾報仇捝殺子布矣！」鄰人至，而子布適甦，方紛拏時，子布不記己力所加格，到官，遂以殺妻母誣伏。獄已具矣，君閱原診，腹下傷橢方，曰：「吾訊子布，跣足鬥，而有良納鐵裹鞵，今傷橢方，乃有良蹴也。」時行臺省與州官爲首尾，反劾君故出入，落職下濟南獄。君走所親訴之部，純皇帝命大臣成之。引囚入，方嚴冬，震雷發於庭，聲訇訇數日不止。有良盡吐蹴母狀，事得白，君復原官。

調知泰安府。泰安縣民張培以張子宣爲子，娶子婦。已而以事積怒子及子婦，漸不可解，張文成等復問之，遂手絞子并子婦，磬〔一〕之桑園，以子婦與縣學生薛枝通事發，夫婦就縊聞於縣，縣如其辭讞之府。君曰：「婦人姦敗，死常耳。其夫何爲？且縊則傷入耳後，手絞者無之，易辨也。」移獄至府。治之，盡得手絞始末。發棺診之，皆手絞傷也。出薛枝，抵培等罪。巡撫福寧公過府，與君言，大喜，調知濟南府。

君既以能讞獄聞，又氣高，時持人短長卑侮之，自巡撫以下無所忌，於是凡有疑獄益埤之，卒以是敗。有爲盜焚殺者，指其仇，君疑之，而行臺省强君連署。後獲盜，君與同讞者三人皆落職。行臺省内慚，欲代君輸貲復官。君闞山東有公使銀應輸京者十餘萬，自薦攜之。行至京，没其大半，以十之一周故舊，請於部，改郎中，盡攜所餘而歸。買大宅，置姬侍，通輕俠少年，日擊鮮釃酒，弄刀劍，鬥蟋蟀、鵪鶉，數年盡散之。欲起官，而以痟疾卒，年五十七。

君治事之外不爲雜戲，具則棋，不棋則作書，不作書則爲詩，詩至數千首。方在濟南獄時，山東官吏欲置之死，鉗鈦之外繫大鐵索苦之。方暑，環以糞穢，君吟嘯自如，得詩數十首，真健才也。

君娶姜氏。子維賢，襲雲騎尉；次維幹。

論曰：君好漫駡〔二〕人，遇禮俗之士未嘗駡，翹足揺膝對之，或作他語趨去而已，所駡者，皆鄙妄人也。由是觀之，君胸中所取與，於清濁大小何嘗無尺度哉？世但以跅弛之士目君，失其指矣。

【校記】

〔一〕「磬」，王校：「雷云：《禮·文王世子》『公族有死罪，則磬於甸人』，此磬字所出，蓋謂既絞而復懸之如磬也。」

〔二〕「漫駡」，王校：「雷云：《漢書》作『嫚駡』。」

楊中立戰功略并序

吾常州唐荆川先生爲沈希儀叙廣右戰功，直躪子長、孟堅堂奥，而無一語似子長、孟堅，奇作也。江西撫標右營遊擊楊光時官河南時，從討教匪，以偏裨聽指揮，與希儀專制一方、戰守奇正得自主者不同，故功止臨陣斬俘可紀。然觀其處患難及進退之際，綽然皆有不易之道焉。使得處希儀之地之時，深謀警策，未必讓希儀獨絶如荆川所書也。於其乞休而歸，用《周勃灌嬰傳》法，爲戰功略詒之。蓋事勢既殊，文體亦異，非避荆川就子長、孟堅，蹈空同、于鱗所尚也。

楊光時，字中立，河南唐縣人。乾隆四十五年武鄉試中式，旋官河北鎮標左營把總，升右營千總，署衛輝府王禄營守備，年四十二歲矣。今皇帝嘉慶元年，教匪起河南，陷新野。中立從遊擊揆明戰，所將卒斬俘二百人；復戰，斬五人。從巡撫景安戰，斬二人。從南陽總兵王文雄戰，斬三人。二年，從參將廣福破賊李官橋，斬七人。破賊都司前，斬二人，俘四人。從參將蔡鼎搜内鄉、淅〔二〕川，俘三十一人。破賊酆家河，斬二人。在軍，署南陽守備，以功加一等。時湖北、河南教匪次第入陝西，陝西教匪亦起。王文雄由總兵升固原提督，赴陝西。中立以河南兵從之。在軍，升彰德營守備。

三年，將二十五騎探賊，遇賊騎，斬三人；復戰，斬二人，俘三人。合大隊戰盩厔焦家鎮，陷陣，斬十人。戰圪子邨，賊鋭甚，圍官軍，官軍排火器四面擊破之，斬俘五十人。戰尹家衛，陷陣，斬五人。賜花翎。戰渭南厚子鎮，俘二人。戰盩厔板子房，斬一人，俘一人。追賊南鄭黄官嶺，斬二人。戰褒城廉水險，陷陣，斬十人，俘九人。戰西鄉兩河口，陷陣，斬十人，俘五人。戰南鄭鋼廠，賊張兩翼來犯，伏起陣右澗中，鋭甚，別將奮勇八十八人迎擊澗上，破之，斬五十人，俘七人。

四年，戰西鄉二里亞，斬持大白旗賊渠一人，追斬四人。至老鷹厓，復斬五人，俘二人。戰分水嶺，斬乘馬賊一人。戰牛頭山，陷陣，斬二十人。戰鍾家溝，斬五人，俘一人。戰褒城瓦子嶺，斬二人。戰西鄉堰河口，斬三人，俘一人。戰南鄭烏亞子，斬十人，俘一人。升陳州營都司。

五年，戴家營賊犯周家坎，別將於野貓溝迎擊，斬二人。賊楊開甲掠喬麥灘，合大隊迎擊於洋縣之三岔庵，俘二十七人。迎擊賊唐大信於節草霸，賊遁山遁，追戰魏家寨，破之，竟三日夜。追戰萬曲灣、火石亞、山王廟、麻柳灣，皆破之。戴家營賊合烏二、馬五犯西鄉宛豆坡，追戰破之，斬五十人。

凡在軍六年，戰河南十一，戰陝西二十八，奏首虜功數如前。其未奏者二十八戰，首虜功皆没無可紀。前後進官三，賜花翎一。

自中立至陝西，提督令將騎，每戰當軍鋒。素恤士卒，糧乏即以己貲分之。至是，糧乏四十餘日，不能軍。兵臨陣失伍，歸河南。中立追至南陽，令歸伍，皆大哭，言等死耳，願以潰師伏法，無一人肯西向者。遂跳身還營，提督劾之，聽勘。軍方惰，賊適大至，置陣，自山梁馳下。衆軍仰禦之，忽陣動崩下山，不可止，賊遂殘提督。而河南巡撫吴熊光具潰師始末入奏，皇上下其事經略覈勘登保。經略知提督軍情，欲中立訐其實。中立曰：「軍主已没王事矣，豈可以一劾嫌，使不保令名，自脱罪哉？」對簿七晝夜，無異辭。經略爲動容，盡以中立前後恤士卒狀并戰功上之。皇上免死，革花翎并四品頂戴〔二〕，以都司從軍。

從經略戰西鄉，西渡河，破之。從固原提督慶成戰馬灣、土地嶺，皆破之。別將防茶鎮口，賊渡漢，從提督迎擊，斬俘二百三十人。六年，旋師河南，別將赴湖北鄖陽，駐南化。七年，駐小蓮灘，以守禦功復四品頂戴。十一年，教匪平。積年資，擢江西撫標右營遊擊。

中立守職勤，事上有禮，與同官温温然，未嘗自言功。忽不自得，投劾去，當事惜之，不能留也。敬前權官吴城，教匪起上江。中立將二百人赴湖口，陰備之。過吴城，敬至其舟，士卒帶刀立甚整。糗糧、甲冑、旗纛甚備，悉藏舟中無知者。敬心異之。更一年，而中立乞休。敬適劾官，數過從。故知之詳如此。

【校記】

〔一〕「浙」，原誤作「淅」，同治八年本同，嘉慶二十年本、同治二年本、光緒十四年本作「浙」，今據改。

〔二〕「頂戴」，同治八年本同，嘉慶二十年本、同治二年本、光緒十四年本作「頂帶」。王校：「俞云：『革花翎并四品頂帶』，蓋止革去翎頂耳，其官無恙，故下文亦止言復四品頂帶，不言復官也。都司本四品，則『四品』字似贅。『頂帶』似應作『頂戴』。本朝品級，頂有異，帶無異也。乃近來公牘多作『頂帶』，此字宜核之。」

卷　四

吴城萬壽宫碑銘

符録之法盛行於南北朝，道家之支駢溢於神仙，神仙之旁劇紛於符録。符録之用，充志壹神，以通馭萬靈，禁劾百物。是故道足者氣勝，道歉者氣敗，聖人用之而周萬世，賢人用之而行一方一州，庸人用之而囿一術，纖人用之而災其軀，邪人用之而亂及天下。

夫黄帝教熊羆、貔貅、貙虎，禹驅蛇龍，周公驅虎豹、犀象，射妖鳥，殺水神，與後世幻人詭士所行，其得失豈不徑庭哉？然所以能通馭禁劾之故，於理無二制焉。惟道大則所成者峻博，道久則所流者充長，不可誣也。

吴城萬壽宫者，祀勅封靈感普濟之神許真君之廟也。真君遺迹徧嶺北，而在新建者，生米游帷觀，爲真君舊宅。大中祥符中，賜號玉隆，改觀爲宫。政和中，加號萬壽，故凡祀真君之廟，皆號萬壽宫。吴城處新建之東北陬，北臨宫亭湖，其東贛江挾餘、鄱二水入之，西附山爲修水宫亭。贛江、修水之間有大州，隸建昌，相傳爲真君斬蜀精之地。宫亭之東爲鄱陽湖，北爲潯陽江，真君分遣弟子斬蛟之地也。其地勢悉與吴城相附注，是以真君於吴城功最著，其食於吴城爲最宜。先是，來蘇、後顯二坊之間爲萬壽宫祀真君，甚庳陋。乾隆八年改作之，加侈。嘉慶十一年復斥而大之，爲日計八年，費錢至八百萬有畸而後竣事。蓋江西之人欣戴歌抃，願副崇高，以爲非是不足以飾後觀、彰美報也。

敬權官吴城，朔望祗謁殿下，仰眙俯惕，有以見真君之得於斯民者，於是進縉紳先生而告之曰：真君之功赫矣！自晉至今垂一千五百餘年，自大庾嶺至潯陽江及二千里，自楚塞至閩嶺及七八百里，縉紳大僚、牛童馬走、婦人稚子，無不如親事真君，燠其寒，飫其嗛。又况自今以至千萬年，自江西以至薄海，振振闐闐，日盛日遠，此何故也？天下萬世之功氣制之，天下萬世之氣道貫之。道大者德大，故肫然而敦，溥然而遠，及道久者業久，故優然而裕，綿然而不窮。黄帝、禹、周公之峻博充長如彼，真君之峻博充長如此。敬常意真君之於道，必有望聖人而未及其量、率賢人而大得通者，故能涵衍古今，廓穹天地。

考真君事不見於正史，其雜見晉、唐小説者，皆瑣異神靈之説，而忠孝之事則以設教之名附益焉。然未有不忠孝而能餘於道，不餘於道而能務於功，不務於功而神於術，而無害於人者。至於寇謙之、杜光庭之徒，依附朝廷，驚駭愚賤；張角、宋子賢、劉鴻儒，妄作訞訛，毒流無既，有斯世之責者，方將搔其芽而握其心，窒其源而障其潰，豈可隨俗接踵，陷於阨阱哉？既以語於衆，遂書而碑之庭。

銘曰：

我來斯宫，當歲之更，天開地除。廣埸千尋，連翰重牆，中周四隅。耽耽翼翼，扶日掖月，上凴天虛。之而爲禽，鄂不爲華，鑿堅彫疏。旌旄委蛇，帷帟跐豸，連璧環琚。投體崩角，肩摩蹠錯，以劬爲愉。如核而拆，如抱而啄，如蟄而蘇。神威恪儼，德意洽浹，不鞭而驅。大矣聖人，天覆地持，不異智愚。真君得之，一體具體，合性之初。若執不祥，變怪之端，乃爲其餘。赫赫明明，翼我赤蒼，漸漬被嵎。天子之命，爲羣祀神，品其牢菹。豈如歷朝，仍不經言，妄附寶書。噫嘻後人，率土之臣，勿誕而誣。

光孝寺碑銘

光孝寺在廣州府治迤西北一里所，於晉曰王園，於唐曰法性，於宋曰乾明，於明曰光孝。本朝順治十三年，東莞長者蔡元真重建。其時，靖南王、平南王勦李定國，駐師粵中主其事，後碑文以違詔格毁，廢垂一百五十七年。今皇帝嘉慶二十年，陽湖惲敬至廣州，沙門齊方暨諸檀那咸以爲請。敬以光孝寺爲粵中大道場，多天竺及支那應化之迹〔一〕，而大鑒禪師於寺下髮秉戒，開最初法，浮圖之教，大鑒有功力焉。可以發明本末，分析源流，使後世無所倚惑，於是爲之銘，使碑於庭。

蓋自菩提達摩尊者航海居嵩嶽，二傳得大祖而始尊，五傳得大滿而始著，六傳得大鑒而始大，八傳至大寂無際而始變，十一傳至臨濟、洞山〔二〕、仰山而始分，十三、十四傳至雲門、法眼而始極。大鑒之前皆精微簡直，而大鑒有以昌導之。大鑒之後皆超峻奥衍，而大鑒有以孕括之。故敬嘗謂大鑒之於浮圖，如孔子之教之有孟子，蓋謂此也。

大抵西域君與師分治，主教者不治事，故浮圖之教引之而愈高，推之而愈微，由律而教，由教而宗。宗之始至中國也，求道之人皆堅持戒律，博涉經論，然後竭生平之力歸心正法，其意識之障積漸銷除，故一言指示即契大旨，如琴動而弦應，山頹而鐘鳴，以順得順者也。其後江西、湖南玄風大行，人人求一日之悟，東西推測，皆意識爲用，故廣設門庭，抑之使不得出，截之使不得行，庶幾塞極而通，閉極而剖，如鱗羽之化者必蟄其體，草木之坼者必固其孚，以逆得順者也。至於大鑒，遇言則鏟，遇見則拔，縱横無礙，浩汗無極，以縛爲解，以相爲空，如火之燎不可近，如海之泛不可禦，兼用順逆者也。後世學浮圖之人，上下根皆接，大小乘俱圓，權實皆匯於大鑒，此唐、宋、元、明以來其徒所不能易也。中國則君與師兼治，故孔子之教以下該高，以顯該微。其傳之後世也，戰國諸子亂其緒，兩漢諸儒拾其膚，宋、元人以浮圖之實言附孔子而諱其名，明人以浮圖之玄言攻宋人而紊其次。合之聖人遺經，各有得失。是故戰國之言通達，通達久則生厭，而浮圖之律乘得行；兩漢之言滯執，滯執久亦生厭，而浮圖之宗乘得入；宋、元、明之言往復變動，往復變動則生疑，而浮圖之教乘得以游衍附託。此則陰陽之屈伸，人心之往來，其互相乘除者也。其間有大力者，於後世儒者之言必求之孟子之書，以定其歸；浮圖之言必求之大鑒之書，以要其會。然後本末可明，源流可見。

夫元魏滅沙門，而菩提達摩來；李唐立南北宗，而韓退之、李習之出。萬物散殊，百爲并起。庸人逐其迹，聖人明其端；庸人争其小，聖人立其大；庸人排其虚，聖人修其實。孔子之教，明人倫，定家國天下，雖五大州各師其師，各弟其弟，豈能在範圍之外哉？雖中國自漢以來代有浮圖之教，愚者逐其粗，智者溺其精，又豈能在範圍之外哉？故曰：「譬如天地之無不持載，無不覆幬；譬如四時之錯行，如日月之代明。」敬故因論大鑑而詳述之焉。銘曰：

有大菩薩來四天，力破迷執無重堅，巨象行地龍行天。有大護法居人王，爲國驅逆如箠羊，劃金銀地還道場。有大長者開寶宫，浮雲翼霞摇虚空，上繼無始垂無終。顧山居士目雲漢，轉一藏經止轉半，以銘爲筏筏登岸。大道無界住色位，大法無著住道位，大人無私住法位。

【校記】

〔一〕「迹」，原作「節」，同治八年本同，嘉慶二十年本、同治二年本、光緒十四年本作「迹」，今據改。

〔二〕「山」，原作「仙」，當係刻誤，今據文意改。

潮州韓文公廟碑文

潮州韓文公廟有二：其一在城南，宋元祐中知軍州王滌始建，蘇文忠銘之，今城南書院是也；其一淳熙中知軍州丁允元遷城南廟于城西，即忠祐廟也。自前明至本朝，春秋祀事皆行於城西。嘉慶二年，知海陽縣韓君異葺治之，陽湖惲敬爲碑文，郵之潮州，與潮之賢士大夫商公之故，且告後世焉。

公以諫迎佛骨貶潮州，去菩提達摩入中國二百八十餘年矣。其時，關東西則有丹霞然、圭峰密，河北則有趙州諗、臨濟玄，江表則有百丈海、潙山祐、藥山儼，嶺外則有靈山巔。其師友幾遍天下，皆以超世之才智、絶人之功力，津梁後起，以合於菩提達摩之傳。而公之生也，與之同時；公之仕也，與之同地。嗚呼，於此而言不惑，不其難歟！且其時，上無孔子之師，下無七十子之友，老、莊之所流别，管、墨之所出入，馬、鄭之所未攻，孔、賈之所未辯。嗚呼，於此而言不惑，不其難歟！是故公之闢佛，闢於極盛之時；宋人之闢佛，闢於既衰之後。宋人之闢佛，以千萬人攻佛之一人；公之闢佛，以一人攻爲佛之千萬人，故不易也。

雖然，公之闢佛至矣，而佛之教至今存焉，何也？蓋聖賢之於天下，去其甚而已。禹抑洪水，而水之氾濫仍世有之；周公兼夷狄，驅猛獸，而夷狄〔一〕、猛獸之侵暴亦仍世有之；孔子成《春秋》，亂臣賊子懼矣，然不避於當時，不絶於後世；孟子距楊、墨，楊、墨息矣，然人或竊其行，家或傳其書。若是者，皆然矣。然而孔子、孟子之功，終天地盡日月不可没者，以人人知其爲亂臣，爲賊子，人人知其爲楊、墨也。今天下三尺童子抱書入塾，即有公闢佛之説據於胸中。甲胄之士、耒耜之夫、行商坐賈，皆習其説。其宦成名立，才行出人，而沉溺教乘者，朋友、子孫、門弟子皆能别擇於其後。愚夫、愚婦膜〔二〕手梵唄，隨衆經行，其心皆知有孔子之教。是故，公之德揆之孔子、孟子，有大小純雜之殊；公之功揆之孔子、孟子，有平頗公私之異；而得墜緒於前世，收明效於後來，未嘗不如一也。

且夫天地之道一而已矣，而人事自二三以及千萬焉。行之於行，見之於言，施之於教，皆人事也。惟聖人與道同，其餘皆有出入多寡。申不害、韓非，一術也，則傳；李悝、商鞅，一術也，則傳；孫武、吴起，一術也，則傳；王詡，一術也，則傳；張魯，鬼道也，而亦傳；寇謙之、杜光庭，鬼道之下也，而亦傳。佛者，如中國百家之一耳，其徒推演師説，下者可以囿凡愚，高者可以超形氣，故其傳較百家愈遠而愈大，屢滅而屢復，蓋將與天地終焉。是故世有孔子之教，則佛之教亦必行，此天道之所以爲大也；世有佛之教，則公闢佛之功亦益見，此人事之所以爲久也。自公斥爲子焉而不父其父，而爲佛者知養其親；自公斥爲臣焉而不君其君，而爲佛者知拜其君，供賦税，應力役，未嘗不事其事。世之儒者知中國之變而爲佛，不知佛之變而爲中國；知士大夫之遁於佛，而不知爲佛者自托於士大夫。人理所同，豈能外哉？

自公之後，儒者好爲微言渺論，或由孔子之書失其旨而反墮於偏，或由佛之書得其會而忽反於正，是又在乎善學者焉。失者不得妄附聖人之遺經，得者亦不必諱言佛乘也。嘉慶二十年十月惲敬謹記。

【校記】

〔一〕「夷狄」，嘉慶二十年本無「狄」字，後刻諸本皆補「狄」字。

〔二〕「膜」，嘉慶二十年本、同治八年本作「摸」。王校：「當作『膜』。劉校同。」

前光禄寺卿伊公祠堂碑銘

閩南爲儒者，世服朱子緒言，雖親受業陽明先生之門如薛行人中離，于朱子不敢悖。本朝安溪李文貞公、漳浦蔡文勤公，益推而明之。文勤授寧化副都御史雷公，雷公授同縣光禄寺卿伊公。其爲學以慎獨爲本，其推行始於固窮，成於成仁取義，故其道近而難至，其事質重而光明。嘉慶十有九年，公之子，前揚州府知府秉綬爲祠堂於學宫之里以祀公，門塾堂室皆備，諏日升主於室。公之配羅夫人祔焉。而寓書於陽湖惲敬請銘。古者，士大夫立家廟祀曾祖以下，有功德則專立祠堂，於禮甚宜。其麗牲之石刻之銘亦應古義。惟是敬以後學，操簡畢與廟廷之事，懼勿任爲罪於後世。而秉綬請勿暇，遂不敢辭。

公諱朝棟，字用侯，姓伊氏。先世自河南遷福建之寧化縣，世爲寧化人。曾祖應聚，官順昌學訓導，贈儒林郎。祖爲皋，父經邦，俱贈中議大夫。公縣學拔貢生，乾隆二十四年鄉試中式，三十四年會試中式，殿試賜進士出身。歷官刑部安徽司主事、河南司員外郎、湖廣司郎中，掌浙江道監察御史、户科給事中，擢光禄寺少卿、通政司參議、鴻臚寺卿、大理寺少卿、光禄寺卿，積階中議大夫，加封資政大夫。予告後，就子秉綬養於惠州及揚州。卒年七十有九。

公以官刑曹，持法平，素不近要人，故無推薦公者。以小心供職，受知高宗純皇帝，不及三年，即拔置九列，常召見，諭曰：「福建理學之邦，汝謹厚守繩尺，朕所知也。」會得末疾，未竟其用，天下惜焉。居家循循然，造次必以禮。文勤之從子文恭公新常曰：「居貧實樂，居喪實憂。吾於伊比部見之。」羅夫人，同縣人，有懿行，例封淑人，加封夫人，卒年八十一。子二，秉綬其長也；次秉徽，國子監生。

古者，銘廟之辭多紀勳伐，至北宋以後始有推本所學，爲後世經程者。今公之學，既遠有統宗，遇聖天子激揚表暴之，誠信不欺如右所紀。敬雖淺瞀，謹於銘著古今爲儒之所以然，秉綬謹下丹加額如碑法，以告天下後世之有志於學者。其辭曰：

聖貫天地，宙合百家，蟲人萬千。内外精粗，如左右腓，相互而前。漢守秦燼，負器抱經，壘高而堅。性天之説，波瀯瀾渟，纖流涓涓。人心蓄靈，有隙必通，汉爲清言。剖精析微，沖虚南華，意同語玄。達摩乘之，提第一機，無聖廓然。曹溪始大，西江八十，眩地熏天。帝王民氓，至智極愚，頒身重淵。韓公舉幡，闤市之中，一喙獨拳。致彼飾詞，淡泊儒門，棄爲蹄筌。北宋中葉，大儒之生，渾渾桓桓。就彼所言，推之吾書，極天地先。堯舜開明，遞及子輿，旁薄綿延。性天之説，此挈其總，彼掎其偏。如失盜家，復己劫資，匡綏室田。如逋訟人，直己折辭，猰窳頑姦。雖其所言，有過不及，軌轍無愆。朱子懃懃，江匯於海，杓攜於躔。入聖之要，下學上達，宣尼所傳。存之存之，隱微持之，功該本原。傳録漸多，遂涉支離，溺於言詮。陽明間氣，振臂一呼，力破攣牽。此如夏冬，以反爲成，六氣乃宣。此如吸呼，以斷爲續，百骸以安。上五千載，下五千載，抑高轉圜。新故所代，如南北陸，如上下弦。聖人無我，賢者迭勝，以扶其顛。其中軒輊，得失多寡，尚可尋沿。朱子之弊，極於拘曲，不溢他端。陽明之弊，顛倒狂聖，反覆坤乾。故爲儒者，必始朱子，勿怠而遷。

資政大夫葉公祠堂銘

南海葉氏，遷自福建之同安，同安遷自福清。其遷南海者曰振德，誥封資政大夫、欽賜鹽運使銜廷勳之曾祖也。資政公命其子姓爲祠堂，推振德爲始遷祖，配王氏祔祭。第二世曰興邦，貤贈資政大夫，配陳夫人。第三世曰長青，晉贈資政大夫，配邱夫人。第四世即資政公也，配顔夫人。嘉慶二十年二月乙亥，祠堂成，整幄升主如公式，陽湖惲敬推明古今之禮而銘之於庭。

古者，別子有二：諸侯之庶子，別於爲君之冢子，其後世祖之，一也；始來此國，別於本國之宗子，其後世亦祖之，二也。此立宗法也。大夫始祖之廟有三：諸侯之庶子，始爵爲大夫，一也；始來此國，又始爵爲大夫，二也；別子之後，起士庶爲大夫，三也。此立廟法也。自封建廢，而天下無諸侯庶子之宗，於是始遷祖之禮起。自田邑廢，而天下無大夫始祖之廟，於是祠堂之禮行。資政公世濟其勤，黽勉於孝弟，以昌大其家，克襄於軍旅力役之事，天子嘉之，錫爵進階，顯於祖父，施於子孫。其得爲祠堂以祀其先，宜矣。

自宋以後，在朝列者祠堂皆祀及四世。資政公祠堂之制如之，允乎於今之人，勿違替於古昔，禮之盛也。自資政以後，傳之永永，則始遷祖之祀宜勿暇益虔。蓋古者諸侯與王國之大夫、侯國之大夫皆有始祖之廟，後世八品即當古之再命，而祠堂之祭殺於三廟焉。是故聚族而祭始遷祖者，議禮之君子許之。

資政公子三：長夢麟，刑部郎中；次夢龍，户部員外郎；次夢鯤，光禄寺署正。孫十有五人。銘曰：

池東流，術環之。卜其南，壙爲祠。翼如堂，赫如堀。嚴豆籩，肅尊罍。介爾福，無不宜。

贈光禄大夫陳公神道碑銘

自古高望華閥，品升於朝門，地著於天下，振振繩繩，世服厥家者，其始皆以功德拯其民，輔其世。以功者，多享社茅廟鼎崇高焜燿之奉；以德者，必有賢者爲之子孫顯揚中外，不墜其前光。今皇帝嘉慶四年，高宗升祔禮成，覃恩海内，於是前賜同進〔一〕士出身，誥封中憲大夫、浙江分巡金衢嚴道陳公，加贈光禄大夫〔二〕、工部右侍郎，禮得刻銘於神道。敬〔三〕交公之季子守譽，因交公之孫椿冠、曾孫效曾。敬曾於用光、希祖、希曾皆有雅故，遂不敢以不文辭。

公諱道，字紹洙，世稱爲凝齋先生，江西新城人也。江西自鄒東廓、聶雙江諸先正主陽明之學，末流放失，羅念莽起而正救之，爲功於王門者〔四〕甚巨。公始學於廣昌黄静山永年，静山力主念莽，而公之友如雷翠庭鋐、祝人齋淦皆主朱子，故公之學自陽明入朱子，力行以幾於成。公之成進士也，爲乾隆十三年，年四十二。孫文定公嘉淦欲以庶吉士薦公，公辭讓於同歲生之年少者，後其人以文章名。公當選於吏部，以養親辭，後詔舉經學，亦固辭。其在家雍雍如也，教子孫甚嚴，皆以誠感之，不加訶譙。在鄉黨，於所乏無不給也。朋友之急難，無不赴也。死生貴賤如一。静山官常州，爲人所排去官，旋卒於蘇州。公以師禮喪之，歸其喪於所籍。人齋無子，以注《禮》在公家十餘年，生具皆資之，有子六歲而人齋始卒。其處事遠睹近矚，無不周也，既成，無矜容。其言學能别是非，而未嘗黨也。公年五十有四卒，乾隆二十五年八月己亥也。配楊夫人，副室雷太恭人。子五：守誠、守詒、守中，楊夫人出；守訓、守譽，雷太恭人出。公始封以子守誠官，加贈以曾孫希曾官。

公之先世在宋自江州義門遷新城，二十餘傳至縣學生諱一翰，爲公之曾祖。縣學生貤贈奉直大夫諱以汧，爲公之祖。州同知貤贈資政大夫諱世爵，爲公之父。始遷縣西之鍾溪，自遷鍾溪而有家之業始大，公以爲儒顯於世而名始盛。公卒後數十年，子孫守家法，言儒言，行儒行，各以其列服勤於皇家，自立於士大夫且數十人，故海内言大家在江西，必曰新城鍾溪陳氏。敬推其所致，皆自於公。

昔漢世碑陰止書立碑姓名，而柳子厚爲侍御史府君神道并記先友。今公之子孫房次、科第、階職不勝書，於碑之體又不應詳書，謹記之碑陰，以見公之遺澤，且爲當世勸法，而於碑記公之大行，因系之以銘。銘曰：

仲尼之道，八儒歧之。去聖益遐，道尊人卑。千差萬别，迭爲盈虧。延及有明，遂擾而漓。公起嶠西，肫然其心。得師求友，馨我蘭襟。油油春陔，穆穆秋琴。家徵人瑞，國貢天琛。既對大廷，羣公拭目。翩然南返，衣縫冠木。我息我游，我磨我錯。是非之公，昔言是服。軌物者義，及物者仁。蔚然其施，逮乎疏親。我懷如晝，物氣如春。百年慕澤，千室歸淳。明明天道，厥後大昌。五子登朝，孫曾鴈行。外分綘節，内服朱裳。訓承柳郢，德紹王祥。欺者喪名，矯者敗節。拘者性梏，肆者情裂。勤勤躬行，以刻爲平。嘵嘵立説，以混爲别。是皆飾己，無德於人。勉世而已，不及後昆。惟公和正，所蓄有餘。一身觚簡，奕世簪裾。凡百君子，視此刻書。各敬爾儀，毋怠毋渝。

【校記】

〔一〕「進」，原作「賜」，同治八年本同，嘉慶二十年本、同治二年本、光緒十四年本作「進」，今據改。

〔二〕「光禄大夫」，嘉慶二十年本此處衍一「禄」字，作「禄光禄大夫」，後刻諸本皆校删之。

〔三〕「敬」，同治二年本、光緒十四年本「敬」字下有一「始」字。殆前删去「禄」字，而於此填補一字以合嘉慶二十年本原來版式。

〔四〕「者」，同治八年本同，嘉慶二十年本、同治二年本、光緒十四年本無。殆前删去「禄」字，而於此填補一字以合嘉慶二十年本原來版式。

新城鍾溪陳氏房次科第階職記

光禄房：

守誠，浙江分巡金衢嚴道，誥授資政大夫，晉贈光禄大夫。

子四人，長元，次奉寬，次允恭，次觀。元子三人，長希祖，次希曾，次希孟。奉寬子五人，長希賢，次希濂，次希宋，次希軾，次希轍。允恭子二人，長希範，次希岱。觀子三人，長希哲，次希顔，次希榕。希祖子一人，紀儒。希曾子一人，綖儒。希賢子一人，紱儒。

元，光禄寺典簿，誥授〔一〕資政大夫，晉贈光禄大夫。

奉寬，貤贈奉政大夫。

允恭，附貢生，貤贈奉直大夫。

觀，乾隆庚子科舉人，甲辰科進士，工部郎中，洊擢江寧布政使，誥授資政大夫。

希祖，乾隆丙午科舉人，庚戌科進士，刑部主事，擢員外郎，誥授奉直大夫。

希曾，乾隆己酉恩科第一名舉人，癸丑恩科第三〔二〕名進士及第，翰林院編修，洊擢工部右侍郎，誥授資政大夫。

希孟，乾隆〔三〕辛酉科拔貢生，即用知縣，候選同知。

希賢，候選主簿。

希濂，國子監生。

希宋，縣學生。

希軾。

希轍，國子監生。
希範，縣學生。
希岱，國子監生。
希哲，嘉慶甲子科舉人。
希顔，縣學生。
希榕。
紀儒。
綖儒。
紱儒。
陳州中憲房：
守詒，兵部郎中，歷官河南陳州府知府，誥授中憲大夫。
子三人，長煦，次繼光，次用光。煦子二人，長蘭祥，次蘭森。繼光子一人，蘭畦。
用光子二人，長蘭瑞，次佛喜。
煦，欽賜丙午科舉人，候選光禄寺署正。

繼光，甘肅寧州知州，誥授奉政大夫。

用光，乾隆庚申恩科舉人，辛酉恩科進士，翰林院編修。

蘭祥，嘉慶癸酉科拔貢生。

蘭森，縣學生。

蘭畦，國子監生。

蘭瑞，國子監生。

佛喜。

内閣中憲房：

守中，乾隆乙酉科拔貢生，庚寅恩科舉人，候選内閣中書，貤封中憲大夫。

子十二人，長應泰，次銑，次旭，次燿，次淳，次彪，次沅，次炳，次沆〔四〕，次魁，次紀〔五〕，次汾。燿子三人，長星緯，次廷賜〔六〕，次八官。淳子三人，長四官，次六官，次七官。彪子二人，長慶官，次九官。

應泰，歲貢生，候選訓導。

銑〔七〕，國子監生。

燿，附貢生。
淳，廩貢生。
彪，國子監生。
沅，嘉慶戊午科舉人。
炳，廩貢生，候選訓導。
沆。
魁，國子監生。
紀，國子監生。
汾，國子監生。
星緯，府學生。
廷錫，縣學生。
八官。
四官。
六官。

七官。
慶官。
九官。

通議房：

守訓，刑部郎中，歷官江蘇按察使，誥授中憲大夫，晉授通議大夫。

子三人〔八〕，長文冕，次雲冕，次玉冕。

文冕，候選布政使經歷，誥封奉政大夫。

雲冕，候選縣丞。

玉冕，候選縣丞。

奉直房：

守譽，乾隆辛卯舉人，候選内閣中書，誥封奉直大夫。

子一人，吉冠。吉冠子二人，進福、增福。

吉冠，乾隆己酉恩科舉人，候選都察院都事，誥授奉直大夫。

進福。

增福。

右據楊太夫人行述開載，皆乾隆五十五年前所增子姓也。今奉直房共子六人，孫三人，曾孫八人矣，宜并五房嘉慶二十年前所增子姓，統開載列於碑陰。

【校記】

〔一〕「授」，王校：「潘云：應作『贈』。」

〔二〕「三」，同治八年本同，嘉慶二十年本、同治二年本、光緒十四年本作「二」。王校曰：「『二』字當係『三』字之訛。是科一甲二名爲陳遠雯先生雲。」案：陳希曾，《續碑傳集》、《國史列傳》、《國朝耆獻類徵》皆有傳，爲乾隆癸丑進士殿試一甲第三名，作「三」字爲是。

〔三〕「乾隆」，王校：「『乾隆』當作『嘉慶』。」

〔四〕「沆」，原作「炕」，嘉慶二十年本、同治二年本、同治八年本同，光緒十四年本作「沆」。案：下文作「沆」，王校：「雷云：當作『沆』，即秋舫名。」今據改。

〔五〕「次紀」，二字原無，今據上下文補。

〔六〕「廷賜」，諸本同。王校：「俞云：下分行作『廷錫』，此作『賜』，必有一誤。」

〔七〕「銑」，王校：「潘云：『銑』下漏『旭』一行，應補。」案：諸本皆漏此一行。

〔八〕「子三人」至「次玉冕」十二字，原接於「通議大夫」之後，不另起行。王校：「潘云：照前例于『子三人』應另行低一格。『文冕』以下三人行亦祇應低一格，不應低二格。」今據改。

刑部尚書金公墓志銘

嘉慶十有七年十一月辛亥，刑部尚書金公卒於位。明年正月乙亥，公之訃至南昌。五月壬午，公之孤勇以狀來請銘。先是公爲郎中時，敬之弟敷試禮部，以薦與弟子籍。公巡撫江西，敬爲縣瑞金，以計吏出公門。是以敬於公之事最習，於公之心推測之最詳。謹惟蘇子瞻氏受知於張安道，爲之銘，韓退之氏在袁州爲屬於王鴻中，亦碑其墓，於是不敢辭。

公諱光悌，字汝恭，姓金氏，世爲英山縣人。十世祖國賓，明太常卿。曾祖天爵。祖紹偉。父序斑，進士，候選知縣。三世皆贈如公官。妣聞氏，贈一品夫人。

公年十六補縣學生，二十二鄉試中式，旋官内閣中書。三十四會試中式，殿試賜進士出身，歷宗人府主事、刑部浙江司員外郎、四川司郎中，以事降官，復起爲浙江、廣東司員外郎，升陝西司郎中。奉滿，奉旨以京堂官用。有吏人坐贓敗，妄引公，皇上命待質，事白，益向用，升光禄寺少卿，内閣侍讀學士，外轉山東按察使，升布政使，即升刑部侍郎，巡撫江西，升刑部尚書。卒年六十有六。

本朝刑部尚書用人最慎。部中司官，明慎者方總辦秋審；其尚書，多取歷總辦，并踐中外習故事者擢之。公性精敏，自爲總辦時，一部之事必關公，及爲尚書，益自力無所阿徇。而天下讞獄者承列祖覆育之後，以寬厚爲福，多稍稍減罪狀上之。公以爲不可，懸千里推鞫，苟引律當，毋更議。其直下刑部及法司會議者，公必持律不得減。於是部中多以公爲嚴於用法焉。然歲斷獄大小以千百計，自同官至羣執事，無有能執公所具改從輕比者。嗚呼，可以觀公矣！

舊例監守自盜，限内完贓者減等。乾隆二十六年改重不減等，公主稿奏復舊例。後阿克蘇錢局章京盜官錢，計贓五百兩以上，主者引平人竊盜律，當章京絞情實。公曰：「盜官錢當擬斬監，追不決，絞情實則決矣，不得引竊盜律。」奏平之。皇上覽奏曰：「官盜罪較私盜反薄耶？」公免冠謝曰：「『與其有聚斂之臣，寧有盜臣』，律意如是也。」嗚呼，此可以觀公矣。

公爲按察、布政、巡撫，皆如在〔一〕刑部，核名實，别功過，釐市井，飭軍伍，多以一人智斷行之。蓋公仕宦數十年，計必達乎至微，力必摧乎至巨，持成格以繩崎嶇數變之情，援古義以削浮沉苟安之習。自謂卑獨此心可奉聖主，故嶄然有以自見如此。

公性好士，聞之如恐不見，既見如恐不得當。嘗一爲江西副考官、廣東正考官，兩爲會試同考官，得士爲盛，多才望大僚。而公言門下士，必首及故編修張惠言，天下之士皆以爲然。公疾惡甚，不能忍。少時遊江南總督幕府，有華士負重名，公語總督絶之，曰：「名教外人，不可使汙階前地也。」在江西，有兵官素瀾浪而無迹可劾，求見公，公切齒投其謁於地，後公旋去官，終不見。嗚呼，此可以觀公矣。

公娶懷寧丁夫人。子三：長宗邵，内閣中書，協辦侍讀；次嘉，國子監生。宗邵、嘉皆先公卒。次勇，舉人。女一，適山陰李氏。孫三，震、謙、泰，皆宗邵出。公師文成公阿桂，文成奇賞公，公常語敬曰：「欲知文成之爲人乎？」敬起立拱而俟，公久之曰：「心地厚。」復久之曰：「魄力大。」

十八年九月乙亥，勇葬公於祖塋。銘曰：

湛盧之鍔，孰砦其銛？轒轀之脊，孰尤其堅？如吴育剛，如姚崇警。滓沼飛雲，俯鞍躡景。觥觥我公，文成之士。宿將沈機，重臣引體。我公得之，大水破沙。力刷其阻，氣吞其涯。殊恩特簡，拔之庶僚。方晉列卿，隨畀麾旄。聽天下成，執憲最久。柬吏循文，治奸斂手。好無爾我，惡不比人。天性所行，理無逡巡。好者晨星，各守一隅。光不相及，纍纍可吁。惡者震霆，耳之皆應。山通谷合，走告相證。幸遇至仁，保全終始。生安其位，死歸其里。茲原之山，其石峩峩。側行危立，有高可歌。茲原之水，其流泯泯。湍旋瀨折，有澄可詠。茲原之窆，鑿之深深。我公於宅，前道後林。茲原之銘，故吏所勒〔二〕。日月可移，是非不没。

【校記】

〔一〕「在」，原作「是」，同治八年本同，嘉慶二十年本、同治二年本、光緒十四年本作「在」，今據改。

〔二〕「勒」，嘉慶二十年本作「勤」。

漢中府知府護漢興道鄧公墓志銘

嘉慶十有三年十一月庚辰，前漢中府知府鄧公卒於福建羅源縣之署舍。時子傳安知羅源，公就傳安養也，年八十有六。十四年八月乙卯，公之喪至本貫浮梁。十九年十月丙寅，傳安卜地葬公於浮梁青峰之原，公之配陳恭人合葬焉。先是，公以耆德奉命重赴甲子科鹿鳴宴來南昌，敬介公之姻江訓導幼光謁公，傳安又與敬同出戴文端公衢亨之門，至是以銘請，敬不敢辭。

敬觀班孟堅、范蔚宗傳循吏，皆推本儒術，或列所治經，舉其科，可謂知爲政之要矣；然所載多郡國二千石，縣令惟蔚宗傳王渙一人，任峻附見傳中，且以明發姦伏爲未充德禮之教。夫德禮苟不相應，則姦伏之心侈矣，何明發之功可紀哉？縣令官卑，其權不足攝下，故爲縣令視二千石爲難，而德禮之效則以能明發姦伏爲治縣符驗，能如是未有不爲良二千石者也。

公諱夢琴，字虞揮，姓鄧氏。曾祖國挺，自南城遷浮梁。祖文諫，貤贈朝議大夫。父以忠，贈朝議大夫。母石氏，贈恭人。繼母吳氏。公年十八補縣學附生，二十一爲廩膳生，二十二鄉試中式，三十會試中式，以進士候選吏部，授四川綦江縣知縣。縣人相沿呼大府胥吏爲老上司，橫甚。公察其尤者先予杖，後申請治罪，遂俱斂。貴州遵義有巨盜，亡命過縣，公遣捕人迹至二千里外之萬縣獲之。以能署江津。江津民宋志聰者，與楊在位爭博，負在位，毆之仆死，置尸黄君相之門。江津前政比君相殺人罪，已瘐死〔一〕矣。公鈎距得獄情，讞之。前政因推事官巧請於按察使，掎其獄，公力爭，按察使遂怒。此初獄也。而前政在江津事多率爾。民周景康盜樹，爲樹主斫顱左，旋以他事與周秉魯爭，傷腹下乃死。前政以比樹主。公請復診之，腹下傷重，罪當比周秉魯。而按察使挾前怒，欲如前政比，以傾公。此繼獄也。當是時，前政已因宋志聰獄去官，公復持此獄甚急。於是諸黨按察使有氣力者爲蜚語，以爲公好排人，人已墜坑阱〔二〕尚下石。按察使雖知公直，而必洩前怒，幸其言。公勢危甚。會公還綦江，定遠民譚學海被殺，不得主名，縣攝民六人笞服之。至府，皆不承。公奉府檄，廉知諸偷鄧理瑶等實殺人，一訊獄具，此最後獄也。公白府分功定遠，定遠得免議，諸大府益信公非排人者。適按察使權布政使，周景康獄乃如公讞焉。

丁吴太恭人艱，服闋，以贈朝議年老請養，家居十二年。後服闋，選授陝西洵陽縣。洵陽處萬山中，流民賃山種稞，自立下手書曰「稞蓟」，取木石耳曰「耳蓟」，燒炭曰「炭蓟」。黠者不立期，遂多訟。公令種稞期五年，耳、炭期三年，民安之。山南州縣地日墾，大府歲檄升科，公言流民開荒，食數年之利，不可使失所他徙。國家賦額已定，徒飽吏胥耳。終公去洵陽，不報升科。旋署岐山，調寶雞。寶雞臨棧道，轄陳倉、東河二驛，冠蓋旁午，驛馬多疲損。前政以給里民，需其值曰「領馬」。有急，復摟私馬應官，曰「里馬」。公令「領馬」皆交見馬，驛遂充，非大差不撥「里馬」。逆回田五作亂，陷通渭。公斷仙靈谷石道爲守計，後馬文熹屯底店，公料丁壯登陴，賊未至而罷。旋擢商州知州，署西安府，擢漢中府知府，護漢興道。因事鐫級，大府以教匪方熾奏留公。後病濕累，上記乞休，年七十五矣。

始公家居時，知浮梁黄君泌治頗辦而性卞急，請益於公。公曰：「聽訟，末也，雖然，有本焉。古之人先治己之好惡矣，至聽訟，則察人之好惡爲好惡焉。夫天下固有得其辭而失其意者，豈有舍其辭而得其意者哉？當官難於慎，守官難於和，緩求其難焉可也。」自公爲州、爲府，所屬皆喻以此意。而公持大綱不苛察，故皆治。

公年二十四，陳恭人來歸，孝謹守婦道。年七十有二，先公十一年卒。子一，傳安，進士，福建羅源縣知縣。女一，適國子監生吴篤照。孫二，世疇、世畲，皆縣學生。

公爲學，自少時以小學、《近思録》、《洛學編》爲宗，後從座主蔡文恭公新遊，窺閩中道學源流，終身守師説。所著有《棫亭文稿》十六卷，詩稿八卷。銘曰：

養魚勿煩，治民勿殘。勿煩者清其池，勿殘者察其辭。池濁而漚浮，魚之仇也。辭差而聽惑，民之賊也。登山不可趨，學道不可愚。如公者，儒術之所與也。

【校記】

〔一〕「瘐死」，原作「庾死」，刻誤，今據文意改。

〔二〕「阱」，原作「陷」，同治八年本同，嘉慶二十年本、同治二年本、光緒十四年本作「阱」，今據改。

國子監生錢君墓志銘

君諱伯坰，字魯思，自號僕射山人。曾祖安世，南和縣知縣。祖枝起，歲貢生，工部營繕司行走。父勳著，國子監生。母莊氏，繼母高氏。君未成童即孤露，力學以至於有成。敬幼聞君名，後遊京師，與張惠言皋文交，始見君之書若詩。書學顔平原、李北海，詩學杜陵，兼學誠齋、石湖。有傳君捐館者，張皋文曰：「魯思必不死，何也？魯思事繼母孝，今中歲未有子，天豈使之長往傷孝子心哉？」已而果不死。敬再娶於高，君之繼母爲敬妻之祖姑。敬妻嘗言祖姑之來，君扶輿行，祖姑下輿，則執蓋隨之，嚶嚶如孺子語。嘗日坐卧抑搔之，必得喜語方止。弟辛才感末疾，君在吴中聞之，一夕鬚髮盡白。辛才卒，大慟曰：「吾何以慰吾母乎？」後莊太孺人〔一〕以九十五卒。君年逾七十，舉三子矣。

君性邁往，多飲酒，高步雄視，知交遍天下。不問賢不肖皆交之，然有爲非禮者未嘗與。君從叔父文敏公維城享大名，呼吸可致人青雲，君自少依之，歉然自退，終於國子監生。嘉慶十七年六月十七日卒，年七十五。娶莊氏，無出。子三：山簡、小晉、又男，側室潘氏出。銘曰：

醇行其陳仲弓乎，何氣之不可壓也？隱節其梁伯鸞乎，何與世之狎也？書人歟？詩人歟？何言之狹也！

【校記】

〔一〕「後莊太孺人」，沈校：「與上繼母高氏文不合，此『莊』字疑『高』之訛。」

孫九成墓志銘

君諱韶，字九成，自號蓮水居士。先世浙江餘姚人，曾祖文〔一〕光，官廬鳳兵備道，始遷江蘇上元。祖必榮，官終廣信府知府。父蒲，上元縣學生。妣徐氏。君年十八補縣學生。爲人和易，喜交遊，所交皆名公卿，而能自矜重，無詭隨之習。爲詩以清雅有蘊蓄爲宗。嘉慶十六年十月二十日，卒於江西巡撫先福公署中，年六十。公自守黄州即與君交，至是殮君，助使歸葬。君娶楊氏，子若霖，江寧府學生。

君少時嘗及錢塘袁枚子才之門，子才以巧麗宏誕之詞動天下，貴遊及豪富少年樂其無檢，靡然從之。其時，老師宿儒與爲往復，而才辨懸絶，皆爲所摧敗，不能出氣且數十年。敬遊京師時，子才已年老頽退矣。而天下士人名子才弟子，大者規上第、冒膴仕，下者亦可奔走形勢，爲囊槖酒食聲色之資。及子才捐館舍，遂反唇睽目，深詆曲毁，以立門户。聲氣盛衰至於如此，亦可歎也。子才久寓白門，君生長其地，垂髫束紒即以詩名，不能不爲子才所鑒識。君爲詩不學子才，亦未得子才絲粟之力上階雲霄。然君至江西，髮已斑白，常推子才爲本師，不背其初。敬與君無間，然每見君，君必先言子才之美，以拄敬平日之論説。嗚呼，此可以見君之所守，不以死生而易師門友席，推之君父之事，豈有異耶？

敬前自江西歸常州，與君别於章江之濱。後返江西，過上元，聞疾甚，恐有不幸。

至章江，而君之喪已東下矣。追惟往昔，深用恤然。如君者，亦吾同好中不數數然者也。會若霖以狀來，將卜葬，爰爲銘以詒若霖，使納君之扃焉。銘曰：

嗇其遇，昌其詩。子居友，子才師。淄澠之别誰能之？

【校記】

〔一〕「文」，原作「父」，同治八年本同，嘉慶二十年本、同治二年本、光緒十四年本作「文」，今據改。

莊經饒墓志銘

莊經饒，名雋甲，陽湖人。曾祖柱，浙江按察司副使。祖存與，禮部侍郎。父通敏，左春坊中允。母錢氏。經饒以縣學生乾隆五十一年鄉試中式，屢赴會試不第，大挑一等，試知縣不就，改教諭，選歙縣教諭。在官六年，辭歸。歸三年，卒，年四十五，嘉慶十三年十月乙亥也。

與同歲生張惠言皋文交，皋文言黄叔度漢末第一流，在郭有道之右。若經饒者，可以觀古人之概矣。娶汪氏，子繽濟、繽澍。銘曰：

其視端然，其立頎然，其行圏然，其色夷然。骨肉斃於下，陰爲野土，魂氣則無不之也。萬物之争，百世之日積而成，此經饒之所知也，而又何所疵乎？

林太孺人墓志銘

林太孺人諱桂，福建閩縣人。祖及父母皆早世，無兄弟。幼依族姑之寡者，屢徙居。稍長，求其系，姑老耄不復省記，遂亡之。年十五，爲前恭城縣知縣陸君廣霖側室。三十年，而恭城君即世。又三十年，而太孺人卒，年七十五，嘉慶十有四年六月二十日也。

敬與太孺人之子繼輅交，繼輅次年譜請銘。按譜，恭城君以進士官福建、廣西，屢起仆。太孺人所以事恭城君者甚敬，恭城君劾官，處患難甚勤，長子女甚愛，理婚嫁喪葬甚肅，祭祀甚誠，教繼輅甚嚴，皆有事實可紀。繼輅泣曰：「繼輅無似，無以顯揚太孺人。吾子之力足以及百世者也，願備書之無遺。」敬謹對曰：「此太孺人之常德也，書之譜足矣。若大節，則請爲太孺人大明之。」何也？

太孺人歸恭城君，嫡正夫人莊宜人已没三年矣。太孺人六十年中未嘗干嫡正之禮，至屬纊時尚以勿斂正寢爲命。此始終於禮者也。古者，人君不再娶，夫人卒，娣升於嫡，其嫡死，不更立者，祭宗廟則攝焉。夫先王之禮，一而已矣，何以或升於嫡或不升於嫡哉？蓋媵之未及事女君者得爲夫人，如聘嫡未往而死，媵繼往是也，《白虎通》所謂「立其娣，尊大國也」。媵之及事女君者不得爲夫人，如元妃死，次妃稱繼室是也，《白虎通》所謂「明無二嫡，防篡殺也」。太孺人不及事女君矣，殆可升於嫡者歟！雖然，太孺人非娣姪也。敬蓋又質之於禮焉。古者，大夫士皆媵娣姪，大夫爲貴妾緦，此娣姪也。士妾有子，則爲之緦，此不必姪娣而視娣姪也。太孺人有子且賢，殆可升於嫡者歟！自春秋時以妾爲夫人，皆其君夫人之，然其端必由妾之自僭始。太孺人之志，以爲强附於禮之變而求榮，不若退守乎禮之常而去辱，於以成恭城君之賢，爲子若孫之令望，此閨門之理所以正，推之家國天下而皆順者也。

太孺人生子繼裴，嗣恭城君之弟廣森；次即繼輅，本省舉人。女三，長未嫁卒，次適儲，次適黄。恭城君初娶高宜人，生子三；繼娶莊宜人，生女三；皆太孺人成立之。

銘曰：

治於讓，亂於僭。中閫樞蠹不可葺，家如爛魚腹中陷。以禮已僭宜吉祥，恭城之後今其昌。

萬孺人祔葬墓志銘

孺人姓萬氏，先世於宋政和中由進賢遷南城之青綏柳塘，遂世爲南城人。曾祖維淙。祖國寧，康熙五十一年武進士，仕終福州左營遊擊。父選，廣西潯州府同知。母崔氏。孺人年十七歸同縣建昌府學生鄧君漢，二十九鄧君卒，孺人矢志撫諸孤成立。嘉慶十六年九月丁丑卒，年八十。越明年八月乙丑，祔葬於洛硝石羊角山鄧君之兆。子三人：樹槐，國子監生；樹齡，縣學生；樹梅，國子監生。女三，皆適名族。

古者，女史以成法書后、夫人之行，後世史家外戚傳、列女傳，其遺意也。周、秦以來，婦人有彝鼎之銘，有箴，有歌、頌。其卒也，有葬記，有題墓，有石闕，而志銘之用最廣。宋人入家事頗有巧縱不應程式者，唐人用漢碑法，以美言泛頌之。敬故夫婦人教於父母，無違於夫，宜於家，貞於一，以順成於子孫，言之從同同爾。

次孺人家世、生卒，志之石而不爲溢辭焉。

樹齡之子熾昌從敬遊，有才行，因并以告之。銘曰：

是維五十一年守節，萬孺人從夫之穴。四正四維應之子孫，其有興焉者乎！

卜孺人墓志銘

孺人姓卜氏，世爲武進人。曾祖一夔，祖起鳳，父夢齡，母賀氏。孺人年十九歸同縣鄭旦興，敬舅氏清如先生之子也。旦興負異才，有大志，舉於順天，再會試不第，單車出都欲遊天下阨塞，訪奇士，遂不知所之。時孺人之子國子監生良弼甫六歲，舅清如先生及姑朱孺人已老，而家甚貧。清如先生爲儒，一錢不義不取。其治家儉而急，如吴康齋、婁一齋之爲人。

孺人恒與婢僕之下者同甘苦，有加甚焉。方暑煬於竈，婢僕反得清。甚寒，扣冰滌器，色怡然，未嘗使婢僕，以爲舅姑之人也。其順於舅姑由於中之誠，孺人亦不自知爲順也。自旦興去家垂三十年，未嘗敢言其夫於舅姑之前。有告以蹤迹所在者，色喜，而中夜常與良弼飲泣。積久内傷，晨起方春，目眩黑，抱杵仆地，遂失明，尚時時舂不止也。與敬母太孺人相得，太孺人嘗慰之。孺人曰：「命也，能與命争乎？且性亦安之，無苦也。」年六十卒，嘉慶十五年八月丁酉也。清如先生前已捐館舍，惟朱孺人在堂哭之慟，復念旦輿，亦失明。是年十一月壬戌，良弼葬孺人於河北之祖塋。銘曰：

夫之生不可知，夫之死不可知，舅殁姑病不可死而竟死，吾之子孰恃之？

黄太孺人墓表

番禺之有學行者，推張維屏子樹。一日，子樹奉行狀頓首於當楣，曰：「此家君所次先祖妣黄太孺人行狀也。家君主講新會，道遠不得遽至，命維屏爲謁以乞銘。更月，家君歸治祭事，當謹持謁謝。」敬以子樹賢，不敢辭。

按狀，太孺人姓黄氏，錢塘人。曾祖曙，府學生。祖鍾，官廣州守備，始籍番禺。父騏，國子監生。母陳氏。太孺人生六年而孤，二十四年歸張君元，山陰人也。張君始娶於王，亦山陰人。無子，早卒。張君侍父載吕府君廷望客番禺，後亦籍番禺。太孺人歸三年，而張君卒於潮州。卒十日而訃至，是時子炳文生十日矣。太孺人號踊絶而蘇。迨張君之喪至，復號踊絶而蘇。始終以載呂府君之命撫孤，故不死。後八年，載呂府君卒，期功之戚無可倚，遂攜子居母家。共室而自爲爨，母及兄軫之以爲言，則涕泣曰：「吾母子依吾母吾兄，惟母兄保護之，然苟不自食，此髫齡者長無立志矣。且張氏之祖宗子孫何以爲門户乎？」如是者十二年始異居。嗚呼，可謂知大體矣！太孺人卒於嘉慶十有六年三月二十五日，年八十有五。奉聖旨旌表節孝，建坊於門。子一，炳文，嘉慶六年舉人。孫二，長即維屏，嘉慶九年舉人；次維翰，國子監生。

敬又按狀，太孺人卒之年十有一月葬於番禺柯木朗之原，訖今四年矣。禮不可埋銘，世有刻銘於祠堂者，非古也。婦人無外事，又無表墓之法。然古列女之賢者，天下皆繪畫之，鐫於廟垣，刻於墓闕，凡以風示後世而已。碑碣之禮取可風示後世者表之。今太孺人不使其子食於外氏，以長以成，使張氏至今有卓然之氣，此可爲不幸依外氏之式矣。能自太孺人之意推之，凡行於鄉黨，交於公卿，立於朝廷，其不可苟然而食者皆自此始，故特表之以告後世之有志者。嘉慶二十年十月壬子朔，陽湖惲敬謹表。

南儀所監掣同知署揚州府知府護兩淮鹽運使李公墓闕銘

高宗純皇帝御極之初年，大臣以清直重者，在山右曰孫文定公嘉淦；其在聖祖朝，曰于清端公成龍。文定起家侍從，天下知其清而誦言其直；清端以外吏顯，天下知其直而誦言其清；皆朝廷偉人也。文定同年生而爲婚姻者，曰南儀所監掣同知李公暲。李公之孫，曰今廣東按察使鑾宣。按察亦以清直聞於時，懼同知之事勿永述於後之人，且没勿章，具狀請敬銘之墓闕，敬不敢辭。

按狀，公諱暲，字闇成，姓李氏。明洪武中，始祖茂欽自南直隸鳳陽遷山西静樂縣，遂世爲静樂人。曾祖耀然。祖室明，光禄寺署丞。父之檀，高郵州知州，崇祀名宦鄉賢。母劉恭人，生母楊恭人。公幼有至性，長益以孝友自力。年二十六鄉試中式，三十七以例授汀州府同知，旋以采買洋銅輕重不如格，吏議革職。世宗知公清，參本上，即日特旨授太平府知府，権蕪湖關，調池州，改調淮安府。河決，復革職。高宗亦知公清，發江南以同知用，補揚州水利同知，調南儀所監掣同知，署揚州府知府，旋護兩淮鹽運使，乞長假，歸二年卒，年六十有九。

公爲監掣及榷蕪湖關，人皆視爲脂膏之地，公歲贏悉歸之官，前後且數十萬，無入己者。湖北解京木出蕪湖，夾私木，公如令式税之。其人飾辭愬於湖北巡撫，遂劾公，奉旨置對，欲以侵課罪。公使健吏求之，無所得。後數年，公復榷蕪湖關。大府令求前事侵課狀，公力白之。其廉而不刻皆如此。

守太平時，所屬於歲終持金來謁，出之槖，其封皆布政司印也。曰：「此縣中養廉，非取之民者，願酬知我。」公笑曰：「朝廷以此養公廉，今餽我，是養吾之貪也。」飲之酒而歸之。太平治當塗，官中謂之首縣，嘗朝夕見，後其令調含山，爲含山民所愬。公奉臺檄治其事，令以舊屬遣[二]家奴爲公女治奩，公曰：「汝主貨我巧矣，吾發之，則含山事雖虚亦實，吾不爲也，速持去，無汙我。」

嗚呼，人之能保其節，豈易言哉？自有史傳以來，凡以賄始終者，餽者必飾其辭，爲可餽之説；受者亦必飾其辭，爲可受之計。是故位可以日增，罪可以日脱，使權可以日巧，取貨可以日工。若號於人曰「吾行賄」，曰「吾受賄」，此行道之人所不爲也。如公者可以爲居官之法矣。敬聞清端暮年，餽人參少許者必受。公有故人子餽之，公辭焉。

蓋清端天子大臣，宜通下情，且數十年取大信於天下，無敢干以私者。公則自守峻絶不可弛，即謂之善學清端可也。

公娶閻恭人，繼娶孟恭人。子三：長冀翛，次念祖，皆陳孺人出。冀翛副貢生，嗣公之兄長楊君恂。念祖，候選州同知，娶于孫，爲文定公女。次學夫，沈太恭人出，候選司務。司務亦娶于孫，爲文定公之弟、國子監丞揚淦之女，是生按察，故按察嘗私淑文定焉。銘曰：

府於縣，如家人。近則習，習則親。涅不緇，磨不磷。宜民人，昌子孫。

【校記】

〔一〕「遺」，原作「遺」，同治八年本同，嘉慶二十年本、同治二年本、光緒十四年本作「遺」，今據改。

浙江提督李公墓闕銘

嘉慶十有二年十二月壬辰，浙江提督李公剿洋匪蔡牽於廣東潮州之黑水洋，卒於行間。皇上軫悼，封三等壯烈伯，謚忠毅，予祭葬。十四年，公舊部王得禄、邱良功殲蔡牽於浙江温州之黑水洋，洋匪平。二十年，前揚州府知府、寧化伊君秉綬以公之事請敬銘之墓闕。

公諱長庚，字西巖，福建同安人也。曾祖思拔，祖崇德，父希岸，皆贈建威將軍。母王氏，贈一品夫人。公乾隆三十六年武進士，由藍翎侍衛補衢州都司，升提標前營遊擊、太平參將、樂清副將，因勦林爽文入福建。護海壇總兵緣事革職，公罄家財，募精勇，捕洋匪，獲戕參將張殿魁之林明灼、陳禮。禮以遊擊起用，署銅山參將，丁父憂去官，服滿，補海壇左營遊擊。時浙江、福建洋匪北接山東，西通廣東、西，三面數千里皆盜出没。其内地曰洋匪，蔡牽最大，朱濆次之。外地曰夷匪，多中國人挾安南人爲之，鳳尾最大。一艇載數百人，洋匪曰匪艇，夷匪曰夷艇。夷艇至輒數十艇，蔡牽百數十艇，朱濆亦數十艇，其大較也。五十九年，夷艇始入福建之三澎。公敗之，嘉慶二年升澎湖副將，浙江定海總兵。三年，擊洋匪於衢港及普陀，敗之。四年，鳳尾引夷艇入温州洋，敗之，賜花翎。五年，浙江巡撫阮公元以公可任，奏請總統浙江、福建水師，得俞旨。公申號令，嚴標識，束部伍，信賞罰，自偏裨至隊長、柁工、水手，耳目皆一。於是水師皆可用，能立功。鳳尾引夷艇入台州松門，遇颶風，覆溺幾盡，登岸者悉就俘，獲安南僞侯倫貴利，磔之。自後夷艇不敢至，鳳尾不知所終。是年升福建水師提督，調浙江提督。

先是，匪艇皆高大，我軍仰攻，殊失勢，而匪艇用晉石及遙脂浴帆，禦火箭，帆下渴烏車，發水及數丈，滅餘火。其舷以錫傅之，不能傷，故不易敗。公與阮公議造大艇，凌匪艇上，至是成，名曰「霆船」，連敗蔡牽於岐頭、東霍，獲匪目張如茂、徐業，兵威大振。其明年，以霆船大敗蔡牽於定海，牽南走福建，乞降。是時，牽已窮蹙糧盡，艇亦朽壞，公窮追，不日可擒，而總督以令箭止公兵，牽得以其間修艇揚帆去。是役也，功垂成而中廢，天下皆惜焉。蔡牽畏霆船，厚賂福建商人，造大艇高於霆船，出洋以被劫歸報。牽得之大喜，渡横洋，劫臺灣米數千石，分餉朱濆，遂與濆合。九年，戕温州總兵胡振聲，公追之，及於馬迹，敗之。至盡山，復敗之。牽以大艇得遁去，委敗於朱濆，濆怒，於是復分。公與阮公議禁商人造大艇，牽計不行。是年，敗朱濆於金〔一〕、厦，調福建提督。十年，敗蔡牽於龍灣，復調浙江提督。十一年，蔡牽合大隊攻臺灣，别部屯仔尾州，沉舟鹿耳門阻官兵。公至，不得入，諜知南汕、北汕大港門可通小舟，遣金門總兵許松年、澎湖副將王得禄乘澎船攻仔尾州，敗之。其明年，復敗之。二月己卯朔，松年夜率鋭師跐海水登仔尾州，焚其寮，牽反救，公遣師出南汕，自後焚其舟，松年出仔尾州夾擊，大敗之。庚辰，復夾擊大敗之。牽棄仔尾州，屯北汕，以鹿耳門沉舟自塞走路也。甲申，潮驟漲，沉舟漂起，牽奪鹿耳門遁去。奉旨革翎頂。是役也，許松年爲軍鋒，前後奪舟大小數十，焚寮及舟無算，殺賊數萬人，尸横數十里，臺灣獲全。公所將止三千人耳。是年，蔡牽復合朱濆走福寧，追敗之。皇上知公臺灣功，復翎頂。十一年，敗蔡牽於廣東之大星嶼，復敗之於福建之浮鷹。十二月，率福建提督張見升追牽。是時朱濆已爲許松年所擊敗死，其弟渥降，牽亦屢敗，羣黨散没，止三舟矣。初，公以謀勇耐辛苦受皇上深知，屢立功，軍事悉主阮公，福建忌之，故主招撫。後被紿，益恚怒，而阮公又以事去浙，福建益撓阻公。公以聞皇上，逮治總督，代以阿林保公。阿林保公初至福建，劾公逗撓，皇上以問浙江巡撫清安泰公，公得直。於是皇上眷公益厚，勅福建不得撓阻，責公專擒蔡牽，與世職。蓋公天性忠勇，皇上拔之廢棄之中，推心委任，不使節制大臣得掣其肘，至是而公不得不死矣。蔡牽雖止三舟，皆百戰之餘，合死力拒公於黑水洋。公自將親軍當蔡牽大艇，公前後臨陣，多親搏戰，至是自擂鼓合戰。良久，冒煙火麾火船挂蔡牽大艇，將焚之，忽礮彈掠過，傷公喉，血湧出不可止，遂仆。而張見升見中軍舟亂，引師退，牽得走安南。蓋見升官福建，每戰必自全，其師不敢縱也。然公雖授命，後卒遵公部勒滅蔡牽，故言水師良將，皆推公第一。既明日，潮州知府至舟歛公，得載榰，蓋公之誓死非一日矣。

公無子，嗣子廷鈺襲爵，葬公於同安之祖塋。銘曰：

妖鯨叩天飛駁〔二〕雲，長鼉大黿紛輪囷，刳胸剔腹搜其羣。手提雙桴桴不歇，天狗奔空襲明月，誰甕貯之烈士血。煌煌前績銘旗常，五等之錫邦家光，子孫保之噫勿忘。

【校記】

〔一〕「金」，原作「全」，刻誤。案：「金」指金門。

〔二〕「駁」，王校：「潘云：『駁』當是或『駮』或『礮』之訛。」

朝議大夫董君華表銘

君諱大鯤，字北溟，姓董氏，系出唐吏部侍郎申。子孫世居銀城，自銀城遷婺源者曰成祖，至明而族始大。曾祖世源，登仕郎。祖起予，拔貢生，考授州同知。父正台，歲貢生，誥贈朝議大夫。母祝氏，誥贈恭人。君兄弟八人，次居第三。兄弟之子孫皆盛，而君之子孫取科第歷中外者數十人。居東門，是爲東門董氏。敬與君之孫潮青同舉於鄉，後與鍊金交，因過婺源，去君之卒四十七年矣。鍊金以狀請書君之行於華表，敬作而曰：

太史公爲《萬石君傳》，記一二小事耳，於〔一〕諸子乃記建之誤書、慶之數馬，訖今盎然諄然之意尚見於數千年之後。蓋孝謹之行，累書之皆無奇者也，要在得其意而止，後人反油然而動焉。若後世史家，别爲孝義傳，事事實之，則無所餘矣。敬觀董氏羣從，皆恂恂如不勝衣，於父執進退唯諾必以禮，猶可想見朝議之家法。而門巷之外，朝夕有言朝議之德者，董氏之盛，不其宜乎！且敬行天下故家，未有不以浮薄敗，而以質行興者，則請條朝議爲人之大綱，而詳書子孫名爵於左方，以實朝議之所以能裕其後，亦古者表墓勸善之遺意也。

按狀，君少補縣學生，自祖父爲素封，家君擇人任時，而貲益息，凡長者之事皆力爲之，以行其德，有天幸終不至損其貲，貲且至逾萬而德益行。事親定省之節，中衣厠牏之役，數十年如一日。兄弟至老相愛如幼稚時，娣姒〔二〕皆能喻其意，撫幼弟及孤兄弟子，尤有恩遇。性喜下士，同縣汪君紱、江君永爲儒有盛名，皆折節交之。所著有《十三經音畫辨譌》二卷、《春秋四傳合編》三十卷、《喪服圖考》一卷、《二十一史編年》十卷。卒年七十八，乾隆三十五年也。例授朝議大夫，候選知府。配戴氏，封恭人。子三：兆熊，縣學生，候選衛千總；兆鳳，附貢生；兆謙，例貢生。銘曰：

雙桓之間，朝議之阡也。知其德者，過而下之。其孝謹可賢也。

兆熊房：孫四人。邦超，候選布政司理問；鍊金，舉人，授太常寺博士；邦和，國子監生；朝偉，附貢生。曾孫十六人。桂秋，候選從九品；桂山，舉人，揀選知縣；桂中、桂先，皆縣學生；桂丹，國子監生；桂洲，優貢生，候補訓導；桂標，國子監生；桂莊，附貢生；桂時、桂文、桂堂、桂海，皆國子監生。玄孫二十三人，來孫五人。

兆鳳房：孫五人。國英，縣增生；邦直，國子監生；潮青，舉人，揀選知縣；朝紱，廩貢生，銅陵縣教諭；朝勳，縣增生。曾孫十四人。桂森，舉人，揀選知縣；桂林，拔貢生，鑲黃旗教習，分發山西知縣；桂臺，縣增生；桂敷，翰林院編修；桂新，翰林院庶吉士；桂科，縣廩生；桂開，候選從九品；桂春、桂榮，皆縣學生。玄孫二十二人，惠笙、産彬皆縣學生。來孫七人。

兆謙房：孫二人。之屏，例貢生；朝端，縣學生。曾孫十一人。桂攀、桂煌皆縣學生。玄孫六人。

【校記】

〔一〕「於」，原作「其」，嘉慶二十年本、同治八年本同，同治二年本、光緒十四年本作「於」。王校：「劉云：『其』疑作『於』。」案：作「於」語意較通，今改從。

〔二〕「姒」，原作「似」，據諸校本改。

翰林院庶吉士金君華表銘

君諱式玉，字朗甫，姓金氏，世爲歙人。曾祖茂宣，候選州同知。祖長溥，吏部主事，以君從兄應琦官巡撫，贈榮禄大夫。父杲，國子監生，以君官庶吉士，封文林郎，以君之仲兄應城官禮部主事，封朝議大夫。前母黄氏，母鄭氏，皆贈恭人。

君以國子監生應嘉慶五年順天鄉試中式，考取景山宫官學教習。明年會試中式，殿試賜進士出身，改庶吉士。是年六月三日卒，年二十有八。配黄氏。子二，長讓恩，縣學生；次書恩。

金氏自同知公徒步萬里，輦親骨於甘肅之蘭州，遂以孝聞於時。吏部公與其兄奉直公長洪孝而甚友，用閎濟其宗，蓋有至性而兼能取富貴者也。君之伯父養泉先生雲槐以侍從起家，槃齋先生榜繼冠多士，推文附質，引義合禮，而君之尊甫朝議公壄茨丹臒，贊佑華盛，蓋不忘其祖而能庇其子孫者也。自君之羣從，外陟方面，内奉省闥，玉珂金車，照耀門第，而君獨單衣陋食，闇闇粥粥，從事於鼃黽蠹簡之間，乃未遂其志而君竟死矣。

君美風儀，善談詠，其學悉宗本師張惠言臯文。君之子書恩，爲敬弟敷之子壻。敬久交於臯文及君，於養泉、槃齋兩先生皆有淵源之誼。今過君之里而君之卒十五年矣。朝議公尚康寧，君之伯兄應瑔、叔兄應珪已前卒。仲兄官京師。弟曰瑩、曰璡、應玗黽勉侍養。敬心爲恤然，爰作銘於華表。銘曰：

朗甫其有知乎？朗甫其有知乎？銘君者陽湖惲子居也。是亦君魂魄之所期，而凡親君者之所悲也。

大雲山房文稿言事

卷一

與朱幹臣（其一）*

東垣之遊已二十五年，鄙人雖有一日之長，然彼此切磨，斯道之常耳。吾弟前書稱老夫子大人，鄙意頗不願從俗。何也？古者，弟子面稱師曰子；其爲他人言之，不面稱，曰夫子。顏淵「夫子循循然」、子貢「夫子之文章」，與子太叔「吾早從夫子」、「不及此」、臾駢「夫子禮于賈季」從同，皆非面稱也。至戰國時方面稱夫子，漢、唐亦有此稱，然不必弟子。明嚴分宜當國，其門下諛之，始有老夫子之稱。後人又加以大人，諛而又諛，鄙人不願以此施之于人，尤不願人以此施之于我。雖出之于口，筆之于

＊ 按：「言事」卷中所録書信，與同一人往來者往往標題相同。現於標題後加注小字「（其一）」、「（其二）」、「（其三）」等，以便讀者檢索使用。

書，人必以爲矯異，吾弟必不以爲矯異也。自漢傳經者曰先，曰生，曰先生，皆祖春秋以來之號。後，唐之韓門、宋之程門皆此稱也。將來吾弟來書，止稱古山先生何如？凡同志皆示之。

與朱幹臣（其二）

七載之別如一須臾。比聞令德勤修，義問宣暢，慰甚慰甚。敬于先儒之説，至四十始樂觀之，然無躬行之得，故所見惝怳，其大端是非，則頗能辨之。前在都中，吾弟問王龍溪《天泉成道記》得失，時未見其書，未有以答。至瑞金始得見之，乃禪之下乘語也，沙門如宗杲等已高龍溪數籌。然《龍溪語録》亦有驚動透快、鞭策學者之言，擇之可也。聞湯敦甫深于此事，前達一書至今未復，殊爲懸望。

往歲託秋農之事，吾弟手爲料量，節其所出，則僕于所入易檢，所全甚大，感何如之！僕近狀如常，詳秋農書中，可互觀也。

答秦撫軍

古名人畫，無不古穆深厚，精能奇邁，即逸品亦無率爾之作，故一望可知；且紙絹必精，丹墨必得法，再以各家宗法求之，可千不失一。然骨董牙人尚可顛倒强辨，惟以時代制度折之，則不能辨矣。承示畫卷四匣，每匣分考呈還。鄙見未必是，以大雅垂詢，非世俗苟爲藏弆之見，敢竭其愚，惟原諒之。

趙千里《九如圖》下筆謹細，人物有古意，非吴下俗工所能，然結構平近，少士大夫氣，絹亦非六七百年之物，其裂處皆人力爲之，非自然也，當是前朝内院所作耳。卷尾「臣趙伯駒進上」六小字殊不佳。千里，宗臣，不當稱趙伯駒，宋亦無款書「進上」者，千里别畫皆稱「臣伯駒奉聖旨畫」可證也。圖後光堯書《天保》詩，精麗可觀，其體甚似光堯，然意味凡下，以光堯各石刻較之，有徑庭〔一〕焉。宋帝王畫多無〔二〕押書，惟手勅有押，若寫經語及題畫不必押，贋者見光堯各手勅仿爲之，不知不合法也。光堯書之後，記紹興庚申，乃紹興十一年。范石湖隆興中方遷秘書正字，楊誠齋淳熙中方遷右司郎中，周益公亦淳熙中方遷起居郎，豈有前數十年已官兩府侍從之理？卷中各結銜可笑也。又進士結銜始于明，在宋無之。奉旨亦始于明，宋多稱奉聖旨。贋者大都不諳故事，是以有山谷寫誠齋詩、天寶稱年各謬誤也。卷後鮮于伯機、王元美兩跋更凡下，其贋不待言。

米襄陽山水畫無氣韻，已失神矣。字係雙鉤，印章一手僞刻，印色亦一色，其裝褫則高手也。

趙子昂《書錦堂記》。子昂一日書萬字，何至拒手狰獰如此？書款及用印均不合法。

黄〔三〕小癡《桃源圖》。本朝有兩黄璧，其一江西人，字元白，以寫照名；其一廣東人，即小癡也。此圖有意致，而墨非歙製，水用嶺北者，故氣韻不雅馴，其畫樹則形迹矣。

【校記】

〔一〕「庭」，原作「廷」，王校作「庭」，今據改。

〔二〕「無」，原作「有」，王校：「潘云：『有』應作『無』。」今據改。

〔三〕「黄」，原作「王」，王校：「當作『黄』。」案：乾隆《潮州府志·人物》：「黄璧，字爾易，海陽人。晚年慕元人黄大癡筆意，因自號小癡。」即是文中所言之「黄小癡」，今據改。

與饒陶南

月之三日得手書，具知一切。吾弟就試至十三科而不與解額，此天下不可解之事。然有可解者，謬種流傳已數十年。夫己氏所録文，瑣猥益甚，豈能録吾弟淵雅雄古之文耶？然方元英、羅江東之名至今不滅，其時成名而去、青紫被體者當不下千萬人，胥歸于臭腐，天道未嘗不公也。

敬于古今士君子之所知能者，尚有菽麥之辨，吾弟當翩然而至，商略其然否。其樂當不啻如造朝堂，進退百司，而使天下大治也。獻歲于南昌專俟，或僕不至南昌，吾弟亦買舟南上，以踐此諾，將使兒子輩受業門下，佇望佇望。

與周菊伻〔一〕

軍門客次，始識清顔，嗣後彼此投謁，均致相左，然稠人廣坐，未常〔二〕不心儀閣下及蕭宜黄、朱安義諸君子，慺慺之誠不可解也。春中發棹南還，舟駐虔州，大兄奉檄穀山，乃成邂逅，何快如之？

貴治山多田少，民氣凋敝，與敝邑相當。然大兄通才遠識，定可轉移；若敬者，坐困五年，言之有愧。昔人曰「東南民力竭矣」，以今觀之，官力其尚有餘耶？前倉猝舟行，致以瑣事奉托，方深惶悚。大兄乃給札來人，足徵精審，所謂謝幼度〔三〕使才，履屐亦得其任也。

【校記】

〔一〕篇名嘉慶二十年本、同治二年本作「與陶菊怦」，同治八年本作「與陶菊平」，而三本書前目録皆作「與周菊怦」。

〔二〕「常」，嘉慶二十年本、同治八年本同，同治二年本作「嘗」。

〔三〕「度」，原作「慶」，刻誤。案：此用東晉謝玄故事，玄字幼度。

答顧研麓（其一）

前月接奉手書，復示大著，敬服敬服。敬前客真定，小韓先生方分守清河、常山，左右有名士、名幕、名宦之語，敬始知鄉前輩中有如是文章政事不可及者。往歲留滯章門，知閣下爲先生令子，綽有家風，然未知清才遠想，能盡空凡迹，真爲喜而不寐也。

敬于詩文，埋頭三十年，以頑鈍無所得，然好之不已。將來萍蓬流轉，或得乍合，當與閣下窮日夜討論以相證，此吾輩未忘之結習也。蒙鈔示《匡謬正俗》兩條，而平頭于氊槐中遺失，亦由敬之不慎，可愧之至，希復鈔示爲感。

答顧研麓（其二）

頃奉手書，具知一切。委題尊照，勉力應命。此後題詠者必多，但此題不可著迹，一著迹非腐即滯矣。同人必以此告，庶無冬烘之詞玷佳卷也。

尊大人詩集，略爲詮次，未知有當否。若付梓之時，一切行款敬當盡其愚。蓋刻書大忌體例不一也，如集首下行載尊名、稱恭録皆不妥，蓋其地宜載尊大人名與字，尊名校刊當在每卷之後，不可淩雜。又凡御製詩目，下書恭録，家集宜避，最爲緊要。其餘不合法者尚多，梓時細定可耳。古者一集不再序，今時賢屢序，徒爲聲氣而已，一何可笑。尊大人集已有三序，敬意削其不可者二篇，留一篇，改其不合法字句冠集。如敬再作，是疊床架屋，深可不必，裁之裁之。如以鄙意爲然，明年省中付梓，或石城付梓，皆可盡其愚也。

與聞茂才

往歲聞尊府君捐館，深爲駭悼。來書以伐石之辭，非下走不足以信尊府君之言行，下走何人，敢當斯語耶？此事榛蕪五百餘年，近代所稱作者，尚各有短長，而世之名公鉅卿，上牽功令，下沿習俗，益卑猥不可言狀。下走以處下位，可以力求古人尺度，而才又劣弱，不足以達其所見，甚愧甚愧也。然于尊府君有一日之知，誼不敢辭，謹序草稿如别紙。金石文字，一語不可輕下，題識尤不可率爾。舉人不當結銜，止書勅授文林郎可也。漢人金石文三公稱公，餘皆稱君；唐人則監司以上有稱公者，曾爲之屬也。尊府君銜應照來式入石，至下走列銜宜書見官。其餘俗人，結銜累累，雖一品，詒笑大方，不可從也。

答黎楷屏

往歲仁弟移入行省，敬奉檄還縣，未及言别，至今歉然。年逼事稠，前書乃書記屬草，曹史寫送，荒陋可弥。發春得手報，讀之殊增内愧，藉悉興居萬福，德懋業勤，復爲欣慰。敬吴下小生，未嫻時務，名公卿諒其心迹誠直，每加意優容，敬事過輒悔。昔人知四十九年之非，敬今知五十年之非矣。受事後以柔道拊循，而蠹役預請退卯。在鄉婺索者，聞輿過，遺衣物而逃。鷹鸇不如鸞鳳，斯言當不吾欺。治下如此，事上能折節行之，豈有不諒者耶？

《彌勒贊》甚佳，此體自諸經偈語發源，北宋張無盡等祖禰之，至有明益大其流。敬前題沙白君《跏趺圖》偈，足相發，玆附上。又近作《楞伽經書後》亦附上，仁弟以爲何如？

與黎楷屏

夏間朝夕過從，吟琴讀書〔一〕之外，復窺仁弟立身之謹而能斷，擇交之和而能別，真令鄙人有珠玉在前之歎。

至詩之爲道，仁弟既好而習之，其意不患不精，其才不患不博。然仁弟喜禪，敬請進以禪言之。「即心即佛」者，格與調之説也；「非心非佛」者，不必格與調之説也；「這老漢惑亂人，憑他非心非佛，我這裏是即心即佛」者，格與調皆至，不旁睨不格與調之説也。近時，袁子才有「格調增一分則性情減一分」之説，鄙意以爲無性情之格調必成詩囚，無格調之性情則東坡所謂「飲私酒喫瘴死牛肉」發聲矣。蓮水出於子才之門，而其詩渾雅，前書所謂無琵琶聲也，可知非廢格調，專任性情矣。試以鄙意商之，然乎？否乎？以禪言詩自嚴滄浪，而虞山大之，已成窠臼，敬復云云者，以爲仁弟所喜耳。

【校記】

〔一〕「讀書」，同治八年本同，嘉慶二十年本、同治二年本作「讀畫」。

與吴良園

往歲于廖觀察處得手書，知有粤中之行，當即作報，後竟未聞油旌過嶺，殊爲懸繫也。敬勞勩一生，無所成立，可愧可愧。待質之事，姻朋共引翼之，得免隕越。竊念敬於口舌之事不能容人，而常爲人所容〔一〕；仕宦貨財之事不能緩急人，而常爲人所緩急。如此不悔悟，真敝人矣。曉帆并各相知處，希用鄙意釋之。

【校記】

〔一〕「而常爲人所容」，諸本皆無「人」字，王校：「應有『人』字，原刻亦無。」今據上下文意補。

與福子申

往歲由九江太守官封遞到手書，知仁弟赴官粤東，喜慰之至。後詢之贛州，則騶從早已過山。未得一見，叙六年中别〔二〕悰，并不及專遣童奴祇候道周，甚爲歉歉。

由江西各府，九江極北，贛州極南，而瑞金又在贛州之東，去九江二千里，是以仁弟所發書到瑞金計一月有餘，致此差誤。今歲得手書亦由九江遞到，然自贛州北至九江，復自九江南至瑞金，往返四千里矣。嗣後，當止託贛縣邱君，可速到也。

粤東官事如焦原火發，非一手所能撲；漏防雨潰，非一簣所能障。雖然，天下事皆天下人爲之，非仁弟之望而誰望耶？方今制府精鍊，撫軍和厚，可大有爲之時，敬方傾耳而聽也。順德近接省會，民情土俗，仁弟必一一措置得宜，無煩進説。所念念者，張藥房久爲昔友，其二子聞甚有才，仁弟其有以教之。夫人油幢想同南指，令郎君讀書何如？京中逋負，想不至多多。蓋此物一累則才爲所局，德亦爲所拘，敬即已覆之前車，故詢及此耳。

敬隨常調官，爲衣食計，無謂之至。至瑞金後，鬚已蒼白，日中昏昏欲卧，曉卧不能起，已頹然就衰，真無志於世。癸、甲、乙三載，連得三女，頗能聰慧，堂上康强，細弱皆安善。子寬十一月二十九日到署，今歲教兒子輩讀書。子由理内外之事，頗爲竭蹶。蓋瑞金所入之數，公使之銀已去其三之二也。目下因三命之案赴南昌，如可退，不復戀此雞肋矣。

【校記】

〔一〕「别」，原作「刖」，刻誤，同治八年本同，嘉慶二十年本、同治二年本作「别」，今據改。

與廖永亭

月初，侍老母至贛，諸蒙厚念，感謝感謝。舍利襸子，舟中藉禦嚴寒。近至縣，已漸和煦，而仁弟方將北行，今冬出都必需此，是以專人奉上，非介介也。

仁弟所示古銅器，乃夷矛頭耳。敬作《古兵器圖考》附呈，可按圖索之。古有以玉石爲兵者，自蚩尤以後皆以銅爲兵。《考工記》斧斤、戈戟、大刃、殺矢之齊，皆銅也。戰國始兼用鐵，而用銅至西漢尚行。《漢書·食貨志》「收銅勿令作兵」、《韓延壽傳》「取官銅作刀、劍、鉤、鐔」是也。所示夷矛頭，製甚巧，而銅不精，其西漢所鑄歟？

投壺，古皆并席危坐，手投之，矢用棘。今京師士大夫削竹爲矢，并足立，自上擊矢入壺，失古意矣。

所詢演禽之書，此出近世，古無是書也。以十二生配十二支，始于《論衡·物勢篇》，以日月五星加二十八宿，見於西域《宿曜經》，皆鄙淺無深義。至以二十八禽配二十八宿，乃自十二生附會之，明人方著其説。今演禽書中屢舉許真君，當由近世道士所演，孔子之時豈有是耶？不可信也。仁弟不恥下問，故一一詳之。

附上素心兩器，惜無好〔一〕磁斗，然已伏盆，不必易也。

【校記】

〔一〕「好」，原脱，同治八年本同，嘉慶二十年本、同治二年本有，今據補。

與廖聽橋

去歲十二月在贛，見大姪行止安詳，言語平正，甚爲欣喜；又見書法大進，惟未見近日文字耳。

承示銅器，均非佳者。其大雷紋花觚，近今俗工所鑄也。銅洗無銘識，工亦不細，大姪能多讀書則自能辨矣。

敬回縣後，悤悤年事，殊無好懷，幸闔署均安善而已。耀仙詩稿前曾略窺津涘，清老之作，時賢所難至。作序之説，前諾未忘，然此事不可草草。第一，須耀仙不請他人作序及自序方可爲之。蓋古法無重序也。今時疊牀架屋以爲聲氣，不知見笑于大方之家。其二，須盡讀其所作，方有運思遣辭徑路，否則公家言耳。其三，亦須稍識耀仙生平踪迹及交遊之人，方能不謟不瀆。蓋以言諛人，以文諛人，皆非君子之事也。其四，作耀仙詩集序，自當耀仙專致一書，不可大姪代爲請序。四者皆不易之理也。大姪有俠腸，有豪氣，有勝情，有遠志，然每事必須于不易之理斟酌盡善，則成大器矣。

青面手本乃官場惡模樣，敬與大姪如一家骨肉，豈可用此？兹謹璧還，嗣後不可復用也。

與徐曜〔一〕仙

虔州得晤，如見王長史、劉尹一流人。鄙人塵容俗狀，不滌自去矣。大集悾偬中稍一涉獵，沈著老脱，無一語不自古人來，無一語似古人，非三折肱不能至。聞聽橋有付刻之説，此天下所快睹也。前從聽橋索得夢樓太守集一部，舟中反復觀之。夢樓詩名五十年，豈無所得？然敬頗有未當意者，以其意太淺，詞太華，用筆太巧也。

尊見以爲本朝詩人近體似唐，古體多似宋；鄙意《國風》之諷，大、小《雅》之正，《周頌》之和，《魯頌》、《商頌》之奮厲，皆爲聖人所取，唐亦可，宋亦不惡，惟忽似唐忽似宋，進退無據，則爲可笑，誠如尊見耳。

【校記】

〔一〕「曜」，嘉慶二十年本、同治二年本作「曜」。

答曹侍郎

去歲吳萬載到江西，得奉手書，藉悉台候萬福，當即肅復，由姚秋農修撰呈達矣。今至章門，當局不以爲狂以爲狷，和〔一〕之者亦復不少，先生以爲然乎否乎？前二十年在都，張皋文、王悔生諸人目爲亦狂、亦狷、亦隘、亦不恭。至今已年五十矣，自視茫然，豈敢自附于有不爲之説？然人人之云必達之先生者，先生知我，必有以進我也。

瑞金去章門一千餘里，邸鈔數月始一至，朝廷政治，在下位者聞不聞俱無所輕重，惟一二大君子心甚懸懸，而先生則敬之所企仰者，一切動定望詳悉見示。

近得劉海峰先生集，筆力清宕，然細加檢點，于理多有未足，先生以爲何如？

【校記】

〔一〕「和」，同治二年本作「知」。

與舒白香（其一）

前登舟之後復得天香館暢飲，坐中蓮水、楷屏又俱雅流，可謂快意。越日發棹，爲風水所阻，不及二十里便泊舟。每日如是，至前月初三日方至南城，十五日方至寧都，二十五日至瑞金。溽暑奔馳，面目可想，惟得免分校，不致再勞往返。而途次廣昌，得家慈書，精神如常，仍能燈下讀書，一家細弱俱平善，可慰仁弟記注耳。

文章之事，工部所謂天成，著力雕鐫，便覿面千里。儷體尚然，何况散行？然此事如禪宗箍桶脱落、布袋打失之後，信口接機，頭頭是道，無一滴水外散，乃爲天成。若未到此境界，一鬆口便屬亂統矣。是以敬觀古今之文，越天成越有法度。如《史記》，千古以爲疏闊，而柳子厚獨以潔許之。今讀伯夷、屈原等列傳，重疊拉雜，及删其一字一句，則其意不全，可見古人所得矣。至所謂疏古，乃通身枝葉扶疏，氣象渾雅，非不檢之謂也。敬于此事，如禪宗看話頭參知識，蓋三十年。惜鈍根所得，不過如此。然于近世文人病痛，多能言之。其最粗者，如袁中郎等乃卑薄派，聰明交遊客能之；徐文長等乃瑣異派，風狂才子能之；艾千子等乃描摹派，佔畢小儒能之；侯朝宗、魏叔子進乎此矣，然槍棓氣重；歸熙甫、汪苕文、方靈皋進乎此矣，然袍袖氣重。能擗脱此數家，則掉臂遊行，另有蹊徑。亦不妨仍落此數家，不染習氣者，入習氣亦不染，即禪宗入魔法也。《恭勤墓志銘》及《萬公祠記》在春州處，便中可索觀并正之。

與舒白香（其二）

前月，天香鄰館飲酒之後，即解維東還，果堂先生來，始知仁弟復有敗意事。天始既置白香于愉適之外，今乃置白香于憂患之中，如之何？如之何！嵇〔一〕生有言，「又讀《老》《莊》，重增其放」。敬以爲善《老》《莊》者愉適，憂患不能干之，則性情皆本然者耳，得其和則有之，豈至增其放哉？仁弟于《老》《莊》可謂善矣，以鄙言爲何如？近有調蔣權伯詩，無一語是《老》《莊》，然得《老》《莊》至處，録呈是正，可爲知者道耳。

二十三日往潯陽，歸途遊天池，視壁間第一語即知爲仁弟詩，二僧同行皆大笑也。

【校記】

〔一〕「嵇」，原作「稽」，嘉慶二十年本、同治八年本同，同治二年本改作「嵇」。案：姓作「嵇」字，今據改。

與鄧過庭〔一〕

得手書，具知一切。今年秋闈，敬不料能整齊如此，方悔前之力辭入簾，爲過于避事。然夫己氏者素日悉其能，榜前已豫料多屈滯矣。足下清才，何慮不達？遲速命也，何足介懷？況年力富甚，方將遠追賈、董，近躡歐、曾，豈效小生俗儒硜硜望售耶？丁贊府舊交，不可輕告去；温南城爲人詳密，且可近奉晨昏。二者望大雅裁奪。至寒署荒陋，又處嶺徼〔二〕，無可推轂。足下如不棄，翩然來儀，止可商訂古今，若溝渠之水，圖潤百里，足下亦知其力不任此也。

【校記】

〔一〕篇名目録作「答鄧過庭」。

〔二〕「嶺徼」，同治二年本作「嶺嶠」。

與裘春州

前曾與蓮士先生商《恭勤墓志》，其意以未竟用爲綱領，兹已擬就，録呈大裁，敬即日録寄京師矣。

于文襄所作《文達公墓志》，乃墓表體；袁子才所作《文達公神道碑》，又雜墓志體，其間書法不合處甚多。鄙作雖弇鄙，不足以揄揚恭勤，然不敢妄下一語也。其書法既以墨圍别之，仍標義于行首，非敢如東方先生之自譽，不過望將來天下操筆墨者不率爾而已。奏疏、文集附上，《三江圖考》擬欲作一文辨之，暫存敬處可也。

答陳雲渠（其一）

大著清刻幽雋，得山谷、誠齋諸老筆意，俗人不能措手也。鄙見詩文當從一家入，至能兼諸家，然後自成家。高明以爲何如？佳處已用墨圍圍之，未信者細書卷中。一人之論未足概諸君子，暇中自定之。

敬至貴處已一載，今數日内連診三命案，復有逆倫者，深用自愧，至貧乏非所計也。

彭躬庵文氣甚和，而鋒不可犯。丘邦士文奇澹，不蹈襲前人一語一意。明季年多異才，吾宗遜庵先生文亦然。然皆非正宗，擇之可也。

答陳雲渠（其二）

前過黄安，山水清佳，可以遊賞。若治形家之説，應於此處求之。縣東同登之山，土氣贏獷，未必善也。

輿中閲《後漢書》，如《馬援》《袁紹傳》不讓孟堅，《董卓傳》閲之殊苦，不了了。鄙見如是，未知高明意中何如？

承祚《三國志》魏繫於吴，吴繫於蜀，地勢事迹不得不然。帝魏之説本不足憑，卷帙多寡更不必置論。《魯肅傳》有「但諸將軍單刀俱會」之言，非雜劇妄題，然詩文中難用。

凡經史事，世俗所習知習言者，宜用意鍛鍊之，或暗用，或翻用，不得不然。識之。

答陳雲渠（其二）

十四日得手書并闈藝三篇。首藝前已于貫汀處見之，加墨圍寄還矣，是必雋之作。次藝、三藝亦佳，深以爲喜。不意十五日晚間，省中題名録至，則相知中無一人雋者，大奇大奇。此科文如仲岳之才氣、貫汀之清拔、允中之愜適、守齋之瀟灑，與吾弟之平正駘蕩，皆宜雋而不雋，豈果有命耶？雖然，君子盡其在我者而已，其他則何尤焉。

今晨貫汀來，適敬讀《張睢陽列傳》，因同讀之，爲之氣充神溢，如置身青雲中，下視高爵厚禄與糠粃何異，况區區一舉哉？睢陽豪傑忠義之士，能使一千餘年後如此，則上自聖賢，下及一技一能之士，其有得于後世，雖淺深大小不同，而引人著勝地則一也。

少遲當來署中快談數日，貴體想可如常。敬自八月中旬患手疔，至今腕弱頭暈，不能自作報書，因令小胥抄録。前玉箸篆及草書，頗有進境，疾後又廢。令叔挽聯尚未寫也。

答陳雲渠（其四）

得手書，推許過甚，不敢當，不敢當。敬少時詩學太白，後漸入香山、東坡，所嗛嗛不足者太似耳。析骨還父，割肉還母，方能現清浄身説法，詩何獨不然？至文亦太似韓、曾，高深處尚不及，未知何時能自立一家也。象山之説益不敢當，不敢當。

昨與相知言及近事，敬告以陽明先生田州之事，幾敗于賓僚，何況不如陽明者，豈敢望象山耶？

前書所言藥玉即罐子玉，雖精華，不可寶。漢銅有贋，而宋銅無贋，故可寶。吾弟在縣，有翰林公相投契之言，恐吾弟眩其所寶，故爲此隱語耳。

答陳雲渠〔二〕（其五）

得手書，知體中違和，竟不應舉，謹疾之道，必當如是。今天下清才正學多矣，使皆不應舉如吾弟，豈非有心斯世者所當慮耶？ 然家庭大和，文史足用，仰不愧古俯〔二〕不愧今，吾弟固有以自樂矣。

敬交代之事，籌畫三千有餘，可以集事。 復因多年命案，爲大府擠𢫬，幾于車覆。少定當北行。 世路茫茫，未知脱〔三〕駕何地也？

【校記】

〔一〕篇名嘉慶二十年本、同治二年本、同治八年本作「與陳雲渠」，底本殆據目録改。

〔二〕「俯」，原作「仰」，嘉慶二十年本、同治八年本同，同治二年本校改作「俯」，今據改。

〔三〕「脱」，同治二年本作「税」。

與李守齋〔一〕

得手書，辭旨清妙，即此便非俗人所辨。 不俗與俗，如水火陰陽，夫己氏豈有大雅之識耶？ 敬八月中已決饒陶南與足下之不能雋矣。 闈卷加墨圈奉還，勿使俗人見，彼方謂吾輩相標榜耳。 然敬所以告足下者，曰安命，曰力學而已，固非絶人以不可知，亦非求人之必知，于天下後世尚然，况科名一事耶？得閒可來荒署作十日遊，敬亦將示以所得也。

【校記】

〔一〕篇名目録作「答李守齋」。

答楊貫汀

允中來，知吾弟與雲渠俱以疾不應舉，繼即得手書，所云同同，深爲歎惜。今歲江西鬮又失二奇矣！雲渠來書，波委雲連，動蕩可喜。吾弟書緻，潔如玉映，徹如水晶，其人可知，其人可知。敬古文一支，當在綿水左右，然老重下筆，及一瀉千里之處，尚望留意焉。是道止争識力耳。

與鄒立夫

前日見過，以諸事沓來，未得永日談笑，深以爲歉。昨得手書，慰甚，然何言之謙耶！僕與吾弟爲文章道義之交，當每事質言，毋過爲推挹也。

大著一册，尚未下籤，然已繙竟。大都瑞金諸詩人，多枯槁之士，故邊幅不廣，雖極高如南岡，極雋如狎鷗，皆不免此病。吾弟氣逸體縱，有不可羈的〔一〕之概，而風回雨止，仍復寂然，此得天之最厚者。由是而充之，排金門，上玉堂，與時賢頡頏；再充之，吞曹、劉，奪蘇、李，與古人頡頏，分内事耳。然不可自高，自高則所見浮；不可自阻，自阻則所進淺。浮與淺，則下筆俳巧、甜俗、粗率皆來擾之，而且自以爲名家大家矣。吾弟用吾所戒，久久行之，何慮不傳？傳何慮不遠？以敬爲識途之馬則不敢辭，若以敬爲千里之驥而附之，恐亦百步而止耳，賢于十步幾何？

今少年人詩集序至四五，題辭至數十，無謂之至。俟吾弟至四十，敬不過七十，當爲作序，今且以此書書之卷首如何？

【校記】

〔一〕「的」，同治二年本作「勒」。

答鄒立夫

前席問及沈休文韻書，此久已亡失。明末嶺外妄男子乃僞撰行世，朱錫鬯檢討《廣韻序》常〔一〕言之。世間學問不可盡，即考訂一家已有僞學、俗學、僻學種種不同，非多讀書、親近大君子不能别也。吾弟少年，自勉而已。

來書問等韻之學，此事近儒江慎修先生《四聲切韻表》最爲詳慎，其勝前人處有數條：字母用三十六，不妄意增減，一也；韻用二百六部，不用十二攝，二也；入韻分系各韻，皆推明其故，三也；翻切用音類母位取切之音和，不用舌頭、舌上、輕唇、重唇之類隔，四也；清、濁、次清、最濁用字標明，不用黑白圍之暗記，五也。吾弟守此，用力足矣，不必他求。蓋音韻易淆，求密反疏，求全反漏，取其師承之詳慎者從之可也。不然，齒牙爲猾，寧有既耶。

來書問《字彙》所列之二圖，其第一圖自公至鳩四十韻，各爲一章，緯以四聲，經以字母三十二，所謂《韻法直圖》，得之新安者也。第二圖平、上、去各爲二章，入爲一章，上列字母三十六，旁列各呼讀，所謂《韻法橫圖》，得之宣城者也。前一圖删知、徹、澄、孃四母，并合敷、非二母，于微母上增一虚位，故不用字母本字，而以一至三十二掩之，真臆説也。

來書問《字典》所列之三圖，其第一圖共一章，别開口、闔口、正韻、副韻，而以十二攝經之。第二圖十二攝各爲一章，而以三十六字母緯之，與第一圖相發明，蓋一人之作也。第三圖，十二攝分爲二十四章，而開口、闔口分廣、狹、通、侷四門，即第一圖之開闔也，十二攝各有内外，即第一圖之正副也。《字彙》、《字典》各圖之義不過如此。

大抵古人翻切生于雙聲叠韻，後因雙聲有字母，因叠韻有韻書，既有字母、韻書，即可列之爲圖，易于標射。蓋有翻切而後有圖，非有圖始可翻切也。然方言之不同，今古音之各異，雖聖人不能齊焉。故古人所作各圖，人自爲學，家自爲書，互相攻訐，如邵堯夫、司馬君實諸大儒所傳之圖尚各有出入，何况近時之學哉？善學者求其能詳慎者用之，如《四聲切韻》及《音韻闡微》、《古音表》皆可用也。

來書問三合之說，考《華嚴》四十二字母有三合一音曰「揭多羅」，乃三合爲一母耳。古人翻切皆止二合，無三合之法，三合、四合至本朝始大行。

來書又問發送收之說，此一音具三音，欲音之準耳，非三音合一音，如「揭多羅」也。錢辛眉先生曰：「西域字母，《婆羅門書》用十四字，《涅槃經》用二十五字，《華嚴經》四十二字，若三十六字者，乃唐末人爲之。」此通人之論也。其集中答問及《養新録》論字母者，遣曹史寫送，可留意焉。

吾弟爲學，慎無速求多，當以漸積之則多矣，《小畜》「懿文德」之義也，况君子多乎哉！

【校記】

〔一〕「常」，嘉慶二十年本、同治八年本同，同治十二年本作「嘗」。

與邱怡亭

乙巳夏首，始識尊顔，鄙見以爲少年貴公子，中年豪客，老年巧宧而已，殊有不足之意。往歲過贛，而二兄適被劾，窺二兄意言之間，非猶夫豪客巧宧之胸次也，然後不以悠悠視二兄。及今歲至章門，始知二兄之爲人非敬之所能及也。二兄才甚奇，氣甚高，而遇甚蹇，不得已黽勉于君子之所務，馳騖于衆人之所争，胸次中其有必不願人知，而人亦不能知者乎？敬奔走半天下，所遇之人多矣。今僻處嶺嶠，願通言于二兄，使知江西有一惲子居，則邱怡亭亦非萬萬人不能知者，二兄必爲之酣然而笑，瞿然而傷也。

與章澧南

四月中旬，疾中草草叙話，即卧輿中南返，旋至雩都，至贛幾兩月矣。奔馳之苦，所不堪言。回縣後得書，深爲欣慰。承見示《海峰樓文集》〔一〕，二十餘年前在京師一中舍處見之。今細檢量，論事論人未得其平，論理未得其正，大抵筆鋭于本師方望溪先生，而疏樸不及，才則有餘于弟子姚姬傳先生矣。前閣下以潔目之，鄙見太史公之潔，全在用意捭落千端萬緒，至字句不妨有可議者。今海峰字句極潔，而意不免蕪近，非真潔也。姬傳以才短不敢放言高論，海峰則無所不敢矣。懼其破道也。又好語科名得失，酒食徵逐，胸中得無滓穢太清耶？〔一〕狂瞽之言，未必有當，惟閣下擇之。

【校記】

〔一〕「海峰樓文集」，「樓」字疑衍文或「詩」字之誤刻。

與湯敦甫

春間得復書，儒者之氣盎然楮墨。及讀其辭，益知先生之所養非歲年所能至也。瑞金去京師六千里，去江西省城一千五百里，所傳聞多不實，然時于邸抄中見先生名，則爲之一喜。及閱事實，皆先生所齟齬者，想有道必不介然。然敬辱在下風，爲不寧者久之，又不詳其事始末，何以能乘流雲，御飛鴻，一盡其拳拳于先生之前耶？近作數首在來卿所，亦不足觀覽，故未寫送。舍弟子寬在都，惟先生進而教之，如敬身受益也。

與楊鹿柴

前所送《采菽堂古詩》并郭茂倩《樂府》，下走意欲以數日點定。病懶未涉筆，昨見兒子縠架頭歸愚尚書《古詩源》，其點定頗無大謬，足下可照録一過，則所獲多矣。貴邑謝南岡先生詩甚佳，七言少遜，然其格尚在《狎鷗亭集》之上也。足下自號鹿柴主人，而欲引鹿門、柴桑之事，此則甚非。龐、陶二公皆衰年處亂，各有所寄；足下方當壯盛，侍奉庭闈，于二公何所似耶？若如王右丞、裴蜀州之偃仰輞川，是亦曾點異乎三子之意矣。下走以此意爲之説，足下當亦犁然于心，若其他穿鑿之言，則非大雅所尚，下走理不可陳也。

與余鐵香

得書，知侍奉萬福，興居勝常，甚慰甚慰。至試事得失，不願吾弟介然也。君子遇失意，爲人必有所進；小人遇失意，爲人必有所退。吾所見人才，得天下大半，如吾弟天資傑出，可以上追古人。所不可料者，講習無專門之師，結契無高世之士，以放蕩爲筆墨上流，以詭僞爲酬酢公法，浮沈于詩盟酒社之中，滅没于高科上爵之内而已。今不稱意，必反而思，起而悔，求其是者，去其非者，方將掉韓、歐之鞅，叩朱、陸之門，摩范、富之壘，而何爲介然耶？千里開函，當爲氣盛，勉之而已。

與胡桐雲

前者，騶從遠臨，甚慰甚慰。復蒙惠賜茘枝二盒，瓊玉之膏，溢于齒頰，逮及童稚，感何如之？昔彭淵才以海棠香國爲善州，敬前在渝水聞檄調瑞金，賓客皆言過遠不可往，敬答以但往可飽噉茘枝。乃三年之内，茘枝熟時皆不在署，今始得償願，真不虚瑞金一行矣。

大著清新雅飭，惜敬不敢當耳。數次泚筆，欲爲和章，皆爲吏事敗意。稍暇，當勉强爲之也。墨卿太守風流照映，不愧昔賢。敬常謂翠庭先生爲道學而不迂，墨卿太守爲文苑、爲循吏而不矜不肆，乃寧化必傳之人也。

墨卿于閣下爲丈人〔一〕行，閣下朝夕相從，其饒益甚廣。惟目下溽暑，寧化至臨汀皆山道，敬若至府中，閣下斷不可邀墨卿，將來相見有期，不必急急也。

【校記】

〔一〕「丈人」，原作「大人」，嘉慶二十年本、同治八年本同，同治二年本改作「丈人」，今據改。

與孫蓮水

舟中執手，不及暢言。翼日解維，順流東下，每逢勝賞，追挹高懷，安得如先生者數十人，分住山水佳處，爲憚子居作主人耶？

十月下旬過金陵，見令郎甚英尚可喜，略觀制義及排律詩各數首，辭意俱有法門，氣甚清旺。然鄙意不願其爲作家之文，蓋少年當以才子之文爲主，壯年、老年再入作家，方得此中法華三昧也。令郎挽留作竟日談，敬以欲訪覺修吏部，即往城北而竟未遇，覺修來舟中，又未遇，彼此奔馳，可欬也。

十一月至家，婆羅巷賃屋已爲主人索去，老母寄居江鄉，幸大小俱藉庇平安，無勞遠念。誦贈詩至「還扶白髮看娑羅」之句，老母甚爲解顔。敬歲底中寒大病，正月十三日方北行。二月初十日過德州，吾鄉劉申甫孝廉先行一日，屬淵如分巡設饌作痛飲。而敬酣卧車中，竟行至二十里坡方覺，其爲可欸益甚于金陵之事矣。申甫，文定公之孫，治經行文俱冠流輩，將來相遇可交也。

與瞿秩山

一别十三年，敬髮已華矣，如何如何！聞大兄家居之時，始終不入州郡，此事吾鄉蓋難言之，得一二有志者挽回，甚幸甚幸！趙恭毅、劉文定去人其間豈甚遠耶？曩者同赴禮闈，敬與仲甫皆好爲議論，大兄退然默然而已。然爲部郎則辭賑差，爲侍御則劾朝審，而家居又能如此，是躬行則常在前，口語則常在後，古人所尚，非大兄而誰？惜蜀中險遠，不得親見設施，然可信其必異乎人之爲矣。瑞金多頂凶案，敬前後六年，力反之，于是各案皆遲延，至銷去加三級、紀録七次，罰俸二千三百兩，若再回任，將何級、何紀録抵銷？ 真不可不慮。 又舊日會匪未净，私硝、私磺充斥，雖屢次設法清理，而根株難盡，望之如畏途。兩淮都轉廖復堂先生係敬舉主，如維揚〔一〕有可休息之處，便當棄官而歸。 然古人有言，仙人尚肯耶否耶？ 以敬負累，欲望之都轉一人，亦非易易事也。

【校記】

〔一〕「維揚」，原作「維陽」，同治八年本同，嘉慶二十年本、同治二年本作「維揚」，今據改。

與秦筠谷

半載灌城，晨夕過從，朋友之樂，乃借冠蓋之地商確〔一〕性情，慰甚慰甚！ 歸途復藉緩急，得無阻滯，月内已抵縣矣。

小峴先生未及修書，以鄉閭大君子不可一札申候，如南華老人所云「竿牘」而已，是以遲遲，仁弟必賞契此言也。 長寧有風調氣格，此次過虔，彼此相左，竟未得見。 仁弟北上之事，所以處人已甚能得其平，然世人必有以爲迂者。 敬常謂今之士大夫不病其迂，病其常不迂，且以其不迂排人之迂，此吏治之所以日偷，士大夫之氣節所以日壞。在有志者自勉〔二〕之耳。

劉于宋之案，官、吏、役皆欲蔽罪此人，其冤惟敬一人知之，而不能白之，真可恥；然格殺賊盜，罪止杖耳，敬何必苦争，使再延緩，致斃囹圄。仁弟顧我厚，故敢陳之如此。銀三十兩希付司籍，敬有所需可再貸也。

【校記】

〔一〕「碓」，同治二年本作「摧」。

〔二〕「勉」，原作「免」，據同治二年本改。

與左仲甫

丙寅秋中，曾得手書，至今五載有餘矣。中間敬一離任，三調省，其奔走可知，兼之賓從雨散，傔僕無解事者，又時病時起，是以不及通問，二兄必諒之也。去冬舟過皖江，遇通判鄒君，詢知二兄興居，深爲喜幸。至都，都人士皆道二兄之美，比之張、趙，比之應、劉，何快如之！

敬鶩下之資，露才揚己，蹭蹬半生，幸老母康强，細弱均安善。四月中，摒擋出都。如維揚有可休息之地，移家過江，與南山南、北山北何異？若不如願，則一身挂帆西上，當如武侯出師，先爲可退之地也。秋間旌旆在皖，或可一遇。世事日多，舊交日少，日多者久非從前面目，日少者尚有此後性情，然能遇不能遇又未知何如，真可浩歎者也。

與陳寶摩

前在瑞金，兩奉手書均未作答，非敢爲無禮及遺忘也。敬于大兄言之不誠不如不言，言之不盡不如不言，誠乎盡乎，幕中賓客無任此者，况瑞金竟無賓客耶！大兄必知我諒我也。

前書并示懷舊詩，後并示全集。全集爲人持去，昨至都，雲伯復以見詒，得盡讀之。大兄胸次本高，故下語翛然自得。不求異今人，今人自不能及；不求避古人，古人自不能掩。非尋常詩人所解也。

敬質性粗獷，又埋没風塵之中，此事輸大兄一百籌矣。雖然，古今詩人，少年多失之華，中年多失之整，老年多失之平淺。華之中而實寓焉，整之中而變寓焉，平淺之中而高與深寓焉，斯善矣。敬與大兄已近老年，宜如何如何，望大兄之教我也。

二十年前，長安道中所遇，貴賤死生不可一一數，而最相知者皋文竟作古人。仲甫雖轉官，而泥淖益深，無以自樂。賓麓朝夕吟咏，上游以其方正，時以吏事累之。惟大兄擅性情之勝，得朋友之樂，富山水之遊，饒魚酒之味，人生百年，如此足矣。爲轅駒，爲檻羊，于事何益？敬前就知縣，本意一出即還，不意牽挽遂至于此。上游五次欲調首縣，皆爲人所阻，敬之迂愚豈任首縣耶？五十老翁，房中并無侍者，而且謗之曰：娶同官孤女爲妾；三次力辭分校，而且謗之曰：多門弟子求薦達者；訪獲傳習邪教之犯，而且謗之曰邀功，曰日前何以容奸民。《楞嚴》曰：「因地不真，果招迂曲。」敬心雜如康樂，故内根不净，外塵雖不來，而塵之影已如波之泛，火之然，不必怨尤，亦無可怨尤也。

子由鬢髮皆白，子寬同車入都，而一事無成，或作中州之遊。敬或回江西，或别圖去就，未定也。

與趙石農（其一）

前日旌旆入都，得快瀉胸臆，惲子居又得數日浩落矣。而廖永亭適至，如飲醇酒，酌東西二尊，均爲異味，大奇大奇。

仁兄所乘索倫馬，幾於周家八尺以上，殊有駿氣。敬久官南中，腰脚疲軟，又笨車日行百里，單騎隨車，不必善馬，是以不敢拜惠。能於馬房中擇一中者見賜，最得力也。薩哈克即古大宛，馬極高，然離索倫東西萬里，不知索倫、薩哈克馬俱高大，抑即薩哈克馬中國誤呼索倫，并望示知。

頤園先生清望冠世，出都時當往一見。永亭十八日已出都，留朱提爲敬治行裝。諸事沓來，近日略有端緒矣。茫茫天壤，知己幾人？以惲子居三十年埋頭故紙中，燕齊之士當亦爲之短氣也。

與趙石農(其二)

前送馬圉人回州,曾有書奉謝,并陳一切,想達左右。敬羈滯五月,戴昆禾大兄假朱提四百,子寬別假三百,于二十一日料理南行矣。

拙集文既不佳,刻工以時促,甚牨率,茲呈已裝者一部,大兄存案頭,如見惲子居進退抑揚,議論指畫于大兄前也。外未裝者十部,内一部大兄批示見寄,餘九部分贈諸同志。有能指摘瑕疵,千里相告者,即敬之師也,勿吝勿吝。此事天下公器,不可樹門户。近有言漢人文多如經注,唐宋文乃漢之變體者,吾誰欺,欺天乎?漢人文如經注者,止經師自序之文,其他奏疏、上書、記事、言情之文具在,皆與唐宋之文出入者也。推而上之,聖人之六經,文之最初者矣,唐宋諸大家悉與之相肖。《儀禮》之細謹,《考工記》之峭宕,其相肖者如《畫記》、《説車》是也。若漢之經師,肖六經何體耶?且文固不論相肖也。敬不敢黨伐,惟大兄裁之。

卷二

與秦省吾

前過府中，悤悤就道，所言未盡，别後復思如有物在胸，急欲吐露，而棹聲已過梁溪之口矣。蓋緣「寄暢園」中山水清佳，應接不暇，侯君妙才，同攜遊屐，是以遥情遠興，蒼莽而來，而入理切情之言反不能暢也。

侯君文清瀏見底，波折皆出天然。以初作，膽未堅，神未固。此事如參禪，必須死心方有進步，所謂絶後再蘇，欺君不得，及當觀時節因緣是也。若止於行墨中求之，則章子厚日臨《蘭亭》一本，書格能不日下耶？敬甚愛侯君文，苦無暇細檢，止評數首，所言不出行墨中，恐侯君止於此等處用意，故爲仁弟言其大端。侯君見此書，必能萬丈深潭，不呼而出；千尋高樹，放身而下矣。

敬事事掣肘，而陳明府處三數減爲一數，復未知何時事成。要之，天下豈有餓死惲子居哉？仁弟亦信其必無也。

與李汀州（其一）

八月初一日得手書，擲還手版，命此後并此去之。敬當如命去之去之。然書中舉簡堂之號，繼以先生之稱，不敢當不敢當。自隋唐學禪者以山名、寺名稱其本師，南、北宋道學諸儒踵行之，各舉本師所居之地爲先生之稱，後漸行之於非受業者，近則公卿大人之門皆此稱矣。宋人于朋友稱官，漢人稱弟、稱兄，此亦古法也。閣下以爲何如？寧化雷副都未得親炙，亦未見其著述，惟彭二林集中見其事述，朱梅崖集中見其墓銘，不足以傳學問所得，未知其淺深何如。墨卿太守雖以詞翰名，然大德信其無出入，故繼副都言之閣下，并孟詞進士爲之等差，不護交，不背友，可敬也。

羅臺山與二林交最久，旁涉佛氏，乃二人性之所近，是以二林作臺山身後文，持論或過或不及，蓋由耽心禪悦〔一〕，障閡未除，過推其虛，反没其實也。顧亭林先生斥明之學者出入儒釋，如金銀銅鐵攪作一爐，以爲千古不傳之秘，此病今尚遍天下，臺山、二林皆其人也。然趙大州、陶石簣諸儒何嘗不立氣節，何嘗不建事功，何嘗不敦倫紀？雜則有之，庸則免矣。楊鴻臚謹慎無過，然非出格人，其近體詩、古詩具見雅飭，古文則非所長。江右乾隆間古文家如魯潔非、宋立厓皆識力未至，束縛未弛，用筆進退略有震川、堯峰矩矱而已，鴻臚更未辦此也。

上杭丞誠如尊見，然鄙見責己則攻短，論人則取長，前書止言其讀宋儒書并涉釋典，不及其他，可以知敬之置辭矣。拙集文既不佳，刻復粗惡，祈是正之。內《羅臺山外傳》，其人真性情也，有宜書之而不書者，竊用微顯志晦之義，閣下當瞭然焉。

【校記】

〔一〕「悦」，同治二年本作「説」。

與李汀州（其二）

自往歲八月下章江，時時念先生不能置，得手書又五閱月矣。春間病足幾百日，夏首腹疾綿痼，不及作答書，非敢懈也。先生切磋以千秋之事，敢不敬循始終。敬前書可謂刻劃無鹽、唐突西子矣。

鹿耕大令來，知治益清，文益潔，敬賀敬賀。士大夫得世間富貴未必可賀，此則真可賀也。伊揚州二次書來，止達後書，其前書不知沉閣何所，祈一訊之。穉存編修、惕庵郎中遺事述不可不呈之左右，褒貶不敢率〔一〕然，編修貶在褒之中，郎中褒在貶之外，求如其人而已。至事迹多取年譜，并折衷上諭，不敢妄飾。先生裁之，以詒伊揚州何如？近詩數首并呈伊揚州，祈即達是幸。

【校記】

〔一〕「率」，原作「卒」，同治八年本同，嘉慶二十年本、同治二年本作「率」，今據改。

與莊大久

爲别十三載，不得音問七年，然私心拳拳，如終日侍左右也。大兄勤學力行，老而彌篤，神明之用能不衰，耳目之官可以不變，未知齒髮尚如昔否？敬少而弱，壯而病，今幸恒言不稱，若僭較之盛〔一〕孝章，已爲永年矣。酒肉漸漬，清虚日往，膚充乳發，如少年屠沽兒，唯有時舊疾復發，則吐如銀者數升〔二〕，手足戰掉，胸背寒重，爲可虞耳。

子振改外，實出非意。大兄于世事，得之如雲之來，失之如雲之去，然恐後日之雲且挾風雨而至。子振將車，如失落車轍中，大兄必洗其泥淖，整其羈靮，方可就道。尊性斷不耐此，然鄙意必欲大兄耐此也。中州人物與本朝初年何如？懷慶當太行、黄河之阻，朝夕瞻眺，定多勝賞，何時當入都或南歸？

敬匏繫江西，智竭於胥吏，力屈於奴客，謗騰於上官，怨起於巨室，所喜籬落畊氓、市墟販豎尚有善言。去秋東歸，雖臥具未質，優于從前，然十月無裘，則與在都時平等矣。正月入都，三月引見，四月當復出都。老母精神如五十人，大兒已生孫，殊雋快。秋間山妻尚有生子消息，但得噉飯處，世間升沉是非，一切不較矣。

【校記】

〔一〕「盛」，原作「稱」，同治八年本同，嘉慶二十年本、同治二年本作「盛」。案：盛孝章，三國時人。孔融《論盛孝章書》曰：「海内知識零落殆盡，惟會稽盛孝章尚存。」今據改。

〔二〕「升」，原作「聲」，同治八年本同，嘉慶二十年本、同治二年本作「升」，今據改。

與李愛堂

夏間春明得遇，暢寫生平，幸甚幸甚！旌旆南行之後，賤體抱暑疾，愈後爲出都事勞弊，是以不及通問。頃由金閶返棹，忽奉手書，喜慰無任。仁弟交道之篤、處事之精，開械具見。敬之疏狂，能不俯首自愧耶？令子之變，言之動心，然達人用情，斷不可過。仁弟方在壯年，福禄之來未艾，勿介介也。

春麓先生乃天下後學典型，不止仕宦上流而已。敬初至浙江，即蒙異賞，今先生身後得操筆墨以論次功德，何樂如之！惟是墓表之法，止表數大事，視神道碑、廟碑體不同，視墓志銘體亦不同。墓志銘可言情，言小事，表斷不可；神道碑、廟碑凡崇宏寬博之言皆可揄揚，墓表必發明實事。故墓表之善最難。今止表浙江二事，其二事自爲首尾，文即以之爲首尾，而中間檃栝諸事以隔之。此法《史記》、《漢書》常用之而能使人不見，韓公偶用之即見，乃才之大小淺深也。昔歐公志尹河南，不知者頗有他説，歐公至爲文力辨。今敬表春麓先生，自謂舉一羽而知鳳，睹一毛而知麟。世間下手存買菜之見者，仁弟必能斥其不然，所可慮者指爲忌諱耳。然其事皆已奉上諭，見邸鈔，非一家私言，可與頤園先生商之再行上石何如？

答方九江

前過九江，留數日，視署舍如山居，僚屬循循如，如文學掌故，甚善甚善。然席間時以言挑敬，欲觀其酒狂。敬前者在浙，當事以言利之事魚肉府縣官，故與之争。至江西，當事決大獄不平，且欲庇梟惡無狀之人，使久爲民害，故與之争。若酒場花局，詩席文壇，敬方折節天下士大夫，醒固不狂，醉亦如醒也。

《遊廬山序》格殊卑，竟流元明游記習氣，然無可奈何。如此奇境，若圖高簡，不下手暢寫，山靈有知，後日遊山必有風雨之阻矣。詩數章并奉呈，祈是正之。《靖節集書後》二篇，千古之冤雪矣，先生必爲之大快。《書楞伽經後》附呈。如此下語，人以惲子居爲宋學者固非，漢唐之學者亦非，要之男兒必有自立之處，不隨人作計，如蚊之同聲，蠅之同嗜，以取富貴名譽也。

秋色漸佳，觴詠之興何如？旌旆過吴城，當攜廚人并佳醖來，庶不至敗興耳。

與報國寺沙門無垢

前月天池之遊，生平未有。茶山太守、雪鷺茂才，雨阻均不得與，亦有數存乎其間耶？天池雲最奇，松最古，石最靈，慧持〔一〕向此中開山，當未忘山水結習，然鶖頭鷄足，又何説處之？大師勿笑惲子居傍葛藤樹爲戲論也。

盱江〔二〕茂才鄧過庭高才博學，其畫由白厂居士來，兹送竹一幀，乞换青精一枝，爲同參木上坐何如？

【校記】

〔一〕「持」，原作「特」，同治八年本同，嘉慶二十年本、同治二年本作「持」，今據改。

〔二〕「盱江」，原作「吁江」，同治二年本改作「盱江」。案：盱江，水名，在江西省境内，今據改。

與陳薊莊

承示《絳州重修孔子廟記》。考明趙子函《石墨鐫華》，記乃宋李垂撰，集右軍書。子函言懷仁《聖教序》集墨迹，故能師後世，此記集石刻，止形似。然敬觀此本，并形似失之矣。蓋宋人不尚《聖教序》，此記及晉祠碑亦不行；明人尚《聖教序》，此記及晉祠碑大行。故此碑宋人無題跋，明人多有題跋也。大行故多翻刻，敬前開帙即言明人鈎摹，以神理得之，記後重立字，其證也。賈人顛倒其辭，截去年號，詭作古帖求善價，可笑之至。今坊中有全碑拓本，視此本更下，可校對整齊之，即以敬此札書後何如？

與黄香石

昨日奔走，至日夕方還。飯罷，相知來談至三鼓。今晨草草作《同遊海幢寺記》，又爲客所曠幾一時。午後始脱稿，無鈔録者，謹將原稿送呈。希飭貴高足鈔録後即見擲，并無底本也。

此文儒爲主中主，禪爲主中賓，琴與詩爲賓中主，畫與棋與酒爲賓中賓。其序次，前五節皆以禪消納之，爲後半重發無和尚張本。而儒止瞥然一見，如大海中日影，大山中雷聲。此子長《河渠》、《平準書》，《伯夷》、《屈原賈生列傳》法也。海幢形勢佳勝，先于獨遊時寫足，入同遊後不必煩筆墨，此子長《項羽本紀》、《李將軍傳》法也。

敬古文法盡出子長，其孟堅以下，時參筆勢而已。所以屑屑自表者，諸君子遇我厚，庶幾留古文一支在海南，勿使野牛鳴者亂頻伽之聽耳。作詩賦雜文，其法亦然，舍是皆外道也，足下當不以爲狂。

答姚秋農

得沙井、建昌兩書，知首路平安，幸甚。敬别後泛月渡江，至家始三鼓。宅崇大，識賓主分義，相安已一月矣。

五兄夢中題孔子廟櫺星門柱聯，有「泰山北斗，景星慶雲」之語，敬意如此者，士之望、人之端，一代不過數人，然揆之聖學，俱未入門，止涉檽星門耳。敬三十後，遍觀先儒之書，陸、王固偏，程、朱亦不無得此遺彼之説。合之《大學》、《中庸》，覺聖賢與程、朱、陸、王下手有偏全大小之分，佛、道二氏之書不足言矣。所稱士之望、人之端，較「中天下而立，定四海之民」，如行潦之于河海，丘垤之于泰山，況所性耶？其爲門外，斷斷無疑。然能于門内有所得，則二者皆門内矣。

來示説《先天圖》簡明包孕，極妙極妙。漢人納甲之説，以月之升降方位配八卦，雖可比附，乃術家之一端，假《易》以傳，不如〔一〕卦氣之自然。尊見《先天圖》位上應日躔之説，較納甲用月爲近理，大要與卦氣出入，總之由陰陽推之四時，由四時推之四獸，由四獸推之日躔，自然吻合無間。今人之學者，言《先天圖》則詆之，言卦氣則附之，不識其胸中何等疆界也。

子寬到京，萬望屬其不可高興。乃兄五十無聞，屈首下僚，子寬亦已三十六矣，内反爲要，何興之可高耶？曉帆處不及作書，到瑞金再發也。

【校記】

〔一〕「如」，原作「知」，同治八年本同，嘉慶二十年本、同治二年本作「如」，今據改。

與姚秋農（其一）

六月中得手書，慰甚。因未得來卿書，且聞鍾刑曹將歸，必有託寄之信，是以日復一日不及作答。不意鍾刑曹竟因河淺，至十月六日方歸，亦未攜五兄及來卿書。敬甚爲懸念。九月中，知奉山左主試之命，爲彼都人士慶幸。又知決意不外轉，則爲五兄慶幸，將來且爲天下蒼赤慶幸也。

七月中，五兄五十誕辰，堂上康强，門内雍睦，子舍競爽，可賀可祝。而鄙人之意，以五兄言行無愧前人，處事則思力深厚，能行於逶迤之中，庶幾吕聖加之在宋，彭純德之在明，乃可賀可祝耳。薄儀當俟妥便寄呈，勿弃也。

與姚秋農（其二）

敬江右之事，如治亂絲，千萬頭緒，止一人手力，是以寓書王奉新之後并未發書。

往歲十月，自滕王閣放舟東下，十一月三日抵家。老母康强，小大均安善，毋勞遠注。

十三日接奉手書，具知一切。中州人文淵藪，昔聖先賢，流風在人。五兄課士之外，必有提唱發揮、守先待後之事。其餘如考古迹〔一〕，搜碑刻，聚周、漢器物，今世士大夫優爲之，然五兄亦不可不爲之，其中亦有一種學問也。

來卿本屬異才，又五兄家世多陰德，何慮不成？其一時弛蕩，敬于前八年早知之，曾有書至粵中，反復數百言，五兄當尚能記憶。又前還浙過新喻，子由、子寬歎其雋上，敬即寓言深規，并告以所攜已多，不可復加，此處不再加膏秣，意欲阻其豪興，來卿亦尚能記憶也。總之，聰明子弟不能無過差，在能改不能改耳。來卿多好而易動，五兄如攜之寓維揚，尚有約束，或京中士大夫有强直者，託之防閑，庶知顧忌。今遠離膝下，上無嚴師，中無益友，下無幹僕，且市井之人引之多事，便于銷算，故至於此耳。敬行年五十有五，止一嗣子，才雖中人，頗能孝謹，非但不加責備，且未嘗厲色疾言，時以不能延師教之，并衣食不使如願爲愧。來卿女壻相隔千里，别經十年，豈能代五兄訓飭耶？此不敢承，亦不可承之説也。

敬二月十六日至都，二十三日驗到，三月初間可引見，後事當續報。志意漸灰，鬢眉漸老，功無毫髮，過有丘山，又不能豐草長林，與麇鹿共息，如何如何！五兄當原之諒之也。

【校記】

〔一〕「迹」，原作「磧」，據同治二年本改。

與姚來卿

得正月書後，久不得書，念甚念甚。今歲秋闈，未知何如？瑞金僻地，直隸、江南、浙江録均未見；然不佞所望于吾壻者，爲文章、事功、道德中人，科名遲速，聽之可也。蘭畦先生、陳柏府皆不佞所願見，然趨走之人滚滚塞門，乃外官常局，不佞俟稍定當請事也。

正月中，家慈、五弟歸常州，恐有離任處分，故先爲此，使老人不受驚恐。八月中，三弟攜弟媳歸。明歲春間，内人或歸，或接家慈來江西，暫寓南昌。蓋瑞金接近閩、廣，時虞意外；又近數年間，州、縣有一交代，則前後相齮齕并及其眷口，不如住南昌爲愈耳。惟官帑私債，累累相附，不知何如處置。然不佞鄙性，易則使兩弟爲之，難則自理，如在浙不使五弟算漕帳，在江不使三弟送交帳，皆是也。今瑞金所入不及溝渠，日用必須江海，甚難著手，非不佞身任而誰？其濟則家慈之福，其不濟則不佞所自召也。豐城極弊之區，彭秋潭敗于臨川，深可鑒戒。或有以不調豐城爲不佞迂闊者，此不權禍福、緩急、大小之數也。蓋一至豐城，必擔捐雜一萬有餘，合之瑞金，不下二萬，再累數年，非五萬不已。而民之刁惡，足敗官之守、决官之防，是名與利兩失，所得者重耗酷刑之孽，如何可行？不佞凡事主退不主進，主苦不主甘，實亦參透世情也。

八月二十一日，不佞復舉一女，行第六矣。所謂此亦天地蒼生，無可開口而笑，亦無可皺眉而歎。三女、四女、五女强項如其父，不知將來如何教成。吾壻如有湖州之行，可攜小女至常州見家慈，或單車至江西，與不佞商確〔一〕古今，亦快事也。

【校記】

〔一〕「確」，同治二年本作「搉」。

與來卿（其一）

去歲〔一〕十月，曾兩次作書，由提塘至京，想已收到。十一月，甫回任，有福建脚子過瑞金，立等作書，已寫大綱付寄，想亦收到矣。家母生齔齒，髮落復生，可喜之至，餘一切詳大女書中。

近作《後二僕傳》，兹寫送一通，可釋然其事。此種不可入書事體，以無大關係也。僕人止可作小傳，若將陳明光緣起叙入，亦非法，且筆下糾擾矣。吾壻細審之。其法皆自《史記》、《漢書》來，無他謬巧，不過安放妥當耳。觀此，便可知前明及國朝諸家僕人傳之非法也。

張彦遠《名畫記》曰：「失于自然而後神，失于神而後妙，失於妙而後精。精之爲病也，而成謹細。自然者，上品之上；神者，上品之中；妙者，上品之下。精者，中品之上；謹細者，中品之中。」不佞之文，其精與謹細之間乎？然《名畫記》不列中下品以下者，即所謂近今之畫，焕爛而求備，錯亂而無旨者是也。畫如是，文可知矣。《上曹侍郎書》一通，亦寫送吾壻，并觀之可也。

【校記】

〔一〕「歲」，原作「步」，同治八年本同，嘉慶二十年本、同治二年本作「歲」，今據改。

與來卿（其二）

吾壻來書，望尊公得江表一道，可相近盤桓，商訂古文。不佞觀之，如有外放之事，大半當在廣東，相去亦不遠也。或得湖北、湖南學差亦可。

至古文之訣，歐陽文忠公已言之，曰多讀書，多作文耳。然必有性靈、有氣魄之人，方能語小則直湊單微，語大則推倒豪傑。本源穢者，文不能浄；本源粗者，文不能細；本源小者，文不能大也。吾壻于性靈氣魄四字上均不讓人，勉之勉之，在有恒而已。

至體裁所在，亦不可忽。宋景文曰：「文章必自名一家，然後可傳之不朽。若體規畫圓，准方作矩，終爲人之臣僕。五經不同體，百家奮興，類不相沿，前人先得此旨。」景文此言，誠哉作文之要也。雖然，《易》有《易》之體，《書》有《書》之體，各經皆然，不相雜也。即百家之體，亦不相雜，若一切妄爲之，豈可藉口景文之説耶？譬之横目縱鼻、穢下潔上者，人也；必横鼻縱目、潔下穢上，新則新矣，奇則奇矣，恐非復人形也。凌雜之文，何以異是？大抵意可新不可奇，詞可新可奇，文之體、文之矩矱無所謂新奇，能善用之，則新奇萬變在其中矣。不佞嘗告陶南明經，以爲「字字有本，句句自造，篇篇變局，事事搜根」，古人不傳秘密法也。

清如先生捐館舍，世間又少一讀書力行之人矣。如何如何！

答來卿（其一）

劉會昌至十二月始到任，得手書并各件，俱已知悉。前冬有信寄都下，想亦收到。秋闈之事，前數年常與内人言不在此科。不佞與吾壻非世間戚屬可比，又不佞頗有知人料事之鑒，豈不預知之？吾壻當早信之也。

來書需批本韓文，知有事于古文矣。然不在乎批本，蓋批本即滯于一隅，不如不佞略舉學韓文之指，吾壻自繹之。如一人獨行，其衢路曲折，皆歷歷可記，隨人行則恍惚也。作文之法，不過理實氣充，理實先須致知之功，氣充先須寡欲之功。致知非枝枝節節爲之，不過其心淵然，于萬物之差別一一不放過，故古人之文無一意一字苟且也。寡欲非掃淨斬絶爲之，不過其心超然，於萬事之攻取一一不黏著，故古人之文無一字一句塵俗也。其尺度則《文心雕龍》、《史通》、《文章宗旨》等書，先涉獵數過，可以得典型焉。若其變化之妙，存乎一心而已。不佞就韓文言之，《平淮西碑》是摹《書》、《詩》二經，已爲人讀爛，不可學。《南海廟碑》是摹漢人文，亦不可學。如書字摹古之帖，若復摹之，乃奴婢中重臺也。《送李愿序》淺而近俗，《與于襄陽書》俳而近滯，《釋言》窠臼太甚，《上宰相書》亦有窠臼。其後兩篇，夭矯如龍矣。學韓文先須分別其不可學者，乃最要也。此外可學者，大都識高則筆力自達，力厚則詞采自腴，而其用意用法之巧勝有不可勝求者，略舉數篇，以爲體例。如《汴州水門記》，節度使是何官銜，隴西公是何人物！水門之事則甚小，若一鋪叙，不成話矣。故記止三行，詩中詳其事業，于水門止一兩語點過。此是小題，不可大作也。有大題亦不可大作者，李習之《拜禹言》是也。禹之功德從何處贊揚？故止以數言唱歎之。知此，雖著述汗牛充棟，豈有浮筆浪墨耶？如《殿中少監墓志》，竟用點染法。韓公何以有此種筆墨？蓋因少監無事可書，北平王事業函蓋天地，若不叙北平王，于理不可，然輕叙則不稱北平王，重叙則少監一邊寥落，諠客奪主矣。是以并叙三代，均用喻言，使文體均稱，翻出異樣采繪，照耀耳目。且恐平叙三代，有涉形迹，是以將納交作連絡，存没作波瀾，真鬼神于文者也。如《滕王閣記》，有王子安一篇在前，其文較之韓公，乃瑜珈僧之于法王，寇謙之、杜光庭等〔一〕于仙伯，何足芥蔕！然工部所謂「當時體」也，其力亦足及遠。既有此文，不可不避，故韓公通篇從未至滕王閣用意，筆墨皆烟雲矣。如《貞曜先生》、《施先生墓志》，不列一事，以貞曜詩人、施先生經師，止此二意便可推衍成絶世之文；若列一事，體便雜也。又如《曹成王碑》、《許國公碑》，盡列衆事，以二人均有大功于民生國計，其事皆不可削，須擇之、部署之、鋪排之，以成吾之文。若一虚摹，文與人與官皆不稱也。

以上意法，引而伸之，可千可萬，可極無量，歐公蓋能得之而盡易其面貌，故差肩于韓公。若各大家、各名家均有所得，不如歐公所得之多也。倘不如此看，則歐公之文與凡庸惡軟美之文何别哉？吾壻極聰明人，能留心於此，終身不間斷，定將上下五千年，縱横一萬里。望之望之。

【校記】

〔一〕王校：「俞云：『于仙伯』上應加『之』字。」

答來卿（其二）

來書言每日讀古文一篇，知其法而不知法之所自出，此言可見近日功候。然由求之過深，反不得灑然；稍繚緩之，則所自出可知矣。又言著意合拍，著意收束，欲法古人而爲古人所攝伏，此言甚是。南宋以後文人，皆爲此病所誤，不過爲古文之見存耳。治之之法，須平日窮理極精，臨文夷然而行，不責理而理附之；平日養氣極壯，臨文沛然而下，不襲氣而氣注之。則細入無倫，大含無際，波瀾氣格，無一處是古人，而皆古人至處矣。看文可助窮理之功，讀文可發養氣之功。看文看其意，看其辭，看其法，看其勢，一一推測備細，不可孤負古人。讀文則湛浸其中，日日讀之，久久則與爲一。然非無脱化也。歐公每作文，讀《日者傳》一遍，歐文與《日者傳》何啻千里？此得讀文三昧矣。今舉看文之法爲吾壻言之。譬如《史記·李將軍列傳》：「匈奴驚，上山陣。」一

「山」字便是極妙法門。何也？匈奴疑漢兵有伏，以岡谷隱蔽耳。若一望平原，則放騎追射矣。李將軍豈能百騎直前，且下馬解鞍哉？使班孟堅爲之，必先提清漢與匈奴相遇山下，亦文中能手。史公則於「匈奴驚」下銷納之，劍俠空空兒也。此小處看文法也。《史記·貨殖列傳》千頭萬緒，忽叙忽議，讀者幾于入武帝建章宫、煬帝迷樓，然綱領不過「昔者」及「漢興」四字耳，是史公胸次真如龍伯國人，可塊視三山〔一〕，杯看五湖矣。此大處看文法也。其讀文之妙則無可言，當自得之而已。

【校記】

〔一〕「三山」，同治二年本作「山林」。

答來卿（其三）

四月中得書，知小女舉男子，喜甚，當即專差回常州報家慈矣。今年吾壻入闈，手筆不必求高，官卷中無甚出色者，有書有筆，緊切題目，便可望中。瑞金私磺之案，未知福建曾否咨部？望寄信來。今年各用更加困乏，春間有諸相好勸刻書彌補，尚未動手，目下真屬萬難。五月至章門，蘭畦先生以爲狷者，各人便多排擠。蓮士先生回籍，不佞無一語干求，而各人復多排擠。夫知縣之升遷不過同知、通判，若調美缺，不過攘君奪民，不佞雖不及古人，何至與今人相軋？因此速返瑞金，幸簾差得免，稍爲遂意耳。柏府諄諄下問，然政事何可盡言？言亦何可盡行？不佞非前明諸君子，惟以訐直爲事者，然柏府之意則厚矣。

子寬在都，未知何如，竟無一書寄江西，何也？前年所寄各銀物，詢之經手之巡捕錢君，據稱交南城縣温君帶入京，而詢之温君，又稱專差家人送至鐵門，如未收到，必係其家人乾没耳。人情如此，可笑。然大富貴人所爲亦有同此者，亦可笑也。

與來卿（其三）

往歲新建余生來中州，曾寓一書。其時，公私之迫、燕遊之困、詩文之煩并來，是以屬草稿，令余生自寫之。余生天質，吾壻必深賞嘆，然氣未醇，學未實，于尊公之鑒，未知何如？余生本有山東、河北之行，今馬首已東矣，便中望一詳蹤迹。

自前年冬至今，不得小女書，懸懸之至。小女性雖孝謹，而負氣好高，恐胸中積念深思，有不能形之紙筆者，遂爾疏闊，吾壻以爲何如？十一月十三日，得尊公書，辭甚憤激，不佞不得不婉辭致復，恐小女聞之不樂故也。其事不過八千金，古之鴻達君子擲若箇物有之矣。然吾壻不可爲此言，何也？裴公所助者乃張徐州，范公所助者乃石學士，其人事業文章迥出常輩，此爲用財得其當。若郭公太學之事，必其人氣象風格足以照人，故不問姓名而與之。至事後終得其報，非如滔滔者也。不佞常言，宋、明以來，士大夫以儒林之聲氣爲游俠，以游俠之勢力爲貨殖，以貨殖之羸餘復附于儒林。若輩心術事爲，盡于此數語，吾壻豈可爲所惑耶？況市井之人，以飲食歌舞爲交遊，以鑽營把持爲才智，較前所云云之人更下數格，吾壻豈可爲所惑耶？

前過新喻往浙江，不佞不助行資，反有撙節之言，并言枚皋十七上書，古人有先我者，折吾壻喜心盛氣，蓋知吾壻心性豪奇，必有出流之事，故痛下鉗錘耳。此種作用，不佞幾于石霜圓，昭覺勤，子由、子寬不能即，尊公亦不能也。然自此知謹於用財，明于擇交則可，若一變而爲迂鄙之夫，非不佞之願矣。

二月十六日，同子寬抵都劉編修芙初處，得手書，痛自抑損，後幅書迹潦草，恐因不得意所致。不知少年人改過宜急，不宜因有過而頹唐；進取宜緩，不宜因難進而衰颯。以可聖、可賢、可忠、可孝、可學人、可才人之資，而以貨財科第之心敗之，自待不太小乎？

望元聞甚英異，尊公鍾愛異常，不佞引見後當由河南繞道一看小女，兼識望元；或仍窘乏，則先往維揚部置子寬，當來河南也。

答來卿（其四）

八月中，得南昌郵筒中書，并行省公事狀，具知一切。因摒擋下省，未作復書。至省後又無河南差可託帶《文稿》者，遂至遲遲。今《文稿》托硝差生米司巡檢、常州丁小山二兄帶行，約明年六月到河南，恐吾壻懸懸，是以仍由南昌遞復書也。

敬去年出京後，竭力求退閑地步，請金蘭畦先生書二函，欲于蘇州借銀，還常州親友并廖復堂先生，祈諸事一清，在揚州坐書院，可仰事俯畜。誰知在蘇州無成，而常州言及退閑，竟無可借貸，不得已仍爲下車之馮婦，可謂無謂之至。正月至江西，三月還瑞金，家慈并眷屬留省中，以家慈欲避瑞金山嵐濕氣也。五月有調南昌之信，已而中止。八月至省，陳笠帆先生護院委署吴城同知。此地稍可息肩，養親之暇讀書，吾之素願也。瑞金前後交務積算一清，應交尚可措置，吾壻聞之亦爲我欣喜也。

家慈濕氣漸輕，耳目如前，山妻往年之疾悉愈，慶官從周先生與七弟竟知用力讀書。和尚兄弟頑劣異常，柔官姊妹讀書其名，頑〔一〕劣則本色也。小媳〔二〕亦安善，唯瀼泉親家捐館廣中，渠家事甚掣肘耳。五弟在常州與户外事，不佞設法使在揚州。不意秋間即回常州，聞又管開孟河事，非吾意也。三弟謹慎，家用無多，易料理也。望元認字，可即以《説文》爲形之本，《廣韻》爲聲之本，則長成後易爲學問。宜孫腹中食積，三弟能治之。小女分娩，是否得男？可寄信來，佇望佇望。

不佞閲歷多年，大抵人在世途，有一分聰明享一分聲名，有一分度量受一分福澤，而根柢自在孝弟。其孝弟之道日處于薄者，不過偏執己見，誤聽人言。惟有聰明度量，則諸事歸于厚矣。能于此用力，則天下事業舉而措之可也。

【校記】

〔一〕「頑」，嘉慶二十年本、同治八年本誤作「頭」。

〔二〕「媳」，原作「壻」，同治八年本同，嘉慶二十年本、同治二年本作「媳」，今據改。

與二小姐

前年得手書後，至今未得，心甚懸懸。吾十月十三日江西開船，各帳未清，人間非笑之。然爲知縣者窮，庶自愧處少，富則自愧處多，吾窮至此，無怨悔也。

十一月初三日到家，由奔牛至於巷，祖母大人甚是喜歡，然見子孫窘迫，不能不動念。初八日至城，汝母居高二舅家，即日賃房玉帶橋移居。唯妹妹太多，朝夕纏擾，柔官略知人事，申官、瑞官仍居舅家。小瑞官甚伶俐，與柔官隨汝母過日。十三日祖母至玉帶橋，悤悤過年，今擬同汝母移居顧塘橋管宅矣。慶官性情平和，吾以官事多故，耽誤他讀書，然自此有安静之日，未嘗不可用功也。去年四月，一家寄居娑羅巷，巷對門失火，家中孩子方出痘子，驚荒奔走，致長孫陳孫夭殤，言之可憫。所幸汝弟媳安静，能辛苦，次孫滎孫相貌英發，聲音宏朗，或可有成。子由弟鬚全白，精神則如四十餘人。方官已娶親，汝二弟媳亦安静，唯方官信意胡行，而子由又極力管教，吾以爲方官本無知，不可責之太急也。五弟家都好，歡喜寶、三寶從賀先生讀書。弟婦生一妹妹名璋官，戚姐生一妹妹名蘭官，俱聰明。三弟婦亦好，唯家事瑣碎耳。

吾正月十三開船，二月十六日到京。高二舅借一千二百兩應用，寄江西一百兩，饋親友二百餘兩，留家中七十兩，製皮襖一百餘兩，還家中債及賃房過年二百五十餘兩。又在鎮江兩次耽閣，各用開發之後，止餘一百五十兩上路，目下又虧空矣。

來卿科名心急，而屢次失意，必多鬱結，此大不可。鬱結則氣不舒，氣不舒則與五行之衰氣合，非但科名不稱意，一切皆齟齬矣，吾即前車之鑒也。大抵下場不中式，能平心處之，反求諸身，其人必不久飛騰而去。切記切記。又官卷難中，人人所知，然則官卷者皆受國家深恩，享祖父餘福，若稍存屈抑怨望之意，則上背國家，下背祖父，于科名更有礙，此理動而數隨之驗也。來卿聰明，以此書示之，不久則中式矣。五弟同至京，得中式固佳，否則取一謄録，吾願亦滿矣。

汝身子要緊，不可將閑事遂日啾唧。望元好好照看，不可聽老婆子帶領也。

答董牧唐（其一）

前月，胡黄海書來，道及盛意，愧悚無已。昨白香處得手書，有進於黄海所言者，敬何以得此聲於朋好耶？益愧悚甚矣。先生處己之高、進道之勇，同志往來，久飫聽聞，乃以敬之無似，而先生千里殷殷，欲引而教之，計其出處，虞其乖合，敬不可不一一陳之左右，以當介紹之先。覼縷之辭，幸勿掩耳也。

敬門族單微，先世執君子之行，讀書講學不妄于時。其時，人心和厚，百物繁阜，爲儒者仰事俯育，可以充繼。及敬之長，而事漸迫矣。不揣迂薄，欲求升斗之禄以贍其家，又恐州縣之官不容疏戇，遲之者數載。大父棄養，先府君抱疴，暑無室可清，寒無衣可禦，親知勸駕，遂赴微官。不意二年之間，遠役黔楚，遂换須江。上事一月，聞先府君之訃，雖官錢、官穀銖粒無虧，而前後相持，逗遛半載。此則呼搶之所不能通，竹素之所不能罄也。葬事未舉，旋至悼亡。骨肉戚好，亡喪相繼。乞米百家之聚，求衣五都之庫。弟兄奔走，不救饑寒。半廛之屋，以推叔氏。十畝之田，歸之小宗。孑然三人，餬此百口。先生觀之，敬豈羨九卿之榮，冀封君之富者乎？不得已耳！

玄默之夏，注官渝水，丞尉生隙，中部致嫌，一牘可以十翻，一檄可以百下，他人得以扼吭紾臂，搏嘗奪食，初以入闈爲停官之計，繼以調繁爲遠貶之法。此四年之中，所以無一晷之安，一事之定也。

旃蒙之春，東上象湖，士女盛殷，禮文亦富。中間求盜、亭父〔一〕，法獵貧民，功令所牽，解官就質。乃復一夫發難，羣懦就殲，寺門横尸，都亭流血。老母驚爲盜賊入室，大府疑爲反側復生。自此之後，歲上省臺，呼之不敢不來，揮之不得不去。此五年之中，所以奔走如救頭〔二〕，然俯仰如止心痗〔三〕也。一舉治行，五鐫首功，都吏舞文，意尚未足。春明之轉官無望，金閶之貸粟復虚。無田可歸，有債難避，所以摒擋家室，復上西州。犯坑火而夜行，攀繩橋而朝渡也。

大抵敬自服官以來，并非作意與世相午，不過率性行之，以古人之所能望之今人，以士夫之所能望之市井，至數四齟齬之後，即不必齟齬之人，不必齟齬之事，而亦格不入矣。事勢至此，百舉皆廢。馴至鳥喙之毒，發於繞根；鷹視之憤，洩於側翅。奴隸之所揄揶，禽獸之所蹈藉，豈一日故哉？奇正相循，輕重相停，極嚴之後必極怠，大勝之後必大敗，自然之理也。然而反身之訓，聞之弱年，怨天既不敢，尤人又不能。冬間料量一切，奉母東行。行止之機聽之天，毀譽之口聽之人而已。

至敬少喜讀書，謬思作述，行年五十，未得要領。先生所推，非所敢任也。拙集復更定數處，意欲并一集及詩改刻之，今先呈原刻，以求大教。舟車甚便，時惠德音。佇望佇望。

【校記】

〔一〕「求盜亭父」，王校：「馮云：求盜、亭父皆漢時官人名目，見《高帝紀》『使求盜之薛治』注：『亭兩卒，一求盜，一亭父。』此兩句蓋差役之意。」

〔二〕「救頭」，王校：「馮云：東坡詩：『頭然未爲急。』注引《梵網經》：『當求精進，如救頭。』然下句未詳，兩句似用成語，俟考。」

〔三〕「心痻」，王校：「雷云：字書無『痻』字，或是『痒』字之訛。《詩》：『哀我小心，癙憂以痒。』」

答董牧唐（其二）

往歲奉手書并徵拙稿，適無刷本，候西原太守南康來，索得一部寄呈，并附報書，由周西麇處交貴縣俞君澄炯轉寄，想采覽矣。

先生結廬山水勝處，嘯歌古人，仲長統樂志之言、嵇〔一〕叔夜養生之論，兼而有之。敬從塵埃中仰望，真如天際。乃昨者白香見過，攜所惠臘月八日書，復拳拳於不佞，何處己之高而待人之恕如此耶！

令兄春江孝廉遺詩格正氣和，可想見其爲人，何以中道淹忽？不勝愴然。敬幸附青雲，而生平未得一見；猶幸得見遺詩於身後，如朝夕相接也。王悔生係在都中兄事之人，觀其序可以知交春江之道矣。

敬四十後方學作文，海内大君子碑銘，以朋舊之故不敢辭，然較之古人，真所謂無能爲役。朝議公墓志，如不棄鄙賤，即寄狀來。近作《伊光禄祠堂銘》録本奉寄，過不及處祈示之。今年正月中，遣五舍弟侍家慈回常州，秋間或有黄山之遊，當圖相見也。

【校記】

〔一〕「嵇」，原作「稽」，同治八年本同，嘉慶二十年本、同治二年本作「嵇」。案：姓多作「嵇」字，今據改。

與胡竹村一

昨論及劉君端臨《攝齊釋》，有不可解者二。《説文》：「攝，引持也。」「齌，緶。」徐鍇曰：「緁衣下也。」此爲「攝齊」正釋。劉釋「攝」爲「整」，與「引持」義不徑庭耶？《論語》何不書「整齊」，而書「攝齊」耶？古者，衣與裳皆有齊。衣有大帶束之，再加鞶帶；齊止掩裳腰，不待整；裳正幅襞積下垂，亦不待整。此劉釋于字義不可解也。劉釋此章引《聘禮》。今考《聘禮》：賓執圭自門入，三揖三讓，皆執圭。若于「公升二等」之後，賓忽佇立，自整其齊，此于儀得毋傎耶？且聖人左執圭耶，右執圭耶？此劉釋于禮文不可解也。

近世學者，説經多此類，敬竊有疑焉。聖人之經，豈在立新義耶？敢以復之執事，惟留意焉。

與胡竹村二

蒙詳示劉君端臨《攝齊釋》。學問之事，貴相往復，來示何言之謙耶！敬説經不敢有偏見，不敢有争説。請陳其愚，惟是正焉。

《士冠禮》「再醮攝酒」注：「猶整也。整酒，謂撓之。」《有司徹》「司宫攝酒」注：「更洗益整頓之。」《有司徹》不言猶者，蒙《士冠禮》也。是「整」爲「攝」借義，非正義也。凡文正義不可通方用借義，酒不可言「引持」，故以猶整釋攝，以撓釋整，撓于整義不應，故復以洗益申之。古人釋經，精密如是，豈可搴擥一借義附之他經耶？齊則可引持矣，《論語》何取乎借義耶？若可以猶整釋攝齊，撓與洗益亦可釋攝齊耶？此所不敢從也。又《士冠禮》、《有司徹》「攝酒」下皆注曰：「今文攝爲聶。」蓋聶有就義，故與攝通；就有附義，故與牒通。若展轉引之，豈説經之道耶？此所不敢從也。

《聘禮記》：「賓入門皇，升堂讓，將授志趨。」「下階，發氣怡焉，再舉足又趨。」注皆引《論語》正文，此劉君所據也。然有不可解者五。《玉藻》：「賓入不中門，不履閾。」鄭以聘禮言之。《曲禮》：「大夫士出入君門由闑右，不踐閾。」鄭以朝禮言之。是《論語》此章首節，非專爲聘禮言也。首節非專爲聘禮，「攝齊」二節何以專屬聘禮？不可解也。《聘禮記》：「執圭入朝，鞠躬焉。」疏：「入廟門也。」鄭不引《論語》，以廟門與公門不可混也。是《論語》此章首節益非專爲聘禮言也。首節益非專爲聘禮，「攝齊」二節何以專屬聘禮？不可解也。「過位」一節，《聘禮記》無其文，以《論語》次第言之。若釋首節爲入廟門，則廟門之内賓主皆在位，不得言過位。若釋首節爲入大門，則與鄭注入廟門之釋不應，且聘禮庫門内即東行，不過外朝治朝之位，過位節指何地？不可解也。「賓入門皇」注：「皇，自莊盛也。」「自莊盛」不得釋圭而整齊。「升堂讓」注：「讓，舉手平衡也。」「舉手平衡」不得釋圭而整齊。不可解也。《聘禮記》記升堂之儀如此之詳，不記「攝齊」，不可解也。記下階與降一等不同文，記再三舉足則趨與没階不同文，雖强比之可通其義焉，然聖門何必爲此强比之經文？不可解也。

鄙意《儀禮》各記以爲出于子夏者未必然，自以顔氏七十子後之説爲信。夫曰七十子後，則通秦漢言之矣，其作述豈能與《論語》本經抗行？即如《論語》以入公門章爲朝，執圭章爲聘，甚次第自《聘禮記》勦入，并作聘禮，致出降一等之下又追記執圭，次第全豢，雖注家强爲分别，而罅隙顯然。《論語》最精密，無此法也。其諸古者朝聘之儀多相通，故《聘禮記》勤入公門節，并攝齊二節，其不相通者則不可勤，故過位一節無文也。高明以爲何如耶？至劉君發此解，亦潛心讀書而得之。敬指爲立新義者，此章包注主朝禮。包氏建武時人，在鄭氏前二百年。自唐、宋、元、明至本朝諸儒皆承包義，故謂鄭氏于包氏立新義，劉君于古今各注家立新義耳。惟留意焉。

大雲山房文稿補編

蔣子野字説

鉛山蔣心餘先生之孫權伯，名其仲子曰志份，字子野，而言于陽湖惲子居曰：「《説文》：『份，文質備也。從人，分聲。《論語》曰：「文質份份。」臣鍇曰：「文質相半也。」』今《論語》從古文作彬。志份今之人也，今之人與其文勝而史，毋寧質勝而野乎？故從今文名曰志份，字子野。先生其爲之説。」子居曰：「權伯之言盡矣，吾何加？無已則請陳字説之始末，以爲志份進何如？」

古者冠而字，字有字辭，即祝辭也。漢之後或移之詩，或移之文，至南宋而字説遂甚行，嘗有一人之集多至數十首者。夫一世必有數十人能文，一人能文必有字説數十首，何不憚煩若此哉？其美者不乏惡者，如腐粟然，體敗而精銷亡矣。將以爲實乎？則是如腐粟者自治之不給，而焉能給人？以爲名乎？則自一世而積之，自數十人而積之，自數十首而積之。嘻，溢矣！然抽卷則知其名，掩而問之，士人有不知者。若夫匹夫匹婦，目不與簡牘相接，聲不與文章之士相聞，至性所爲，照耀日月，百世聞之皆爲起立。是故美言不足以章身，美譽不足以飾人，君子之道，自盡而已。

心餘先生在乾隆中，文質皆有以自見，權伯教其子，蓋於心餘先生求之。若吾之碌碌者，無足以云。感權伯之意，故略陳之如此。

博婦

武進游民陳以博破産，朝夕不繼。妻頗有姿首，嫁時衣飾，久償博負矣，陳復泥索之不已。妻曰：「存一銀簪耳，昨落牀下。」陳即睨牀下，得簪，笑，匍匐入。妻隘其出，撻之，走至母家，無何遂死。

丹陽賀生亦好博，妻束氏善持家，賀所破産，輒陰贖之，寄母家。後賀産盡，從妻之母家居。一日于市場縱博，輸其裩，遂裸而返。束氏恥之，終身不與言，而日治夫饌甚謹，衣冠皆手料量之。夫死，攜其子與寄産還賀宗，爲富人。

惲子居曰：吾於束氏見陳平、狄仁傑之爲人臣焉。雖然，二君子者，委蛇以適變，堅忍以藏用，期於復漢、唐之祚而已。若束氏者，即季札之於吴，叔鱄之於衛，奚以尚焉？後之君子遇難處之故，毋謂事不可爲，爲之且毁吾之節，則或幾於道也已。

楊批夾簽曰：「初刻本此處《得姓述》上尚有《蔣子野字説》、《博婦》兩篇。」

答莊珍藝先生書

珍藝先生閣下：往歲八月之下旬得賜書，喜甚。至所奬云云，敬豈敢任邪？敬年二十時，常有志於古人。後年益長大，世事益逼，頽然俗人耳。今又以不嫺强作吏，而諸事叢脞，至與負販兒争短長，其何以見有道君子邪？敬方自慚之不暇，而先生大進之，敬不得不易慚爲懼，非特慮辜先生，且慮吾黨以先生之言爲然而深待敬，是先生之言不實於天下也。雖然，不敢以不勉。何也？敬二十時，不知後此之日下有今日也。自二十至今二十五年耳，又安知後二十五年不日上如二十時邪？是先生之言未嘗不可實於天下也，敬不敢不勉也。

十二月望前回縣，行臺省俱以方外待之，若束縛少弛，敬所以實先生之言，將於是乎始。春寒，惟一切珍攝，不盡及。

楊批夾簽曰：「初刻本此處《與紉之論文書》上尚有《答莊珍藝先生書》一篇。」

與衛海峰同年書

海峰大兄足下：十月中得所賜書，以年伯六十壽序見屬，鮑畹香茂才來書亦屢以爲言，敬已諾矣。因官事不暇，及今兩月餘，深以負此諾爲愧。然不敏之見，有不可不爲足下告者，足下如不以爲狂愚，請得畢陳之。

壽序非古也，其原出於唐之中葉，天子以所生日爲節，賜天下酺，而臣之諛者，臚功德而頌之，今世所傳賀生日表皆諛者之詞也。浸假而用之以諛權貴有力者，浸假而有位大君子亦諛之，浸假而大君子亦受此諛，以爲固當。於是販夫販婦，牛童馬走，苟有年必有諛者爲之壽，苟爲壽必有諛者爲之功德之言，此非黄帝、蒼頡以來書契之不幸也，天下之勢也。然自唐歷宋、元至有明之初，其文無一傳者，何也？違心之言，洪涊齟齬，必不能工；工矣，而羞惡之心不泯，則逸之而已。正德、嘉靖以後，士大夫文集始有壽序之名，爲詞要無可取。震川先生有明文格之最正者，集中壽序八十餘首，皆庸近之言，稍善者以規爲諛而已，不諛者未之見也。本朝魏叔子多結交淡泊奇瑋之士，爲壽序抑揚抗墜，横驅别騖，力脱前人之所爲；然不諛其事諛其志，要之亦諛而已。夫震川先生、魏叔子，近世所推作文之巨擘也，而尚如此，其他則又何責焉？

且今之壽序，不經之甚者有二，曰名稱，曰有事。《白虎通》云：「伯者，長也；仲者，中也；叔者，少也；季者，幼也。」兄弟長幼之義也。父之昴弟，《爾雅》曰「世父」、「叔父」，至漢尚沿之，疏廣、疏受「父子并爲師傅」是也。晉人始去父稱叔，王濟曰「始得一叔」是也，於義爲不可通。姪者，女子對姑之稱，唐人始稱姪男，於義亦爲不可通。今天下於父之友，皆從而伯之、叔之、姪之，同歲者年之，同官者寅之，同學者世之，士大夫之口嘈嘈如市儈之相呼，不可訓已。尺牘往來，苟且從俗，已不足稱，况筆之於序記雜文，是何説也？天有十日，人有十等，至賢不肖相去，其等不啻累千萬而上下之。今壽草野者，非嚴子陵、陶元亮不足名其高也；朝廷之臣，非寇忠愍、范文正不足爲其任也。彼四人者所遇之時，所行之事，於今之天下何與哉？

敬與足下，交至厚也，故敢陳之如此，足下如然之，則敬向者之諾，非季布也，以爲出蘇秦、張儀之口可矣。如足下以敬稍知作文次第，謂年伯高行，宜一表白之，則是書之力未必不足以垂之于後。惟足下裁之。

楊批夾簽曰：「初刻本此處《上秦小峴按察書》之上尚有《與衛海峰同年書》一篇。」

上座主戴蓮士先生書

惲敬謹上書蓮士先生閣下：敬與弟子籍，二十五年於兹矣。中更多事，從遊之日或及四五年而一遇，今且幾及十年。前者，伏聞騶從南還，走千五百里，以冀速見。在先生久諒其無奔走之習、干謁之私，敬又非敢妄附古人高義，忘其卑陋與國家修政用才之説，所以急急如此者，何哉？竊見先生爲修撰之日，有侃然立身之言；爲侍郎之日，有淵然籌國之言。然敬之迂愚，未敢遽以爲必如是也。及至新喻五年，而聞之欣然；至瑞金四年，而聞之益欣然。昔人云：欲知宰相賢愚，視天下治亂。今天下事已定矣，敬以朝廷嘉慶七年後之設施，推之先生嘉慶五年前之計議，如軍籍之賞罰、計簿之裒益、刑書之輕重、吏職之進退，均有可意得其符驗者，固知聖神作述，權不下移，而陪輔遺忘，增繼高厚，今無有人居先生之右者。夫揣測之心可極至微，盡至廣，天下後世必以爲知言，此敬之所願見願見者也。

且敬之在門牆，蓋無以自拔于衆人者。見爲才則投之多齟齬，見爲德則守之多差池，終至名位後人，事業瓦散。然而先生視之，加於顯名高位、盛事大業之上，一則號於衆曰氣節之士，再則號于衆曰鴻達之才。往者西山中侍坐終日，所以期之于道藝者，益進之以不敢承不敢冀之言，此敬之所以願見願見，而爲之至今不安者也。慺慺之忱，不覺覼縷，惟曲諒之。

回縣後，事尚平寧，惟無暇讀書，又筋力智慧皆不如前，恐終于無成，常深悚愧耳。

七月十九日惲敬謹上。

【評語】

「虚中間實，微中間顯，與《上董中堂書》同用《後漢書》奏記法。」案：此條據王批過録。

楊批夾簽曰：「初刻本《答吳白厂書》之上尚有《上座主戴蓮士先生》一書。」

上陳笠帆按察書

瑞金縣知縣惲敬謹上書按察大人閣下：曩者敬居京師，曾於鹿園檢討處一識清顏。今奔走於下吏十三年矣，而所至聞數朝廷君子者，大人必居一焉。自傷卑〔一〕遠，不得朝夕近左右以盡其慺慺之忱。及旌節莅江西，喜甚。然不敢遽請見者，敬之私意，竊以爲漢之陳仲舉、唐之李文饒，使天下爲善者亟亟然如舉旛於市以相附，則君子之異於小人又幾何？是以不敢。然心之望大人知之，如敬之竊自附於知大人，未嘗一日不往復也。今得手教，以爲非流俗之人而開之以盡言，敬不敢遠爲言，請就江西之已事比於大人之問言之，且即縣官之可以興其事，而敬之所及見者言之。

夫水旱感召之説，雜家之所言皆附會也，不足以取信。而儒者又疏闊，其言庸迂，陳陳相因，然于理有可信者。和則豐，戾則凶。故或天地之氣先至，而人之氣應焉，是以水旱之氣亂政也。或人之氣先動，而天地之氣應焉，是以水旱之政亂氣也。今皇上嘉慶之七年，江西之旱者，南昌、瑞州所屬數縣耳。其時主議者，以爲皇上愛民，宜通十府爲緩徵。夫歲豐而緩徵，民之衣食婚嫁不如歲凶之慎也。稍溢之，則所緩者盡矣。至帶徵之歲，有司必嚴督之。故民之財緩徵之時不能有餘，帶徵之時必至不足。且明明豐矣，曰吾緩徵，户部之有餘不足不計也，倉場之有餘不足不計也。是故江西之政，莫弊於七年之緩徵。然而且緩徵不足，繼之以請糴。請糴則米價之貴可上聞，是故請糴者所以飾緩徵也。然而且請糴不足，繼之以臺估，臺估則米價之賤不至於上聞，是故臺估者所以飾請糴也。大人以爲和乎？戾乎？迨至户部以爲誤會計，倉場以爲誤支銷，朝廷以及天下之人皆以爲不知事體。於是十二年之收歉於七年，而勢不得議緩徵矣。夫官方懲七年之事而以爲宜徵，民又狃於七年之事而以爲斷不宜徵，於是督漕者行令如救火，辨漕者設法如轉輪，而泄泄如故，大人以爲和乎？戾乎？由此觀之，敬恐江西之歲日惡，江西之民日貧，江西之政亦日冗，不止如今日之事勢也。

方今天下之民情無勿達也，其患在於屈意以達民情，又民情既達而拂之使不得如其情。敬請以瑞金一縣計之：共三十三萬人，奸民不安分者千餘人而已，其餘皆耕耘負販，取給足則無他求焉，無求達之情也。其有匹夫匹婦之銜恤者可訴之縣，縣不允可訴之州，訴之院司。今皇上以大智大仁臨馭宇内，有朝叩閽〔二〕而夕得旨者，何憂其不達邪？

敬所謂今之患在於屈意以達民情者，蓋三代以上，民養生之事未備，故能生民養民者爲善政。三代以下，民養生之事已備，故聽民自生自養而不擾之者爲善政。今部院懼院司之壅民情也，而侵院司之權；院司懼府州之壅民情也，而侵府州之權；府州懼州縣之壅民情也，而侵州縣之權。於是内而幕中賓客，外而吏卒，皆竊攘而侵所屬之權。夫至於如是，則告訐鑽刺之風大行，而奸民之不安分者皆起矣。即如瑞金一縣，以不安分之千餘人排笮三十三萬人，雖不至遍受其毒，然民之失業者不少矣。况告訐鑽刺之風大行，則州縣不得不設法以調停之，院司府州亦不得不縱州縣設法以調停之，遂使民益驕，官益弱。即如萬載之部案，以大清之民，居大清之土，爲大清之士。本籍，士也，棚籍，亦士也，合考已百年矣。然而議讞助之曰分考，陳言助之曰分考，且有詆諆之辭曰羞與爲伍。夫科、歲考可分，江西鄉試不可分，則舉人伍矣；禮部會試不可分，則進士伍矣。而於生員曰羞與爲伍，是萬載之生員知廉恥，而萬載之舉人、進士皆不知廉恥也。此不通之説也，而萬載之是非悖矣。即如雩都之部案，一以爲翁媳之奸不誣，一以爲翁媳之奸不實，而雩都之是非惑矣。即如樂安之部案，一以爲是竊非誣，一以爲是誣非竊，而樂安之是非惑矣。其時，當事者或以煅煉〔三〕之法行其調停，或以調停之法行其煅煉〔四〕，其始蓋由於屈意以達民情，故弊不至於此不止也。

敬所謂民情既達，而拂之使不得如其情者，耗羡之過加誰不知，能即已乎？搶竊之匿報誰不知？能盡發乎？顧役之盤踞誰不知？能變法乎？募軍之驕惰誰不知，能改律乎？黄次公曰：「凡治道，去其太甚者耳。」此古今之通論也。

敬之所欲言者無窮也，而所言者又未必皆是，然而不可以無言也。大人如不以爲戇且愚，則請繼自今日日言之。大人以爲可用邪，不可用邪，皆敬之幸也已。二月二十五日，瑞金縣知縣惲敬謹上。

【校記】

〔一〕「卑」，原作「悲」，同治八年本同，嘉慶十六年本、光緒十四年本作「卑」，沈校：「『悲』字當是『卑』字之訛。」今據改。

〔二〕「闔」，原作「閤」，刻誤，今據文意改。

〔三〕〔四〕「煅煉」，「煅」原作「煆」，嘉慶十六年本、同治八年本同，光緒十四年本作「煅」，今據改。

此篇見《初集》卷三目録，而後刻各本正文中均無，獨光緒十四年本《初集》卷三《上汪瑟庵侍郎書》後增補此篇，計有四葉，版心「大雲山房文稿補佚」。同治八年本刻入《補編》，光緒十年本沿之。

與王廣信書

簣山先生閣下：前月旌旆駐南昌，先生所以慰藉敬者良厚，甚感甚感。承命作《西園記》，幕府豪俊，海内賢士大夫衆矣，而以屬不肖，不肖雖庸劣，何敢固辭？然竊有復于先生者。

記之體始于《禹貢》，記地之名也；《考工記》，記工作之法也；《坊記》、《表記》、《樂記》、《檀弓》，記言、記事之法也。其體當辭簡而意之曲折能盡之，是故退之《畫記》、《汴州水門記》，其正也。子厚《八記》，正而之變矣，其發也以興，其行也以致，雜詞賦家言，故其體卑。其餘唐、宋、元、明諸名家，作記如作序，如作論，而〔一〕開其始者亦退之，《新修滕王閣記》是也。退之守袁州，不能至洪，故爲文不得不如是。

今先生所築之西園，敬未獲于燕閒之日與先生銜盃酒，彈琴賦詩，逶迤遊處其間。

若是，則所作之記亦如退之新修〔二〕滕王閣之記而已。夫滕王閣一也，三王作賦、序、記于前，退之作記于後。可言者，三王既言之矣，退之恥蹈之，故破壞文體而不顧。蓋陳陳之惡甚于破壞，如不羈之士尚可與言，而膩顔帢、高齒屐，挾兔園册子論古于大雅之堂，未有不粲千人之齒者也。夫退之于三王若是，今敬後退之千餘載，西園去滕王閣七百里，而爲記乃蹈退之，其粲千人之齒又當何如？

然而西園者，敬固未常至也，則欲如子厚之《八記》有所不能，如《汴州水門記》有所不能，如《畫記》有所不能，今所呈本，不得已之作也。而文采又劣甚，先生庶諒其謹慎而有以教正之。六月十八日惲敬謹上。

【校記】

〔一〕「而」，原作「而而」，沈校：「『而』字是衍。」案：嘉慶十六年本作「而」，今據删一「而」字。

〔二〕「退之新修」，原作「新修退之」，沈校：「按此句語氣未順，當作『退之新修滕王閣記』爲順。」案：嘉慶十六年本作「退之新修」，今據乙。

楊批夾簽曰：「初刻本《答蔣松如書》上尚有《與王廣信》一書。」

秋潭外集序

敬爲縣官於越東及南楚，幾及十年。常意汲長孺恥爲令，其生平伉直〔一〕而已，而古者聖賢豪傑皆屈身爲之。於是欲於其間求深博非常之士，以圖爲天下之故。夫天下者，縣之積也，未有不能治小而能爲其大者。乃久之而於越得一人，曰李賡芸許齋；於楚得一人，曰彭淑秋潭。許齋爲人和而詳，其治一以休息爲務。秋潭沉毅，好切言高論，所歷崇仁、弋陽、瑞金、吉水、浮梁，振綱舉凡，釐條搜目，祈於大適而後已。二人皆喜學問，能文章。許齋與敬無交，獨於衆中察其爲人之所以然。秋潭於敬過從無時，所言皆相勉以不及。然秋潭獨身在楚，十有九年不遷。許齋則公卿多引重，天子亦不以常吏視之，雖止遷軍司馬，假守大府，不可謂得行其志，而秋潭益卑滯矣。秋潭得上考，且滿三年，復不遷，奏換臨川。其子弟與及門，刻其爲縣官雜文，曰《秋潭外集》。敬讀而悲之，以爲吾秋潭而所施止於如是，後之人見其書，當亦有所慨然也已。

【校記】

〔一〕「直」，同治八年本作「值」。

沿霸山圖詩序

余少讀退之《南山詩》，及子厚《萬石亭記》、《小丘記》，喜其比形類情，卓詭排蕩。及長，始知其法自周秦以來，體物者皆用之，非退之、子厚詩文之至者也。《莊子》曰：「芻狗之已陳也，行者踐其首脊，蘇者取而爨之而已。」昔人之已言，其諸亦能言者之芻狗乎？

瑞金多石山，往往一石爲一巒，一石爲一嶺一厓，惟沿霸諸山皆千萬石爲一巒、一嶺、一厓。余數過欲狀之，終無以自别于退之、子厚之所言者，爰使户曹史賴轂分爲十圖，以盡其勢，而余與諸同志舉觴而詠之。至退之以重望，自山陽改官京曹，方有大行之志，故其詩恢悦；子厚負釁遠謫，故其文清瀏而迫隘。余小生樂志下僚，所言亦有相稱者焉。

南華九老會詩譜序

嘉慶元年，詔徵孝廉方正之士，武進以莊宇逵達甫應。達甫辭之，不獲，自是不應進士舉，曰：「吾愧此名甚，無厭，是辜詔旨也。」敬時吏於浙，聞而賢之。四年，敬請檄吏部，復往浙就吏，過達甫。達甫以《南華九老會詩譜》命敬叙其後。

九老會者，達甫之祖勁庵先生與宗之致仕者共九人，皆宜禄壽子孫，於燕閒爲會以術之者也。敬觀其所爲詩，始知九人皆清白恬退，去時俗，尚古昔，於是知達甫之賢爲有所自矣。

已而思之，士當年少氣壯，束脩〔二〕自進，曰：「吾將以爲天下也。」一旦宦達矣，名溢於朝，禄豐於室，又相率引去以爲高。其進也，將以謀其實也，而以名飾之；其退也，實已至矣，而名可惟吾之所取。此豈聖賢者之所許耶？達甫未通籍，其高尚宜矣。如九老者，當求其治民之道、勤慎爲國之意，所以不愧去者何在，不當徒羨其退也已。

又思之古之纖人，其初非有他也，不過嗜進不喜退耳。君子則進不得已也，退常不可已而已。是故過於進，將爲患失之鄙夫；過於退，不失爲引身之君子。敬今仕宦方始，恐進退皆負，無以復見達甫。自今日以往，庶幾其念之哉？是達甫之益我也已。

【校記】

〔一〕「束脩」，「脩」原作「修」，今據文意改。

莊達甫攝山采藥圖序

攝山在金陵迤東四十里，江總持《棲霞寺碑》曰：「山多藥草，可以攝生，故名曰攝山。」莊達甫遊而樂之，爲《攝山采藥圖》。其友惲敬子居爲之序。序曰：

吾始聞達甫之名于張皋文，皋文不妄譽人，而以達甫爲有道之士。及見達甫，其貌充然，其色油然，而其神端然，若有不可干者。更七年，復見達甫，充然、油然者猶是，而窮窮然而歛，休休然而止，達甫於道其益進耶！

吾聞古之有道者，其血脉、心志、事爲無不治也，故年壽可至大齊。記曰：「親親而仁民，仁民而愛物。」曰「能盡其性」、「能盡人之性」、「能盡物之性」是也。至秦漢方士，乃有不死藥之説。是故由至人言之，以人治物之生也；由方士言之，以物治人之生也。以物治人之生，必其生本不全；生本不全，則物之能治與不能治，俱在不可知之數矣。是故以金石或暴吾氣，以禽獸蟲魚或亂吾神，以草木或瘠吾形、槁吾藏，自有方士以來，效可睹也。《列子》曰：「肆之而已，勿壅勿閼。」《莊子》曰：「安時而處順，哀樂不能入也。」彼二子者，于道未爲至也，然言養生若此，無他説也。

達甫志古之道，躬敦潔之行，其于二子，不相師也，而豈爲二子之不爲者耶？雖然，達甫之于世蓋泊然矣，陟山之高，循水之深，此圖其有所托耶，抑性情有得乎此，而不能喻之人也？是又非吾之所能盡也已。

小河馬氏譜序

敬年十九，從先府君授經小河馬氏。後十年，子寬從，而子由復往授經，故敬兄弟於馬氏多同舍生及受業弟子。嘉慶二年，馬氏修其宗支譜，徵序於敬。

按譜，明永樂中始輯，迄今凡十一修矣。敬爲之條其前後，去其衍復，得若干卷。

序曰：

小河著姓，王氏、馬氏爲最。王氏凡二十一望，或自殷，或自周，或自齊、自魏，今天下多冒太原、瑯邪，傎矣。馬氏專望扶風，自趙將馬服君，然馬適氏、馬師氏、乘馬氏、騶馬氏、馬矢氏，世無有行者，其諸皆冒馬氏歟？今小河馬氏，由小河而上之爲臨安，由臨安而上之爲和州，由和州而上之爲扶風，皆明白有原委，其自馬服者爲猶信。且其譜自扶風至臨安爲繫以屬之，而表不及焉，以爲不可盡信也；自臨安至小河爲繫以屬之，而表及焉，以爲可信也。夫以遠爲不可盡信，以近爲可信，則譜信矣。譜信而後宗無淆，宗無淆而後子孫可以親，可以殺，可以孝弟，此不易之理也。蘇洵氏之言曰：「觀吾譜者，孝弟之心可以油然生矣。」夫所謂孝弟者，其究極何哉？居田里，則率仁義以化其鄉；守爵禄，則率仁義以化其官。如是爾矣！敬既與馬氏交，又善其譜之可信，故推其義如此。

楊批夾簽曰：「《先塋記》上初刻本尚有五篇：《秋潭外集序》、《沿霸山圖詩序》、《南華九老會詩譜序》、《莊達甫攝山采藥圖序》、《小河馬氏譜序》。」

羅坊鄉塾記

自北宋以後，天下府、州、縣學之師皆注於吏部，弟子則提舉遴而進之，期會考課皆束以官中三尺之法。故其敝，師與弟子相羈縻而已。書院盛于南宋，師弟子皆有道德者，聚同志以爲學。其後大者屬之行臺省，小者屬府之守、州之刺史、縣之令長。師多得之游揚請謁，弟子以當事者之好惡爲去取往來。其敝也，不歸於盡廢不止。

新喻緱山書院始於康熙三十二年，有屋二十楹，田二頃，其所入不足以豐學人；又以年久，規法多損失。縣之士李世輔等請建鄉塾於羅坊。凡鳩資若干萬，買田若干頃，爲屋若干楹。

嗚呼，世輔之意則善矣，然有不得不爲世輔進者。大率府、州、縣學，官學也。書院，私而歸之官之學也。鄉塾，私學也。官則其情易疏，私則其法易紊，豈可不思其卒哉？且今之程於學以爲之等者，經義、詞賦、策論而已。其善教之，則經義、詞賦、策論皆可以驗其修身、齊家、治國、平天下之所得。不然，又何取乎是哉？爰爲之定其條教之有益者而爲之記。

楊批夾簽曰：「舊刻本此處(《新喻東門漕倉記》之上)尚有《羅坊鄉塾記》一篇。」

西園記

敬行天下山水，浙西嚴陵江上最爲清遠，其山南至衢州，西折入廣信。衢州之南，廣信之西，山多赤而瘠，無夷猶澄徹之觀，唯廣信清遠如嚴陵江。敬前自浙往貴州，過廣信，樂之，今不至已十五年；而朝暮之頃，開櫺拓幔，巡廊廡，涉籬落，常若有廣信之山遇于吾目中者。

諸城王簣山先生以曹郎出守是邦，因事至南昌過敬，言及廣信之山。且言治西有廢園，周幾五百弓，多古樹，暇日稍理之，窪者爲池，高者爲山，爲亭一，爲廊一，爲草堂三，左右雜蒔花藥，羅羅然，而古樹數十章，亦如得知己遇勝遊，濯然有異於昔。堂之四圍皆山也，顔之曰「見山」，常與有性情能文章者遊詠其間，而以記屬敬。

敬思子瞻《凌虚臺記》近于傲，子厚《永州新堂記》近于諛。傲與諛皆非也，然子厚比政事言之，子瞻感慨廢興而已，豈非子瞻爲失，而子厚爲得邪？夫守令未有不宜于民，而可自逸于山水者。簣山先生至廣信，未幾而治行之善達于遠邇，敬知四圍之山不騰笑于堂上矣，遂書所言而爲之記。

楊批夾簽曰：「舊刻本《重修瑞金縣署記》之上尚有《西園記》一篇。」

曹孝子小傳

曹孝子名良輔，陽湖人。幼孤，父遺屋一間，孝子業薙髮養母。母病，聞人言縣西觀音山有仙人草能治，冒大雪走厓下求得之，母病愈。更十年，復病。孝子復往求，恍惚見僧伽藍所事觀音尊者，謂曰：「汝母不起矣。汝孝，葯聽持去，然無益也。此後三年，汝當來吾所。」孝子得葯，持歸，母已氣絶。鬻屋以葬，因寓其姊之夫家。三年，而孝子卒。

鄭清如先生曰：「仙人草華于雪中，華赤者黄金色爲緣，白華青緣，生厓石隙。子、弟、妻爲父母、爲兄、爲夫求，皆得之，他不能得也。」

論曰：世多事觀音尊者，敬嘗觀《法華普門品》，直喻言耳。元沙門以爲見優婆夷身，益飾妄不可信。然孝子所感何哉？誠之至則物生焉，天地之道也。錢塘天竺山，自宋祀尊者無虚禱，以天下人之心，信之至七百餘年，其應宜矣。敬于是知聖人之所以動天地致萬物者，亦非有異道也。

楊批夾簽曰：「舊刻本《二僕傳》之上尚有《曹孝子小傳》一篇。」

書圖欽寶事

乾隆四十六年，回子馬明生煽亂，事未起，就禽，送蘭州獄。其徒蘇四十三統賊數萬來圍城，涼州總兵圖欽寶以兵三千赴援，不得入。圖欽寶者，索倫人，從誠謀英勇公、大學士阿桂平大小金川，宿將也。時布政使王廷贊率民兵固守，誅馬明生於堞下，賊氣懾，攻不利，退屯城西南黄華山。山東塹深澗，澗東爲龍尾山。尾注澗身，環城南迤而東。圖欽寶乘賊退入城，復出營龍尾山，扼賊衝要，賊不敢攻城。

户部尚書和珅者始用，奉命視師。至軍之日，促戰。圖欽寶諫不聽，跪而請曰：

「賊氣尚盛，兵過淜，淜斗絶，不可退，悉糜爛矣。總兵已諜探山後路，兵得貫賊屯，由山後歸乃可。今諜未反，勢必敗。且事重，上會遣大將軍來。」大將軍者，大學士阿桂也。和珅聞圖欽寶需大將軍，遂叱曰：「汝梗令邪？明日不戰，吾斬若矣！」圖欽寶起，至軍門，泣曰：「死耳，如軍事何？」

既明日，率五百人過淜，賊披靡，轉戰益深，隔山望塵坌益遠，賊嘩甚。壯勇侯海蘭察遂望塵坌奪入，期拔出圖欽寶，圖欽寶已盡没。而圖欽寶所遣諜適至，乃力戰，自山後路還入城。是時，和珅立馬龍尾山觀戰，賊伏精騎襲之。龍尾山大營隨和珅入城，城復閉。後大將軍至，斷黄華山汲道，賊亂，連戰破之，禽蘇四十三。而購圖欽寶尸卒不可得，得所服褌，招魂以殮。軍中皆下泣焉。

朱石君尚書梅石觀生圖頌代張臯文

有大比丘，出閻浮提，得自在身。于是身中，因心爲因，緣眼爲緣，和合諸色。日光月光，及燈燭光，照上照下，大千世界，所有衆生，生滅顛倒。有色住色，有想住想，無色無想，住無色想，因生得住，因住得生。如是生住，亦俱變滅，如是變滅，復爲生住。於是比丘，發大慈悲，隨諸有生，觀無生法。生既無有，無亦歸無，于無無無，我生衆生，一切自在。

吾問比丘，生既云無，觀于何着？眼觀住眼，心觀住心，心眼住觀，復非無義。譬如如來，住世演教，五十六年。其住世時，生則爲有，有則非無。若言此生，于無無中，因無忽有，即此忽有，已非無無。若言此生，于有執有，亦歸無無，當其未歸，已定爲有。若言此生，即有爲無，即無爲有，非無非有，已將無有，對作因緣，于無無義，亦爲歧誤。是知比丘，無生之説，無有是處。

有大尊師，隨九種仙，跨月躡日，入人間世。于人間世，見諸種種，不净因緣。守尸鍊尸，作逆理法。常于屏處，授受秘密。妄語坎離，作諸譬況。令被徒衆，如入千門，重叠屋壁，迷不得出。豈知有形，終于腐朽。雀鼠五年，鵲兔十年。如是相乘，及百千年，百千萬年，各有因緣，非可强者。其中能智，不爲戕損，或加節養，于定數外，得更延久。如何秘爲，長生妙訣？又或矯説，殺生長生，學死不死，以此貪戀，遂成墜落。心觀眼遇，涉諸魔怪。于是尊師，發大慈悲，隨諸有生，觀長生法。以形納氣，以氣納神，神得氣得，形得委脱。合體虚漠，爲性命根。先後天地，無不存者。

吾問尊師，長生之理，既同虚無，虚無無體，無形氣住。則此形氣，必非長生，如何又言，納形納氣？若言形氣，歸納虚無，形氣既無，已名爲死。若言性命，不立形氣，形氣澌泯，性命長生。則彼凡夫，亦同澌泯，如何不言，性命常在？若言性命，必修鍊成，始不隨形，同歸澌泯。則此性命，純藉作爲，于其本體，虚無之説，亦爲歧誤。是知尊師，長生之説，無有是處。

惟吾導師，大人先生，隨衆生生，心生形生，無障礙法。如微妙華，生大雪中，胚胎蓓蕾，應時怒茁，上下參差，因風動摇，日喜露歡，一切因緣，如是如是。如陂陁石，安着大地，水沃不入，火藏不爇，雲蒸濕浮，苔妍草英，歷落布濩，藴積金寶，光怪發鬱，一切因緣，如是如是。

楊批夾簽曰：「舊刻本《祭張皋文文》之上尚有《朱石君尚書〈梅石觀生圖〉頌代張皋文》一篇。」

輯佚

佚　文

子夏喪明説

儷笙先生令兄以哭子喪明，作《子夏喪明説》貽之。

《檀弓》「子夏喪其子而喪其明」，曾子以三罪責之。惲子居曰：子夏其無罪歟？西河之民疑汝于夫子，子夏居之乎？不居之乎？是子夏無罪也。喪爾親，使民未有聞焉，堯、舜、禹、湯、文、武皆未有聞者也，循乎禮而已。子夏既除喪而見，曰：「先王制禮，不敢過焉。」是也。是子夏無罪也。「喪爾子，喪爾明」，噫，甚矣！雖然，血氣之病，固有哀已竭而不喪明、哀未竭而喪明者，是子夏亦無罪也。然則曾子責之，奈何？曰：子夏之罪狂，自言其無罪，而歸其罪于天，則喪明以怨懟得之。有由是，自其處子者比之于親，自其處親者比之于師，皆不能中乎情中乎理，而「未有聞」、「疑汝于夫子」皆罪矣。故曾子始弔而終責之。不然，其弔之而哭也，不幾于涕之無從哉？

鹿柴説

余至瑞金之三月，楊生家騂謁而請曰：「家騂學于詩，竊有意于右丞、蜀州之相酬酢也，而以『鹿柴』名騂之室，先生其以一言志之。」余曰：「是可以言詩〔二〕矣。蜀州之詩曰：『日夕見寒山，便爲獨往客。不知松林事，但有麏麚迹。』以迹言鹿，猶之乎不言鹿也。而右丞之詩曰：『空山不見人，但聞人語響。反景入深林，復照青苔上。』而已并無蜀州之説也。雖然，其境則與蜀州所言一也。且林深矣，林深而苔没矣，以反景入之，則密者疏，幽者明。蜀州所言麏麚之迹，不歷歷遇之邪？二詩殆如鼓之應聲、鏡之襲影也已。此詩之一端也。若充之，則所謂正得失、動天地、感鬼神，將于是乎在。吾子其勉之矣。」

*輯自上圖藏嘉慶十六年本《大雲山房文稿》卷一。

【校記】

〔一〕「詩」，原作「時」，據文意改。

遊南屏書舍記

*輯自上圖藏嘉慶十六年本《大雲山房文稿》卷一。

密溪環山，山峰如削成。有巨石矗其南，如屏，望之庳而扈。石三成，其麓多草木，是名爲珊瑚石。

密溪爲羅氏世居，其屋於屏之下者，曰南屏書舍，予往遊焉。過溪之小橋，漸崎嶇，樹木雜植，已極幽邃。至書舍，山林之氣豁然。堂于中，前後翼以精室，櫺檽井井，芭蕉隱之，几簟皆碧。周垣果實離離下垂，雜花相間而發，其隙則高者亭之、樓之，行者廊之。憩息之餘，神爲之爽矣。

書舍之左有田，高下疏爲畦。右則平原，有林陰翳。中有石，玲瓏羅置。書舍之後枕樹竹，森然拔起。諸生讀書於此，倘亦有不扶自植之意歟！

復右涉磴，縱目所之，曰月形岡，曰遊魚洲，曰文運閣，皆見於斜陽之内。隔溪曰鐘石，曰鼓石，喁喁焉，蹲蹲焉，雖輞川畫圖，不過如是也。

吾聞羅氏，世有聞人。敬亭先生作倣梅樓寒翠軒，以爲臺山兄弟讀書之所，卒能以所業名天下。今其孫巨卿、藴輝，復闢幽創構，子姓雍雍，互相劘切，余豈能窮其所至耶？是爲記。

＊輯自清道光間蔣方增纂修《瑞金縣志》卷十四《藝文志》。

三劉先生祠記

荻塆在新喻治東北七十里，隸擢秀區十八都三圖。南唐保大中彭城劉逵自吉之安福始遷居之。再傳爲工部式，生立之。立之生敞、攽，即公是、公非先生也。敞生奉世、安上。奉世爲自省先生，安上子雅因、儒因，遷居水西。水西隸振藻區六都三圖，去治二十里。故三先生祖父子孫世爲新喻人。歐陽文忠公爲公是先生墓誌曰「吉州臨江人」者，宋淳化三年以筠之清江置臨江軍，隸吉州，新喻自袁來屬。文忠吉人，私公是，故以吉州書也。《明一統志》曰「清江人」者，當臨江置軍時，分新喻建安鄉入清江鄉，有思賢里，劉氏之思賢樓在焉。思賢樓者，思三先生也。清江榮之，故以清江書也。

宋自中葉多故，士大夫或意有所左右，以相比立朝。三先生歷仕絶去附麗，而事功氣節沉摯踔厲，無迂回求濟之念。其文章爾雅，治經一依古義，海内諸説變亂，終不爲所惑。夫士之與世俯仰者，其自立必薄。如三先生者，後世所宜急師法〔一〕，因謹與學博士、丞、尉及劉氏子孫之賢者議立三賢祠於雲津門内。竣事，請春秋祀於朝，而詳考其遷徙里居如此。

【校記】

〔一〕「後世所宜急師法」，原作「後死世所急師法」，據《江西通志》所收是文改。

＊輯自清同治間文聚奎纂修《新喻縣志》卷三《建置志·壇廟》之「三劉祠」條。又見於清光緒修《江西通志》卷七十四，據以對校。案志，三劉祠建於嘉慶六年，則先生此文當作於是時。

修城記

新喻縣舊城在今治西北三十里，居四山之阿，無通渠。唐大曆中，遷於虎瞰山。虎瞰山者，眈然瞰袁河之流，如虎負嵎，即今治也。宋建土城，明知縣祝爾慶始甃之。廣九尺，高一丈三尺，堞三尺，周九百六十丈有奇。本朝總督張朝璘增其高爲二丈五尺。

嘉慶元年，敬以浙江富陽縣知縣餉貴州平苗軍，道新喻，舟泊城下，遂自納凱門登，循城行，堞多壞壓於河垣，裂其地者數所。喟然於當事者，以爲不事事。五年，奉命來知是縣，復循城行，引前之喟然者自愧而已。七年六月，與儒學訓導胡君謀舉國子監生周爲林、府學廩膳優生萬介齡司其事，計定工式。會縣中私帑有贏者，以漸葺治之。九年四月，偕二生告蕆事，而城復完。

夫城，令所職也，今敬乃委難於胡君等，不誠愧耶？然敬聞諸君子，凡成天下之事者，當與天下之能其事者共之。胡君同二生實能其事者也。敬以于役感兹城之惡，天適以兹城官之，復得胡君等之能其事者，以訖敬之志，皆非偶然者也。遂爲之記，以志胡君并二生之勤，且道敬之厚幸焉。

＊輯自清同治間文聚奎纂修《新喻縣志》卷三《建置志·城池》。

曉湖尊德性齋記

宋程允夫先生居婺源之韓溪，其讀書之齋名曰「道問學」，朱子易之曰「尊德性」而銘之。先生七世孫留耕自韓溪遷曉湖，二十世孫昌復於曉湖建尊德性齋，桐城姚鼐書其榜。昌之子均寓書於陽湖惲敬，請爲之記。

均之書曰：齋背山臨流，中爲堂，左右翼以亭，後爲寢，寢之右爲小軒，其餘皆乙丙舍也。經始於嘉慶十有七年十月癸卯，至十有九年正月癸巳落其成。凡爲木之工二千四百有八、雕礱之工四百五十有二、銕之工百有二，板築百四十有五、穿池千有十、運土石千二百有三。敬觀古者作記之法，是書之言盡矣。若以論多多附之，其體爲不正。雖然，是齋之義不可不明於天下後世，則請得詳語之，即以爲是齋作記之體宜如是，君子當亦無尤焉。

夫性也者，自天而之人者也。德性也者，自天而之人之仁、義、禮、智、信是也。自老子、莊子不以五者爲性而斥而棄之，後之言性者反之於心，芴乎芒乎，不得性之所在。

見其倪之貫百骸、揔萬事，以爲吾之性在焉。故爲佛氏之書者，其始以作用言性。作用即知與能也，是所謂性者，貿貿然飲食、燧燧然男女而已。於是以爲未足，遂舍能而言知，而以真智爲性。是所謂性者，傾然而來、窅然而往而已。於是又以爲未足，遂舍推測之知而言湛定之知，而以性海爲性。是所謂性者，澄然而內明、耀然而外朗而已。世之儒者，其言性大半出入於是焉，而陽明先生良知之説爲最近。合之老子不皦不昧、莊子真知之説，皆無殊異。其弊由於不以五者爲性，故不得不屢遷數變，求其説於汪洋溟涬之域，如此也。

夫性如元氣，五性如五行。元氣不可以言狀，故聖人即五行之可見者反其初，以言元氣。性不可以言狀，故聖人即五性之可見者反其初，以言性。舍五行無以見元氣，舍五性豈可以見性哉？《文言》曰：「敬以直內。」《論語》曰：「修己以敬。」敬之義奈何？本經首章曰：「戒慎乎其所不睹，恐懼乎其所不聞。莫見乎隱，莫顯乎微。是故君子慎其獨。」數言是也。聖人之言敬用力如是，蓋急救之至，則肌膚會、筋骸束、氣順體從、識明力健。其始也勉强以企，其繼也服習而適，其後合動靜始終，皆行於不得不行、止於不得不止。五者如芽之在乎不能茁，如泉之在石而能達，如帝天之臨、師保之輔而不敢褻，此尊德性之義也。

後人言德性既雜於佛氏矣，其尊之之功能不入於佛氏哉？觀氣象，養端倪，皆是也。朱子此銘平正而切近，然平日言存養而曰提撕、曰管帶，不以大力全功言之，於義有未備焉，不可不察也。嘉慶二十有二年正月乙丑後學惲敬謹記。

「性如元氣」一段，推明孟子之意；「勉强以企」一段，發明程子之説。能使吾儒之書一無滲漏，異端欲指摘而不能。子居自記。

*輯自程洵《尊德性齋小集》補遺，《知不足齋叢書》本。

評趙懷玉

本朝自汪堯峰、姜湛園、邵青門諸君子引有明以來數人爲正宗，修飭邊幅，選言擇貌，桐城方靈皋雖高識冠流，厚力企古，而波瀾鋒鍔未饜聰明。於是矜奇務博者起而摧之，如褒衣博帶之儒，舉動繩尺不能制遊俠之亂禁、斂貨殖之多畜，而能言之士範於軌物者蓋亦鮮矣。先生獨不惑於貴勢，不牽於友朋，硜硜自立，不厭不倦。故集中所存，無有雜言詖義、離真反正者，可不謂難歟？《大雲山房集》

*輯自《國朝詩人徵略》卷四十七，清道光十年刻本。

佚詩

遊環可園四首

（其一）

遥遥渝水奉臺符，便報園林滿象湖。城外碧流同汗漫，橋東緑竹最森疏。三年百度停金勒，二月千花擁玉觚。休笑習家池上事，今朝真是倩人扶。

（其二）

海棠枝畔絳桃枝，一樣春來淡蕩時。老大愛吟枯樹賦，風流惜唱拗花詩。仙家日月應長駐，香國因緣倘再窺。慚愧疏才偶相狎，肯教一片落深墀。

（其三）

紫塵青琴白木牀，偶然獨起繞遊廊。爲謀幽徑穿苔石，故放遥山過荔牆。試手欲收千丈外，引身須築十弓强。吴中不乏閑鷗鳥，好逐春流過野塘。

（其四）

漸漸輕陰送雨來，城中晝鼓隔江催。新旗試士無嚴武，病榻論文有柳開。忘世久安懸磬室，畏人如入避風臺。知君此後留吾醉，芍藥盆中已破荄。

案：據楊光洙《環可園自記》：「環可園在縣治雙清柳渡下數百步之左。」雙清柳渡爲瑞金（今江西瑞金）八大勝景之一，汀州河、綿水在此匯合，故稱雙清。詩中象湖即瑞金縣城象湖鎮。惲敬于嘉慶十年起知瑞金縣事，前後共四年，頗負政名、文名。他與當地文士過從甚密，集中所見陳雲渠、楊貫汀、鄒立夫均是其中代表。

惲敬詩作，據其《大雲山房文稿通例》已入外集，實則未見，《清史稿·藝文志》、《書目答問》、《販書偶記》等均未見著録。此詩録自道光本《瑞金縣志·藝文志》。

佚詞

兼塘詞六首

阮郎歸·畫蝴蝶

（其一）

粤亭天與宓妃腰。雌雄一樣描。雙魂如縷恐飄摇。曉來風露饒。　吹乍散，玉人簫。香叢影亂飄。游絲難畫可憐朝。粉痕看漸消。

（其二）

少年白騎放驕憨。踏青三月三。歸來未到捉紅蠶。化蛾真不甘。　江橘葉，一分含。那防仙嫗探。雙雙鳳子出花龕。繭兒風太酣。

（其三）

輕須薄翼不禁風。教花扶著儂。一枝又逐月痕空。都來幾日中。曾有伴，去無踪。闌前種豆紅。蜜官隊裏且從容。問心同不同。

（其四）

拗花人影過雙鬟。玉釵飛上寒。開簾瞥見轉彎環。放簾山外山。人去後，影空闌。花英分是單。天風吹下亂紅間。羅浮夢未還。

（其五）

江南風暖草初齊。花迷蝶不迷。尋芳攙過海棠西。簷前紅日低。三兩點，向人飛。林間積漸稀。莫隨柳絮涴香泥。蝶歸花不歸。

（其六）

心情不耐月兒青。輸他深夜螢。竹間香霧幾曾停。飛來三兩星。　穿繡檻，度銀屏。階前路慣經。輕輕不礙護花鈴。阿奴枝上聽。

＊輯自張惠言《詞選》，清道光間湖南思賢書局重刻本。

案：《清史稿·藝文志》著録「《蒹塘詞》一卷，惲敬撰」。《武陽志餘》稱「是編未刊入《大雲山房集》，今存者惟張氏《詞選》附録中《畫胡蝶》詞六闋而已」，則在清末已佚。今查書目，僅《清詞别集知見目録彙編·見存書目》第四七五五條著録「《蒹塘詞》一卷，惲敬撰，光緒十九年潘飛聲鈔茗柯詞本」，藏於加拿大卑詩大學亞洲圖書館。其所稱「茗柯詞本」，即張惠言所編《詞選》，當係潘飛聲從張惠言《詞選》中抄録所選的六首詞，訂作一本，而著録成此鈔本。另葉恭綽所編《全清詞鈔》卷十三選惲敬詞作三首，爲《阮郎歸·畫蝴蝶》其二、其三、其四。丁紹儀《清詞綜補》卷十七收惲敬詞作一首，爲《阮郎歸·畫蝴蝶》其六。亦無出茗柯《詞選》之右。因《蒹塘詞》已無傳本，今附此六首佚詞於文集以行。

惲寶惠《惲氏家乘》評曰：「考毘陵詞家亦自成一派，張皋文先生著有《茗柯詞》一卷，其詞學專主意内言外，旨約辭深，由北宋諸家以上規南唐二主，淵源温、韋。一時如先子居公、劉申受、丁若士、陸祁孫、左仲甫、李申耆、周保緒諸老皆宗之。海内詞家至推爲毘陵詞派正宗。公所著《蒹塘詞》已無傳本，《詞選》雖僅存此六闋，亦略可窺公之詞學矣。」

又陳廷焯《白雨齋詞話》卷四（清光緒二十年刻本）評曰：「惲子居《阮郎歸・畫蝴蝶》六首俱見新意，余尤愛其次章云：『少年白騎放驕憨。踏青三月三。歸來未到捉紅蠶。化蛾真不甘。江橘葉，一分含。那防仙嫗探。雙雙鳳子出花龕。繭兒風太酣。』哀感頑艷，古今絶唱。又三章云：『輕須薄翼不禁風。教花扶著儂。一枝又逐月痕空。都來幾日中。曾有伴，去無蹤。闌前種豆紅。蜜官隊裏且從容。問心同不同。』情深意遠，不襲温、韋、姜、史之貌，而與之化矣。」

楊鍾羲《雪橋詩話》初集卷十（《求恕齋叢書》本）評曰：「惲子居《阮郎歸・蝴蝶》詞，傷不過也。」

另案：近出清詞選本，多收《浣溪沙・白門春望和張平伯》「桃樹遮門柳拂堤，春光多在石城西，胭脂井畔曉鶯啼。不見美人青玉案，空聞游女白銅鞮，畫輪歸去草萋萋」一闋，謂惲敬之作。考之實凌廷堪之作也，見其詞集《梅邊吹笛譜》。

佚句

一、春風懶於人，花枝日嬌惰。誰澆花間酒，折花眉上鎖。

二、每於七椀風生後，萬斛泉源筆下來。

＊輯自張維屏輯《國朝詩人徵略》，清道光十年張氏刻本。

附錄一

《大雲山房文稿》版本考

林振岳

陽湖惲敬，精擅古文，所著《大雲山房文稿》，海内推重，流傳甚廣。此書清代六度傳刻，至民國又有國學扶輪社石印，《四部叢刊》影印，中華書局《四部備要》，商務印書館《萬有文庫》、《國學基本叢書》，世界書局等排印，民國惲寶惠《惲氏家乘·先世著述考略》云：「所著《大雲山房文集》海内承學之士幾於家置一編，傳刻至再至三，誠可謂立言不朽者矣。」

然此書清代諸刻，跋記沿襲，容易誤判。且陸續增補，又有印次之别，更是混淆難辨，即其裔孫惲寶惠所編《惲氏家乘》前編卷十八《先世著述考略》，對於族中刊刻此集之版本已不甚了了，誤將翻刻當作原刻。今日幾種清集書目，於此書著録亦多有不備。民國《四部叢刊》影印此書，其第三版縮印本牌記將光緒十年本誤改爲同治八年本，今日一些大型叢書、古籍數據庫所收此書亦因之沿誤。

今因校理是書之故，對其版本作了一番梳理，以成此文，文中間亦論及本書整理情況。

一、《大雲山房文稿》的篇帙及刊刻源流

《大雲山房文稿》，其正集及後人補輯者，計有《初集》四卷、《二集》四卷、《言事》二卷、《補編》一卷，共十一卷。《初集》、《二集》，收惲敬之論説、序跋、書信、傳記、碑銘之文。《言事》二卷，彙集尺牘之未收入正集者，「皆論學論理之書，涉民事者不存焉。雖尺牘，亦古文也」（惲寶惠《先世著述考略》）。《補編》爲後人所輯的集外文。據其《通例》及自序所言，尚有《外集》，然未刊行。

《大雲山房文稿》各集付梓時間不一。最早是嘉慶十六年（一八一一）在京師琉璃廠刻《初集》四卷，今稱之爲「**嘉慶十六年本**」。嘉慶二十年，惲敬對文稿加以删定，四月重刻《初集》四卷於南昌甲戌坊，八月續刻《二集》四卷於廣州西湖街，二十一年刻成，此《初集》、《二集》八卷，爲惲敬生前手定，後來的翻刻本都源自此本。此本嘉慶末年有後印本，又增刻尺牘《言事》二卷，疑爲惲敬家人在其身後所輯刻。今合稱之爲「**嘉慶二十

年本」。此套書版藏其故里常州，咸豐十年（一八六〇）在太平天國戰亂中被毀。至同治二年（一八六三）九月，其從子惲世臨重刻於湖南，牌記、版式一仍嘉慶二十年本之舊，是爲「**同治二年本**」。同治八年七月，其嗣孫惲念孫又重刻於四川，且新輯《補編》一卷，共十一卷，所增補的篇目多是嘉慶二十年本重刻《初集》時删入外集者，是爲「**同治八年本**」。此本校勘不精，手民之誤很多。光緒十年（一八八四）據同治八年本重刻，并由無錫宣穎達、吴縣許敦仁重校，是爲「**光緒十年本**」，民國《四部叢刊》即據此本影印。光緒十四年，其族曾孫惲元復又據嘉慶二十年本重刻《初集》、《二集》八卷，其中《初集》四卷刊刻有圈點評語，是爲「**光緒十四年本**」。

要而言之，《大雲山房文稿》之版本可分爲三類：一爲初刻本，即嘉慶十六年所刻《初集》四卷，陸續有增刻，爲未定本。一爲惲敬生前手定之本，即嘉慶二十年本。一爲翻刻本，同治二年本、同治八年本、光緒十四年本皆翻刻自嘉慶二十年定本，版式行款一沿其舊，光緒十年本則是據同治八年本再翻刻。

二、《大雲山房文稿》版本分述

（一）嘉慶十六年初刻本

初集四卷

嘉慶十六年，惲敬的文章初次結集，刻《初集》四卷，爲未定本。嘉慶二十年定本《初集》自序稱：「嘉慶十有六年刻于京師琉璃廠，工冗雜，不應尺度，且未竟。九月補刻，并修治于常州府小營前，以稿本篇自爲葉，不用漢唐寫書首尾相銜法，爲日若干而竣。二十年三月，武寧盧宣旬幼眉改定二十篇入外集，復刻于南昌甲戌坊，附《通例》于後。」

上海圖書館（以下簡稱「上圖」）所藏嘉慶十六年本無刊刻牌記，半葉十一行，行大字二十四，小字雙行等。版心「大雲山房文稿初集」，無魚尾。版心下刻篇名、葉碼，每篇葉碼自爲起訖，即所謂「以稿本篇自爲葉」。各篇俱另起葉，篇末留白，即所謂「不用漢唐寫書首尾相銜法」。因書稿未定，以單篇付刻，以便於新作隨時刻板增入，故其不同印次，篇目亦有不同。

每卷分别編目，列於卷首，書前無序例。嘉慶二十年定本的《初集》篇目與之相比，略有增損，如自序所稱「改定二十篇入外集」。但序中所稱「外集」最終并未付梓，同治八年其嗣孫惲念孫在四川重刻是書時，方將這些刪入外集的文章收入《補編》。

今對比上圖所藏嘉慶十六年本與嘉慶二十年本《初集》篇次，其不見於嘉慶二十年本者，卷一有三篇：《蔣子野字説》、《子夏喪明説》、《鹿柴説》；卷三有六篇：《答莊珍藝先生書》、《上陳笠帆按察書》、《與王廣信書》、《秋潭外集序》、《沿霸山圖詩序》、《西園記》；卷四有一篇：《書圖欽寶事》；共計十篇。其中除卷一《子夏喪明説》、《鹿柴説》二篇外，餘八篇均收入同治八年本之《補編》。這個數字未合「改定二十篇入外集」之説，蓋如前所述，嘉慶十六年本是個未定本，刻出後還陸續有增刻新篇，上圖藏嘉慶十六年本并非最後付印的完整本，故所收篇目不全。此外上圖所藏楊葆彝批點本，中有不少夾簽提及定本與「初刻本」篇目之異，對比其所記篇目，尚多《博婦》、《與衛海峰同年書》、《上座主戴蓮士先生》、《南華九老會詩譜序》、《小河馬氏譜序》、《羅坊鄉塾記》、《曹孝子小傳》、《朱石君尚書梅石觀生圖頌代張臯文》八篇（皆見同治八年本《補編》）。合以上述十篇，則差近「改定二十篇入外集」之數。

嘉慶十六年初刻本除篇目與定本有差異外，集中文字也有出入，較之他本更接近稿本原貌。可知嘉慶二十年重刻時，惲敬對舊稿有所潤色。如《初集》卷一《雜説》，嘉慶十六年本篇名原作《西域望北斗説》。《三代因革論三》文首，嘉慶十六年本無「《孟子》曰：夏后氏五十而貢，殷人七十而助，周人百畝而徹」之句，徑云「昔者三代之授田也，曰貢、曰助、曰徹」。又如卷四《彭澤縣教諭宋君墓志銘》「伯兄昌國」、「季弟光國」，嘉慶十六年本作「伯兄某」、「季弟某」，不載其名，當爲惲敬初作文時未及填入，至嘉慶二十年重刻時則潤色補全其名。此種事後補全之例也見於惲敬書信中文字，如惲敬曾修書問伊秋水：「光禄公之曾祖司鐸何地，望示知，可填入拙集中。」（《言事》卷二《答伊揚州書四》）可爲一佐證。

惲敬集中與友人書札常常談及對初刻本的修訂：「續刻《文稿》，於原刻多改正」（見《二集》卷二《答趙青州書》）。案：此書作於嘉慶十八年，故其所言「續刻《文稿》」，是指嘉慶十六年九月補刻并修治于常州之後的嘉慶十六年本，非指嘉慶二十年刻本），

「拙集復更定數處，意欲并《二集》及詩改刻之」（《言事》卷二《答董牧唐一》）。嘉慶十六年本面世後，惲敬曾反復修訂，直至嘉慶二十年重刻。

惲敬生前用來分贈親友的文集，大多也是這個初刻本。《二集》卷二《答伊揚州書二》、《答趙青州書》，《言事》卷一《與趙石農》，卷二《與李汀州》、《答來卿》其一、其四，《答董牧唐》其一、其二皆提及寄贈此文稿之情況。其中《與趙石農》述説惲敬贈書的心態尤爲詳細：「拙集文既不佳，刻工以時促，甚觕率。茲呈已裝者一部，大兄存案頭，如見惲子居進退抑揚議論指畫于大兄前也。外未裝者十部，内一部大兄批示見寄，餘九部分贈諸同志，有能指摘瑕疵千里相告者，即敬之師也，勿吝勿吝。此事天下公器，不可樹門户。」惲敬分贈師友會多寄一部，以便師友在其上批點後寄還，指正自己的文章得失。這些反饋的意見，大概也吸收到了嘉慶二十年的定本中。

如此看來，嘉慶十六年本較爲接近稿本原貌，其文字比較可靠，對於糾正後人翻刻本所產生的錯誤有非常大的幫助。如《新喻縣文昌宫碑銘》中「爲殿三楹，祀文昌帝君三代，爲位于八年四月戊辰，越六月己巳落其成」。「六月己巳」，光緒十年本作「翼日己巳」，若言此宫次日便落成，未免謬於事理。參照嘉慶十六年初刻本，文作「六月初六日己巳」，可知嘉慶二十年重刻時删去「初六日」三字，原文作「越六月己巳」爲是，光緒十年本刻誤。又如《初集》卷四《前臨川縣知縣彭君墓志銘》中彭氏任官地名，各本皆誤作「戈陽縣」，嘉慶十六年本作「弋陽縣」，是。此類情況尚有多處，嘉慶十六本與嘉慶二十年本皆爲惲敬生前所刻，不似後人翻刻本之改動無據，因此在校勘時對此二本比較重視。

如前所述，此本不同印次差異較大，在此僅是根據上圖所藏一個印本及楊葆彝所記録的印本篇次作出考察，所見未廣，或有疏誤。此外，將此本所載定本之外的佚篇《子夏喪明説》、《鹿柴説》兩篇，收入書末輯佚。

（二）嘉慶二十年刻本

初集四卷　二集四卷　言事二卷

此本黑口，雙魚尾，雙框。半葉十行，行二十二字。《初集》牌記爲「嘉慶二十年武寧盧旬宣（案：當作「盧宣旬」）。宣旬，字幼眉，號來庵，齋號略識字齋。武寧貢生。好刻書。同年阮元調任江西，刻《十三經注疏》於南昌，即盧宣旬董理其事）幼眉刻于南昌甲戌坊」，《二集》爲「嘉慶二十一年長洲宋揚光吉甫刻于南海西湖街」。

如前所言，嘉慶十六年初刻本爲未定本，以稿本單篇付梓，合而訂之，刻工冗雜，尺度不一。惲敬未能滿意，平時雖用以贈人，但在書信中常常抱怨：「拙集文既不佳，刻復粗惡」（《言事》卷二《與李汀州》）、「拙集文既不佳，刻工以時促，甚㒜率」（《言事》卷一《與趙石農》）。故有意續刻《二集》時，將《初集》也重刻了。

考惲敬生平，嘉慶十七年任南昌吴城同知，十九年因家人受賂，以「不察」被劾罷官。嘉慶二十年三月，惲敬離職無事，乃重理舊稿，對嘉慶十六年所刻的《初集》四卷增删篇目，重新雕版於南昌甲戌坊，并撰自序及《通例》。重刻的《初集》篇目增多，對舊刻也有删裁，武寧盧宣旬爲之編訂，將其中二十篇編入外集（詳前嘉慶十六年本之考述）。同年六月，惲敬至廣州，與張維屏等人遊。八月，宋揚光在廣州爲其刻《二集》於西湖街，版式與《初集》同。二十一年，惲敬歸常州故里途中，二月至贛州，六月至歙縣，又得文十篇，武進董士錫復爲之排次增入集中（據《二集》序目，此十篇中《醴泉銘跋》一篇已佚）。二十二年八月二十三日，惲敬卒於常州，春秋六十有一。惲敬生平著作大多散佚，而文集在其生前最後三年編成，實爲大幸。

故此《初集》四卷、《二集》四卷，係經惲敬生前手定之本。此本於初刻本有較多改動，除上述部分文字、篇名出入之外，全書體例也有所更動。如嘉慶十六年本有的篇目正文中原有雙行夾注，嘉慶二十年重刻時盡删之，使得全書無自注。如卷一《三代因革論二》「武王封太公于齊，百里之國也，益之至五百里」下，嘉慶十六年本原有雙行夾注：「《鄭氏詩譜》。」又「成王封伯禽于魯，百里之國也，益之亦至五百里」下，原有雙行夾注：「《詩正義》：魯地七百里。兼附庸言，實止五百里。」此外，嘉慶二十年本文末所附的惲子居「自記」，不見於嘉慶十六年本，則是重刻時惲敬所增。

嘉慶二十年本又有初印本與後印本兩種（二者牌記、字體、書版缺口皆一致，爲同版之兩印，後者缺口更多）。初印本僅有《初集》、《二集》，且有錯版。後印本對舊版有所修正，又增刻尺牘集《大雲山房言事》二卷。

後印本與初印本相比，有兩處是補版，版框皆較原版短，字體生硬。一處是《通例》的首葉，後印本的補版版框比原版低一行，且原版首行「襍著」之「襍」字，補版改作「雜」。另一處是《二集》卷二第十九葉《壇經書後一》一篇，初印本書版誤刻成《説仙二》文末「或附之於莊列……因識之」三行文字（光緒十年翻刻本《二集》目録於此篇甚至標明「已佚」，但是正文中收録了）。後印本作了改正，補刻《壇經書後一》全篇，版框亦略短，同前者。

後印本新刻《言事》二卷，但惲寶惠《先世著述考略》著録此本無「《言事》二卷」，且又在《大雲山房雜記》著録中謂「姚序稱《二集》刻於廣州者，後附《言事》一卷，但所見各本除蜀刻外皆未見」，認爲只有同治八年蜀刻本始附有《言事》。那麽如何判定所見的《言事》二卷是嘉慶間所刻而非後來的翻刻本所爲呢？

後印本的《言事》二卷版框與前所提到的兩處補版版框高度一致，字體亦同，筆劃較原版秀細，故推斷爲修補舊版的同時所增刻。書中「寧」字不避諱，可知是在道光之前所刻，故定以爲嘉慶本（後之翻刻本「寧」字皆避諱作「甯」）。《言事》卷二最末《答董牧唐一》、《答董牧唐二》、《與胡竹村一》、《與胡竹村二》四篇，嘉慶本版心葉碼爲「十一」至「十七」，與前面葉數不相銜接（後之翻刻各本葉數皆已改作「三十一」至「三十七」，此本存其編輯之原貌），目録亦無此四篇篇名（同治二年本目録此四篇標明「續刻」，光緒十年本則標明「以下補遺」，同治八年本目録則仍無此四篇）。

嘉慶本《言事》二卷刊刻的確切時間不得而知，當在嘉慶二十一年《二集》刻完之後至道光之前，但未見有記載是惲敬生前所刻還是身後其家人所爲。按照吴仲倫所撰《行狀》，稱「君卒之三月，余始從穀（據譜，惲敬無子，以弟之子穀爲嗣）求遺書，得《大雲山房文稿》都若干卷，外集及詩詞若干卷」，陸繼輅所撰《墓志銘》亦云「初、二集都八卷，外集及詩詞若干卷」，并未提及《言事》二卷。如此看來，是惲敬身後其家人將書札彙爲一編付刻的可能性比較大。

此本爲惲敬文集之定本，後來翻刻諸本，皆源自是本，版式行款亦一沿其舊。今合稱此《初集》、《二集》、《言事》爲「嘉慶二十年原刻本」。

（三）同治二年重刻本

初集四卷　二集四卷　言事二卷

是本翻刻嘉慶二十年本，非徒版式一致、字體相似（版式著録參見嘉慶二十年本，以下各翻刻本皆同），其《初集》、《二集》牌記亦一仍其舊，仍作「嘉慶二十年武甯盧旬宣幼眉刻于南昌甲戌坊」、「嘉慶二十一年長洲宋揚光吉甫刻于南海西湖街」，若據此著録，即誤以爲是嘉慶原本了。惟《初集》牌記「武寧」之「寧」改作「甯」，避道光之諱，據此可以分辨(書中「寧」字亦皆避諱作「甯」)。

書末附其從子惲世臨之重刻附記:

先伯父簡堂先生所著《大雲山房文稿》,《初集》、《二集》共八卷,外附《言事》二卷。嘉慶丙子歲刻於南海西湖街,版藏故望,越咸豐庚申燬於兵火。世臨大懼先伯父著述泯没不傳也,爰議鳩工重鋟,越五月工竣。始終董其事者,劉刺史如玉力也。同治二年秋九月從子世臨謹識於楚南節署。

據其所記,可知咸豐十年太平軍略地常州,嘉慶二十年的原刻書版毁於兵火。其從子惲世臨「懼先伯父著述泯没不傳」,在湖南重刻此書(據譜,惲世臨爲惲敬弟惲敷之子。原名侗,字次山,號聽雲,晚號櫟叟,道光癸卯科舉人)。

此本亦有前後印本之别。後印本《通例》後有吴德旋《惲子居先生行狀》四葉,與正文書版相比,字體筆劃較粗,當係後來補入。惲寶惠《先世著述考略》未著録此本,而著録嘉慶本帶《行狀》,則其所見「嘉慶本」,實質是帶《行狀》的後印同治二年本。

館藏著録常誤是本作嘉慶二十年本,可據牌記避諱字及書末附記細辨之。

（四）同治八年重刻本

初集四卷　二集四卷　補編一卷　言事二卷

是本版式同嘉慶二十年本。書前有牌記：「同治八年歲次己巳秋七月重刻於蜀，板存山西館街口半濟堂側雷信述齋。」

其《二集》卷末有附記：

先祖大雲山房古文兩集共八卷。咸豐庚申歲，家藏原板燬於兵燹。今念孫重刻於蜀，又行笥中攜有尺牘一卷，附置於後。其《通例》向刻卷末，今刻於卷首，以便省覽。同治八年秋七月孫念孫謹記。

據此可知是本爲其嗣孫惲念孫同治八年在蜀重刻之本（念孫爲惲敬嗣子縠之子，原名鈺，字叔嗣，官四川候補鹽使）。

書前有同治八年七月完顔崇實序，稱惲敬「身後之推崇過於生前」，故重刻此集，以應世之求者。

是本據嘉慶二十年本重刻《初集》、《二集》和《言事》，又新輯《補編》一卷，爲惲敬文集之補遺。《言事》二卷,即附記中所稱「又行笥中攜有尺牘一卷,附置於後」(同治八年本《言事》二卷翻刻自嘉慶本,以目録無末四篇之篇名可知也。若翻刻自同治二年本,則已補刻此四篇目録,標明「續刻」。參前嘉慶二十年本相關部分。對比集中校記異文亦可證明)。新輯《補編》,大多是嘉慶二十年重刻《初集》時改定入外集的二十篇,惲念孫重新據嘉慶十六年初刻本補入(參前嘉慶十六年本所列篇名),但并非全部,當有其他來源。

此本手民之誤甚多。如《二集》卷三《遊廬山記》脱「生平所未睹也」、「敬故於是游所歷皆類集之,而於雲獨記其詭變」兩段文字,《遊廬山後記》脱「名殊不佳,得紅蘭數本,宜改爲紅蘭谷」一段。王秉恩跋是本謂之「較諸本譌誤差少」(據上圖藏王秉恩批校本),可謂結論迥然。惟其《補編》一卷,搜輯遺文,有功斯集。

惲念孫所言「其《通例》向刻卷末,今刻於卷首,以便省覽」,大概是據惲敬《初集》自序所稱「附《通例》于後」爲言,但所見嘉慶本、同治二年本皆《通例》在前,與蜀刻本無異。又惲寶惠《考略》稱有顧復初後序一篇,今亦未見,也可能是所見本殘缺之故。

（五）光緒十年重刻本（《四部叢刊》影印底本）

初集四卷　二集四卷　言事二卷　補編一卷

是本版式亦同嘉慶二十年本。書前有牌記：「初集四卷、二集四卷、言事二卷、補編一卷。光緒十年四月懿榮題記。」全書末有惲念孫同治八年重刻之附記。《四部叢刊》影印的《大雲山房文稿》以此本爲底本，但其牌記前後有變動。早期印本作「上海涵芬樓景印光緒十年刊本」，至縮印本（三版）則改「上海商務印書館縮印同治年刊本」（上海書店一九八九年據商務印書館一九二六年二版重印，在原「光緒十年刊本」旁加注「本書應爲同治八年刻本」）。惲寶惠《先世著述考略》未著録此本，其著録《四部叢刊》本亦謂影印同治八年本。那二者是否可能爲同治八年本的書版在光緒十年重刷，一版而兩印呢？

經對比，可以確定二者非同一書版。光緒十年本爲同治八年本之翻刻本，除了書前牌記不同，光緒十年翻刻本與同治八年本之區别還有如下幾處：

1. 同治八年本版框較光緒十年翻刻本大，書前完顔崇實序，爲光緒十年本所無。

2. 同治八年本卷末無校者姓名，光緒十年本每卷末記「無錫宣穎達麗中、吴縣許敦仁愛杉同校」。

3. 同治八年本《補編》一卷在前，《言事》二卷在後。且惲念孫之重刻附記在《二集》之末，以接《言事》二卷，説明來歷（「又行笥中攜有尺牘一卷，附置於後」）。而光緒十年本《言事》二卷在前，《補編》一卷在後，惲念孫之附記在《補編》之末。

4. 同治八年本《補編》最末四篇《答董牧唐一》、《答董牧唐二》、《與胡竹村一》、《與胡竹村二》，因係後來補刻，不見於卷端目録。光緒十年翻刻本目録補入，并説明「以下補遺」。

光緒十年本應當刻於江浙一帶，流布很廣。同治八年本刻於四川，傳本稀少。上圖藏的唯一一部同治八年本是王秉恩的舊藏，因爲王氏是華陽人，大概由四川帶出。真正的同治八年本不易見到，而光緒十年本因爲《四部叢刊》未影印原牌記，且書末又翻刻了同治八年附記，所以被當成了同治八年本。

從目前所知各本情況來看，只有此本及同治八年本是《初集》、《二集》、《言事》、《補編》俱全，最爲完整。但如前所述，同治八年本手民之誤甚多，此本翻刻自彼，大概主持刊刻者也深知前本之疏漏，而請了無錫宣穎達、吴縣許敦仁同爲校勘，雖仍有不少未校出來的疏漏，但已有所改觀。加之其刊行時間較近，比較易得，故《四部叢刊》選擇此本爲影印底本，亦即我們此次整理所用底本。

《四部叢刊》影印本存在改字的情況，如《通例》「大傳書名不書字」條「或書别號、道號者，性情也」，各刻本皆作「或書别號、道號，著性情也」，《四部叢刊》初版印本亦同，二版重印本及三版縮印本則改「著」爲「者」，當屬後來描改。

（六）光緒十四年重刻本

初集四卷　二集四卷

是本版式亦同嘉慶二十年本，牌記有初印本與後印本之别。初印本牌記作「光緒十四年歲次戊子春正月重刊」，後印本牌記作「光緒十四年歲次戊子官書處重刊」。每卷末記「曾孫元復謹校」，則爲其族曾孫惲元復所刻（據譜，元復字伯初，號祖南，官同知銜湖北候補知縣）。

光緒十四年本翻刻自嘉慶二十年本，但《初集》四卷加刻了圈點和評語。如《原命》

篇，文末附評：「《易》、《中庸》從氣上説理，二氏及諸儒所言多與之背者，作《原命》正之。」其上又印有眉批：「有轉有折，有抽有補，有暗渡有明過，有緩趨有急赴，如渾天儀旋行，無累黍缺陷，而其巧至不可言，非止以雄古見才，正實見學也。」《初集》文之圈點，不見於他本。其圈點僅於句子首尾兩字旁刻圈，中間簡省，大概是爲了減省刻工。郭象升跋是本云：「此本第一集有評論，有圈點之變例，但以首尾爲標記，而不連下，乃從來文集所無，當是子居創爲之。」（《郭象升藏書題跋》）《初集》四卷之圈點、評語，根據流傳的過録批點本跋文，皆被認定是惲敬自爲。關於這些評語的來源，在後面批點本部分將詳作説明。

此本卷三《上汪瑟庵侍郎書》後較他本多《上陳笠帆按察書》一篇，目録原有此篇，而各本漏刻。其版心題「大雲山房文稿補佚」，框略小，葉碼單獨編號。此篇同治八年本、光緒十年本收入《補編》中。

初印本版框比較完整、清晰，後印本書版略有破損不清。如《原命》篇眉批，初印本印刷清晰，後印本則缺了一角：「■■■折，■■有補，■■渡有■過，有緩■有急赴，如渾天儀旋行，無累黍缺陷，而其巧至不可言，非徒以雄古見才，正實見■也。」（原版式

四字一行豎排）

此本去光緒十年所翻刻者不遠，似不必四年後又重新刊版。其重刻之原因，大概是想保存家藏「大雲山人手評本」（據陶濬宣跋）的評語。通過分析文本的異文可知，此本翻刻的底本是嘉慶二十年本。如《初集》卷二《康誥考上》葉三左版行四「邶」字，嘉慶二十年本及此本作「邶」，同治二年本、八年本改作「邶」（光緒十年本同）。卷二《金剛經書後二》葉四十六右版行三「恒」字，嘉慶二十年本及是本字形作「恆」，而同治二年本、八年本作「恒」。又此本書中「寧」本當皆避諱作「甯」，而因爲翻刻自「寧」字避諱之前的嘉慶本，有的地方當改而漏改了。如卷三《上曹儷笙侍郎書》葉五右版行二，此本「寧」字不避諱，而同治二年本、八年本皆已避諱作「甯」。

光緒十四年本對嘉慶原本有所校改。如《初集》卷一《釋夢》，引《列子》文「不識感變之所由起者」原多一「由」字，光緒十四年本「由」字旁刻「衍文」二小字，意謂此字爲衍。

刻本小結

《大雲山房文稿》的版本情况如上，共初刻本一種，原刻本一種，翻刻本三種，再翻本一種。

當中很容易混淆的，是把同治二年重刻本誤當作嘉慶二十年原刻本，光緒十年再翻本誤當作同治八年重刻本。這都是因爲翻刻的牌記、附記的誤導。查圖書館的館藏目録，著録爲「嘉慶二十年」者很可能是同治二年的翻刻本，一些平日我們使用的叢書影印本、數據庫等，其所用的《四部叢刊》影印同治八年本，實質是光緒十年本，須多加注意。

三、《大雲山房文稿》的批校本及評語來源

光緒十四年本的《初集》有評語，但未交代其來源。上圖所藏幾種批本，也有過録的評語，與光緒十四年本同源，爲探討其來源提供了材料。

上圖所藏，有沈成章校本一種，陶濬宣、關豫、王秉恩、楊葆彝及佚名過録批語本五種。觀各家過録批語，與光緒十四年本所刊者大致相同，當是源自同一個批點底本。各家跋文都指出這些評語出自惲敬自己之手。陶濬宣跋稱「予從陽湖惲氏假得大雲山人手評本」，其過録評語下標「自記」，意謂惲敬自評。關豫跋稱「假得惲子居、吴仲倫評點本」。郭象升跋稱：「其評論亦子居筆也，前此劉海峰、朱梅崖皆自加贊語，公然刊行，子居聊效法之耳。」（《郭象升藏書題跋》）後人刊行作者生前之自評以作標榜，如劉大櫆《海峰先生集》歐陽霖刻本、朱仕琇《梅崖居士文集》乾隆間刻本，文末附評，有例在前。但與惲敬一樣的是，這都是作者身後所刻，不是生前刊行。

那麽各家所云評語出自惲敬己手的説法是否可信？試舉兩例以證成之：

如《初集》卷一評語：

柳子厚《説車》學《考工記》，此文斬截似柱下吏。（《説地》篇評語）

周詳如《儀禮》，古宕如《檀弓》、《考工記》。（《釋拜》篇評語）

對比《言事》卷一惲敬自己的文字：

《儀禮》之細謹、《考工記》之峭宕，其相肖者，如《畫記》、《説車》是也。（《與趙石農》）

上兩條評語陶濬宣過録批點本末識「自記」二小字，意謂惲敬自評。對比可見與《與趙石農》信中文字相近，當是出自惲敬己手。

又如《初集》卷三評語：

微而顯，志而晦，應書而不書，即書法也。（《羅臺山外傳》評語）

對比《言事》卷二惲敬自己的文字：

内《羅臺山外傳》，其人真性情也，有宜書之而不書者，竊用微顯志晦之義，閣下當瞭然焉。（《與李汀州（其二）》）

兩條亦大意相同，可知前者亦惲敬自爲。

由上兩例可知，評語確有出於惲敬己手者。但當中亦有部分友朋往來之批點評語。當時諸君子交遊互評之風甚盛，作爲書札集的《言事》記録了很多友朋間文章互評之事，惲敬送友人此書往往多寄一部，望友人「批示見寄」，故評語之中會有一些是友人讀後反饋的評語：或是直接批在文後者，或自書信中揄揚文字摘録。

此外，這個「大雲山人手評本」的評語也有其家人所加者。《三代因革論》的批語，陶濬宣過録本標識爲「自記」，但楊葆彝過録本有加案語：「初刻本上本有此評語，惟多『子寬曰三代因革論八篇』十字，即接以『國制』句。」楊葆彝所言初刻本即嘉慶十六年本，上圖所藏嘉慶十六年本没有此評語，且此本《三代因革論》只有五篇，評語可能是刻完八篇後所加。惟其提到這段批語原有「子寬曰」三字，則是惲敬之弟惲子寬所爲。因此，陶濬宣標記爲「自記」的評語，不一定都是惲敬所自記。

時人自評，標榜聲價，定本當刊落爲是。但是，惲敬自評之語，對於研究其對自己古文的看法還是有所幫助的。如陶濬宣跋所言：「實齋章氏謂作史貴自注，予謂詩文亦須自評方能得其奥窔。後人評點學識不及，即下語不當，隔鬢搔癢，復何取焉。試讀山人自評，何等切當，他人何能道出隻字。」郭象升跋亦云：「定本删之是也。然啓發人意，即亦何妨，故余仍并存之。」故整理時仍然保留了這些評語，以便讀者瞭解惲敬自視其文如何。

各家評語皆源自「大雲山人手評本」，而輾轉過録的過程中，各家又加上了一些新的内容：或輯惲敬《言事》與友人書信中論及《初集》、《二集》文章的文字爲「自評」，過録到相應的篇目下；或過録王先謙《續古文辭類纂》之評語（主要見於王秉恩批點本）；或據他人集中相關評騭文字過録，如王秉恩過録陸繼輅、李元度等人文集中評論惲敬文章的文字。但光緒十四年刻本文末所刻的評語，當是據家藏「大雲山人手評本」刻的，主要還是出自惲敬己手。光緒十四年本與各家過録批點本的圈點、評語皆集中在《初集》四卷，《二集》及《言事》無批語，僅王秉恩批點本有寥寥數條，可能是王氏所施，或據他本所過録。

（二）沈成章校本

底本：光緒十年本。存初集四卷，二集四卷，言事一卷，補編一卷（闕言事卷一）。是書有校點。卷端目録題「戊子春仲秀水沈達卿點校一過」，則爲光緒十四年校點完。文中朱筆點斷，圈點校勘，校語原以簽條夾在書中，現已用墨筆過録到天頭，而將原簽條夾在葉心，不知是沈氏自爲還是後來藏者所爲。過録文字略有簡省，故今校語過録仍以沈達卿原簽條文字爲準。

案沈成章，字達卿，别號陸湖老漁，秀水人。諸生。咸豐至光緒間人。師事柳以蕃，受古文法。喜藏書，室名敬止堂。撰有《敬止堂文存》、《陸湖老漁行吟草》（據《桐城文學淵源考》引《杏廬文鈔》）。

沈校頗爲用心，如《三代因革論二》：「沈案：『封三百里百里』，『三』字當作『二』字。」嘉慶本及其它翻刻本正作「二」字。《前臨川縣知縣彭君墓志銘》「弋陽」各本皆作「戈陽」，沈校：「按瑞昌無戈陽縣，當是弋陽縣之訛。」嘉慶十六年初刻本正作「弋陽」。《與紉之論文書》「王載言」各本皆作「王載」。沈校曰：「按《李文公集》中有《答王載言書》，此文『載』字下當是脱一『言』字。」所論皆是。今於沈校中擇要過録於整理本校記中，標記爲「沈校」。

（二）陶濬宣過録批點本

底本：光緒十年本。存初集四卷。

是本僅有《初集》四卷，卷端鈐「稷山陶氏收藏校訂印」、「陶文沖讀書記」朱文方印、「陶濬宣」白文方印。書中有圈點批語，亦略有校字。

其《原命》篇末有跋文，曰：

予從陽湖惲氏假得大雲山人手評本，因寫録一周，標圈分段，一一依寫。實齋章氏謂作史貴自注，予謂詩文亦須自評方能得其奧竅。後人評點，學識不及，即下語不當，隔𩨹搔癢，復何取焉。試讀山人自評，何等切當，他人何能道出隻字。光緒庚寅五月寫録於都下宣武城南。越十年歲在庚子五月十七日補記於漳州城南環玉樓。稷山居士陶濬宣，時年五十有四。

下鈐「陶文沖讀書記」朱文方印、「陶濬宣」白文方印。

案陶濬宣，原名祖望，字文沖，號心雲，晚號東湖居士。室名稷山館、通藝堂，會稽陶堰人。光緒二年舉人，官候選直隸州知府。民國元年卒，年六十有六。工書，尤擅魏碑。觀書中批點字迹，筆力宏厚，頗有氣象。爲陶方琦從弟，姚振宗親家，亦精於目録版本之學，曾輯《稷山館輯補書》，又編有《國朝紹興詩録》。其詩集雜文稿本有藏於上圖。

是本過録惲敬自評語，下標識「自記」。另録吴仲倫評語三條，爲光緒十四年本所無。

案吴德旋，字仲倫，江蘇宜興人。古文名家。生前與子居友，撰《惲子居先生行狀》。其文集《初月樓文鈔》中有《書大雲山房文稿》兩篇及《與程子香論〈大雲山房文稿〉書》、《與王守静論〈大雲山房文稿〉書》，皆論惲敬古文之作（今俱收入本書附録）。

陶濬宣過録之批語，與光緒十四年本刊刻之批語大致相同，但互有多寡。其不見於刊本的評語，今即據之過録，而標記爲「陶批」。

（三）關豫過録批點本

底本：光緒十年本。僅存初集四卷。卷端鈐「註齋啓事」印。卷端記云：「辛卯季秋，假得惲子居、吴仲倫評點本重録一過。泉唐關豫記。」下鈐「豫印」印。

關豫，字承孫，浙江仁和人。同治至民國時人。合衆圖書館捐贈人有其名，葉景葵《卷盦詩存》有《壽關承孫丈八十》詩二首。其家傳書目、文稿皆藏於上圖。另藏有其批校本若干種，此爲當中之一種。

據關豫跋語，知其過録評語在光緒十七年。全書無校語，僅過録「自記」、吴仲倫評語。其過録的評語與陶濬宣批點本大致相同，個别字的異文也相同，可能是自同一批點原本過録。如《康誥考下》評語「淮陰侯治兵」，陶批、關批皆作「淮陰侯軍」，關豫以爲有缺字，故「軍」前空一格，另一佚名批點本則作「淮陰將軍」。《黍離説》評語「買櫝還珠」，陶批、關批「還」皆誤作「遺」。《重修萬公祠記》評語，陶批、關批「鈎染」皆作「鈎深」。但兩本的批語亦有不同處，詳見各篇文後所録。

今過録此本批語，標記爲「關批」。

（四）王秉恩過録諸家校語及評語本

底本：同治八年本。初集四卷，二集四卷，補編一卷，言事二卷。

是本底本爲同治八年本。封面有朱筆題：「大雲山房文稿。蜀刊本。王雪岑過録各家批點并校刊各刻本。余有原刻本，僅《初集》耳。」爲藏者所記，然不詳何人。《初集》卷一端鈐「雪岑長壽」、「王秉恩審定舊槧精鈔書籍記」、「秉恩諷籀」、「王雪澂經眼記」、「華陽王雪澂手讀書記」朱文方印，「奄安八十以後校勘經籍之記」白文方印；卷二末鈐「雪岑校勘」白文方印；卷三端鈐「王雪岑讀」白文方印、「王氏雪塵」朱文方印。《二集》卷一端鈐「强敩宧隨身書卷」、「秉恩長壽」、「臣秉恩印」白文方印，「宛平王氏」、「伯勤」朱文方印；卷二末鈐「夿叟」白文方印，「雪瀓手校」朱文方印；卷三端鈐「葛井翁」、「王秉恩印」白文方印；卷四末鈐「彊學宧校讀古籍朱記」朱文方印。《言事》卷一端鈐「成都西樓老人」白文方印，「秉恩」白文花印；卷二末鈐「斠讎遺日」朱文方印。皆王氏秉恩之印（王氏生前所用章多爲黄牧甫所刻，見《黄牧甫印存》）。

書前有王秉恩跋：

同治丙、丁間，余應社課賦，爲陽湖湯秋史師成彦拔置首選，因往贄請業，先生授以此集暨孫、洪諸公纂箸，余始知常州學。此集爲先生朱墨平點，叚讀照録，常度篋衍有年。辛亥避地滬瀆，得湘刻本，中多名人校讐，爲武進劉洵之遵夔，烏程汪謝城曰楨，吴縣葉調生廷琯、雷甘（亭）［谿］浚，元和馮林一桂芬，長洲潘麟生鍾瑞，德清俞蔭甫樾所校，互有得失同異，因迻録此本。先生文集原刻外有贛本、湘本、粵本，余此本爲川刻，完顔文勤公崇實有序，較諸本譌誤差少，復得諸公勘定，尤臻美備。湯先生平點，蓋不匱云。華陽後學王秉恩識。

下鈐「秉恩私印」白文方印。

又《原命》篇題下識語：「以湖北光緒十四年刻本加朱雙圍。」文末題：「文後評語，皆從陽湖湯秋史師本迻録，墨朱圍同。」其文後所録評語，大致同光緒十四年本及陶批、關批，是據湯秋史本過録。而天頭所録墨筆校語，則是據「中多名人校讐」的湘刻本過録。

案王秉恩，字息存，一字雪岑，又作雪澄、雪澂、雪塵，號息塵盦主（印有「息盦」、「息塵」）、三好堂主人、强𧶼宧主人等，華陽人。同治十二年舉人。與繆荃孫同受業於陽湖湯成彦，即跋中所稱湯秋史師。深爲張之洞器重，光、宣之際任廣東布政司，充廣雅書局提調，協刻《廣雅叢書》。民國後寓居上海。平生藏書籍字畫金石甚富，藏書樓名「强𧶼宧」、「養雲館」。晚年鬻所藏古器書畫自食。著有《息塵盦詩稿》、《强𧶼宧雜著》。一生校書刻書不倦，曾輯刻《石經彙函》，校刻《書目答問》、《方言》、《文史通義》、《校讎通義》等。（參見《華陽縣志·人物》）

王秉恩於是書用功甚勤，一再過讀。書中鈐印題記累累。卷末記起讀是書之時間：

《初集》卷一末記：

己巳臘日蜀後學王秉恩點讀一過。（案：同治八年，一八六九）

辛丑正月，秉恩再讀一過，距己巳三十三年矣。（案：光緒二十七年，一九〇一）

己巳夏又讀一過。

凡前有圍之◎者多不合，抹之。己巳夏三讀。（案：民國十八年，一九二九）

《初集》卷二末記：

己巳臘日點讀一過。（案：同治八年，一八六九）

辛丑正月再讀。（案：光緒二十七年，一九〇一）

己巳夏再讀一遍，息存時年八十又五。（案：民國十八年，一九二九）

《初集》卷四末記：

光緒二十七年春正月十八日息存點讀一過。（案：光緒二十七年，一九〇一）

宣統己巳夏讀訖。（案：民國十八年，一九二九）

王氏至八十五高齡，題記字迹已頹唐，尚手持丹黄，批讀不休。其先是在同治五年、六年間借得陽湖湯秋史批本過録圈點評語。辛亥間避地滬瀆，得到了一個有諸多名人批校的同治二年本，根據此本過録各家校語。（案今人物辭典多載王秉恩卒年爲

一九二八年，觀此書手記，可知一九二九年王氏尚健在，其具體之卒年有待再考）

跋文當中提到的幾種版本，「贛本」即嘉慶二十年在南昌刻的《初集》四卷，「粤本」是嘉慶二十一年廣州刻的《二集》四卷，「湘本」即同治二年惲世臨在湖南翻刻本。

當中提到的七家校語，有劉遵燮、汪曰楨、葉廷琯、雷浚、馮桂芬、潘鍾瑞、俞樾。今略述各家生平事略如下：

劉遵燮，字濬之，又字洵之，江蘇武進人。道光二年舉人，選太倉州學正，以老不赴。主講龍城書院。《國朝詞綜補》收其《露華》、《疏影》詞兩闋。（參見《（光緒）武進陽湖縣志・人物》）

汪曰楨，字仲維，一字剛木，號薪甫，又號謝城，烏程人。咸豐壬子舉人，官會稽教諭。著有《儷花小榭詩草》，嘗修《烏程縣志》、《南潯鎮志》，義例精嚴，另刊有《荔牆叢刻》。（參見《兩浙輶軒續録》）

葉廷琯，字調生，吴郡人。廩貢生，候選訓導。淡於榮進，潛浸樸學，一以考佐經史爲營。著有《楙花盦詩》四卷、《吹網録》六卷、《鷗陂漁話》六卷，編有《蜕翁所見詩録》十卷。（參見《（同治）蘇州府志》及《清史稿・藝文志》）

雷浚，字深之，號甘谿，吴郡人。歲貢生，就職訓導。少從江沅游，受《説文》之學。復與宋翔鳳、陳奂相切礴，壹意著述，遂爲吴中經學大師。光緒十五年任學古堂學長。著有《説文外編》十六卷、《韻府鉤沉》五卷、《睡餘偶筆》二卷、《説文引經例辨》三卷、《道福堂詩》四卷、《乃有廬文》一卷。光緒十九年卒，年八十。馮桂芬纂《蘇州府志》時，曾爲分纂藝術、流寓、長元人物若干卷。（參見曹允源《復盦續稿》卷三《雷甘谿先生傳》）

馮桂芬，字林一，號景亭，吴郡人。道光二十年一甲二名進士，官至詹事府右春坊右中允。同治十三年卒，年六十六。少工駢體，後乃肆力古文。著有《顯志堂集》十二卷、《校邠廬抗議》二卷等，編有《蘇州府志》。（參見《清史稿》本傳）

潘鍾瑞，字麟生，一作麐生，别字瘦羊，晚號香禪居士，長洲人。諸生，候選太常寺博士。光緒十六年卒，年六十有八。著有《香禪精舍集》。（參見《吴郡志·列傳》）

俞樾，字蔭甫，德清人。道光三十年進士，改庶吉士。咸豐二年散館授編修，五年簡放河南學政。主杭州詁經精舍三十餘年。同治三十二年卒，年八十有六。所著經史詩文雜纂皆收於《春在堂全書》（據《清史稿》本傳）。其《茶香室續鈔》頗引惲敬《大雲山房雜記》説。

各家批校，於集中文字各作是正，有功於此集不少，今校記中俱爲採入。此外，諸家校勘之餘，也對惲敬文中用字用詞有所闡釋。如《二集》卷三《前濟南府知府候補郎中徐君遺事述》中「遂手絞子并子婦，罄之桑園」，雷云：「《禮·文王世子》『公族有死罪，則罄於甸人』，此罄字所出，蓋謂既絞而復懸之如罄也。」是釋惲氏用「罄」字之意。又《楊中立戰功略》中「頂帶」一詞，光緒十年本、同治八年本作「頂戴」。俞云：「『革花翎并四品頂帶』，蓋止革去翎頂耳，其官無恙，故下文亦止言復四品頂帶，不言復官也。都司本四品，則『四品』字似贅。『頂帶』似應作『頂戴』。本朝品級，頂有異，帶無異也。乃近來公牘多作『頂帶』，此字宜核之。」是論「頂戴」之用詞。又《言事》卷二《答董牧唐》，馮桂芬云：「求盜、亭父皆漢時官人名目，見《高帝紀》『使求盜之薛治』注：『亭兩卒，一求盜，一亭父。』此兩句蓋差役之意。」又曰：「東坡詩：『頭然未爲急。』注引《梵網經》：『當求精進，如救頭。』然下句未詳，兩句似用成語，俟考。」是對「求盜、亭父」、「救頭」等語作闡釋。此類本非校勘範圍，但因其闡釋詞意可取，頗便讀者，故也收録，以注記形式附在文後。

王秉恩據湯秋史過録的批語，與光緒十四年本所刻亦大致相同。當中也有一些其他來源的評語，主要有如下幾方面：

有據他書評論過録。如《通例》後所録「陸繼輅曰」，出自陸繼輅《合肥學舍札記》；《初集》自序後所録「李次青曰」，出自李元度《天岳山館文鈔》。

有據古文選集的評語過録。如《讀張耳陳餘列傳》「王葵園曰：筆力雄大而識足以緯之」、《讀貨殖列傳》「周自庵曰：心思獨到」兩條批語，皆出自王先謙《續古文辭類纂》。

亦有從惲敬自述文字摘録爲自評。如《太子少師體仁閣大學士戴公神道碑銘》王批：「前以排比叙次家世、科名、官位，至此提筆作數十百曲，盤空擣虚，左回右轉，以極力震蕩之。古山自言用東坡《司馬温公碑》之法，而顛倒其局。至變化則取子長，嚴整則取孟堅也。」「古山自言」以下爲《二集》卷二《上舉主陳笠帆先生書》中文字，録爲「自評」。

今過録此本校評，簡稱「王校」、「王批」。

（五）楊葆彝過録批點本

底本：同治二年本後印帶行狀本。初集四卷，二集四卷，言事二卷。卷端鈐「大亭山館藏書」、「佩瑗收藏」朱文方印，卷末鈐「遯阿手校」白文方印，是爲清代大亭山人楊葆彝過録批點本。書中《初集》四卷有過録評語，墨、藍兩色。墨筆評語與刊本評語大體相同，文字略有出入，藍筆評語則爲刊本所無。并有校記幾條。《初集》以後即無評語、校記，僅有藍筆點斷。《言事》卷末抄録陸繼輅《瑞金知縣惲君墓誌銘》、《記惲子居語》文兩篇。

案楊葆彝，字佩瑗，號遯阿，别號大亭山人，室名大亭山館，陽湖人。同治光緒間人。官署桐廬知縣，除海鹽知縣。能詩文，工書，善畫。著有《書藝知服》、《畫藝知服》，輯刊有《毗陵楊氏詩存》、《大亭山館叢書》。

楊本書中多夾帶簽條言「初刻本（舊刻本）某篇前尚有某篇」（參見書中校記）。此所言初刻本、舊刻本，即嘉慶十六年最初刻本。其所言缺漏之篇次，除了《香山先生家傳》一篇誤記外，皆見於《補編》一卷之中。

楊本也有摘録《言事》中惲敬與友人談及自己某文的文字，録爲自評，如《楞伽經書後一》「先生自言：『如此下語，人以惲子居爲宋學者固非，漢唐之學者亦非也。男兒必有自立之處，豈肯隨人作計。』」實際是《大雲山房言事》卷二《答方九江》中文字，故題「先生自言」。

今過録此本校評，簡稱「楊校」、「楊批」。

另有一佚名過録批點本（簡稱：佚名批點本），底本爲同治二年本（上圖：綫普551918－25），《初集》亦過録批語，大致同光緒十四本，《讀貨殖列傳》、《楞伽經書後一》兩篇評語與楊批本同，爲其餘諸本所無。

批校本小結

綜觀四個過録批語本，其批語與光緒十四年本同源，而各家另有補輯。故今整理本所附之批語，以光緒十四年刊本爲準，而各家所批出於刊本之外者，亦補入并注明所據。

四、民國的一些版本

民國間的版本主要有《四部叢刊》影印本及《四部備要》排印本。《四部叢刊》本之情況已詳刻本考中。《四部備要》排印本，名爲《大雲山房全集》，有《初集》四卷、《二集》四卷、《言事》二卷、《補編》一卷。書前附有《行狀》，與同治二年本同。《補編》一卷後有同治八年惲念孫重刻附記，全書後有同治二年惲世臨附記，可見是用了多本校勘。排印本還有商務印書館的《萬有文庫》本、《國學基本叢書》本和世界書局的排印本。

民國間選本主要有宣統二年國學扶輪社石印本《惲子居文鈔》四卷。此本鳩合《初集》、《二集》之文，以文體爲類重新編次，并加句讀。另有民國十四年上海文明書局印行《注音惲子居文》（與《管異之文》合刊），係據王先謙《續古文辭類纂》所選篇目，由秀水王楚香加斷句標點，文中注音，文末附注，簡單易明，如其書前《編輯大意》所言「本編程度適合中學師範及家庭自修課本之用」。書前有《惲子居文揭要》謂：「仁和禮部有《某大令》文，譏其亦儒亦釋，非漢非宋，入主出奴，狡變無常，晚乃借文章以自遁。當時謂指子居而言。平心論之，惲文頗近法家言，刻覈深切處，得力於韓非、李斯，而其雄辨軼思，上下馳騁，又與蘇明允相驂靳。後人目之爲陽湖派。」所言「仁和禮部」，殆即龔自珍。《定盦續集》卷三有《識某大令集尾》一文，所論者正惲敬也。（民國世界書局本《龔定庵全集類編》此文有龔橙注：「大令爲惲敬，陽湖人。以文鳴一時。文筆非無取，唯好名無信根，甘爲佛法外道，大人書以示戒。橙記。」）

另有八篇遊記選入《小方壺齋輿地叢鈔》。《尺牘叢刻》選有《惲子居先生尺牘》一卷。

五、海外版本

《大雲山房文稿》一書，除了在國内一再傳刻之外，亦爲東瀛文家所推崇。日本刻有《大雲山房文鈔》一書，爲其一例。

《大雲山房文鈔》二卷，日本鈴木魯編，日本明治十一年（一八七八）鈴木虎一刻本。内封署：「大雲山房文鈔，明治十一年三月新鐫。川田甕江先生閲，鈴木蓼處先生鈔。

松香山房藏梓。」白口，單魚尾，左右雙框。半葉十行，行二十字。天頭略有校語。卷端署「清陽湖惲敬子居著，日本越前鈴木魯敬玉鈔」。選文四十二篇，分上下兩卷。前有川田剛序，評述子居文章。又有鈴木魯自序，謂《大雲山房文稿》船載至日本甚鮮，其友矢島立軒購得一部，曾與之同讀。其後鈴木氏罷官杜門，乃寄書立軒，千里借閲，始得盡讀其集，因手録其佳者四十餘篇，題名《大雲山房文鈔》。有感於同爲一惲氏，惲南田之畫世莫不知，而子居之文則或有未知之者，故剞劂公之於世，以頒同好。

自序又論《大雲山房文稿》之書名：「其《遊廬山記》云：『頃之，香爐峯下白雲一縷起，遂團團相銜出。復頃之，遍山皆團團然。復頃之，則相與爲一，山之腰皆弇之。』予乃率然下評語曰：『廬山之雲，可以喻子居之文矣。』……廬山之雲，其似子居之文耶，抑子居之文有所得於廬山之雲也。」以惲敬所述廬山之雲釋「大雲山房」之名，亦别爲一解。

鈴木魯選鈔之底本爲矢島立軒藏本，比勘其異文，可知其本爲嘉慶二十年本。如《潮州韓文公廟碑文》「而夷狄、猛獸之侵暴亦仍世有之」，《文鈔》無「狄」字，而天頭處附校記曰：「『夷』下恐脱『狄』字，今姑從原本。」嘉慶二十年本無「狄」字，後刻諸本皆已補「狄」字。又「愚夫愚婦膜手梵唄」，「膜」字嘉慶二十年本作「摸」，《文鈔》同之。由此可以斷定其選鈔之底本爲嘉慶二十年本。

六、《大雲山房文稿》的集外文

同治八年惲念孫在四川重刻《大雲山房文稿》時，刊印《補編》一卷，多係據嘉慶十六年初刻本補入。而據惲寶惠《惲氏家乘·先世著述考》著録，尚有《大雲山房集外文》一卷，當時著録爲「輯刊中」：

長汀江丈叔海瀚藏有公集外文十三篇舊鈔本，先府君借而鈔録，原有硃色圈點，亦爲手過，以付不肖。迨府君捐館後，惠曾照録校刻，板舊存都寓中，尚未付印。今遍閲各本目録無一同者，擬與蜀刻本《文稿補編》中之十八篇并成一卷，續爲付刊，名之曰《大雲山房集外文》，以補其闕，藉廣流傳，特先附識於此。

據惲寶惠之言，則此集外文十三篇已經刻板，而未付印，本欲與《補編》一卷中的十八篇合刻爲一本，名爲《大雲山房集外文》。此書之舊鈔本與刻板今尚在天壤間否已不可知。

今所輯佚，據上圖藏嘉慶十六年本輯得佚文《子夏喪明説》、《鹿柴説》兩篇。在惲敬任過職的地方縣志，也見到一些未收入文集的文字，今據《（道光）瑞金縣志·藝文志》輯得《遊南屏書舍記》一篇，《（同治）新喻縣志》輯得《三劉先生祠記》、《修城記》兩篇。另據程洵《尊德性齋小集》補遺輯得《曉湖尊德性齋記》一篇。此外，張維屏所編《國朝詩人徵略》中「趙懷玉徵略」有一段評語，謂出自《大雲山房集》，今亦存之，原題不可知，今擬題《評趙懷玉》。

《二集》序目的佚篇有《醴泉銘跋》一篇，《補編》目録上的佚篇有《南宋論》、《上秦小峴按察書二》（另有《外舅高府君墓志銘》一篇注佚而實不佚，存《初集》卷四）。

今所輯七篇，存目三篇。遺憾未見江瀚所藏惲敬集外文十三篇舊鈔本之目，未知與今所輯篇目之異同。

《大雲山房文稿》不過是一個晚近的清人文集，但就其實際情況來看，其翻刻版本之近似，著録之混淆，極易導人歧途，在校理此書之前不作一番梳理實在無法著手，故與萬陸先生商量，撰寫這篇版本考。

校者根據近一年來查閱資料之所見及校勘所得，一則以所調查的家譜、著録、傳略，所見各本的題跋、批點等資料作爲外證，一則結合校勘上文字異文的證據，及校閲惲敬文章過程中所摘録的關於本書刊刻、修訂及評價的文字作爲内證，希望還原其刻本之傳刻、校改情況，以及現存數量不少的「評點本」的評語來源和流傳情況。但因爲所見實物有限，一些推論可能還需推敲。當中一些問題本可略去不談，但零篇碎簡，於研究者亦或有用，故不避而言之，皆欲有所交代。其錯謬之處，望讀者不吝賜正。

附録二

一 傳略資料

《清史稿》本傳

惲敬，字子居，陽湖人。幼從舅氏鄭環學，持論能獨出己見。乾隆四十八年舉人，以教習官京師。時同縣莊述祖、有可，張惠言，海鹽陳石麟，桐城王灼集輦下，敬與爲友，商榷經義，以古文鳴於時。既而選令富陽，鋭欲圖治，不隨羣輩俯仰。大吏怒其强項，務裁抑之，令督解黔餉。敬曰：「王事也。」怡然就道。後遭父喪，服闋，選新喻。吏民素横暴，繩以法，人疑其過猛。已乃進秀異士與論文藝，俗習大變。調知瑞金，有富民進千金求脱罪，峻拒之。關説者以萬金相啗，敬曰：「節士苞苴不逮門，吾豈有遺行耶！」卒論如法。由是廉聲大著。卓異，擢南昌同知。敬爲人負氣，所至輒忤上官，以其才高優容之，然忌者遂銜之次骨。最後署吴城同知，坐奸民誣訴隸詐財失察被劾。忌者聞而喜曰：「惲子居大賢，乃以贓敗耶！」

敬既罷官，益肆其力於文。深求前史興壞治亂之故，旁及縱横、名、法、兵、農、陰陽家言。會其友惠言殁，於是敬慨然曰：「古文自元、明以來漸失其傳，吾向所以不多爲者，有惠言在也。今惠言死，吾安敢不并力治之？」其文蓋出於韓非、李斯，與蘇洵爲近。卒，年六十一。著《大雲山房稿》。其治獄曰《子居決事》，附集後。

（《清史稿・文苑二》，中華書局一九七七年版）

《富陽縣志》惲敬傳

惲敬字子居，號簡堂，江蘇武進人。幼負異才，持論驚長老。舉於鄉，充官學教習。與同州張惠言友，治古文得力於韓非、李斯，成一家言。乾隆五十九年，奉選至縣。高材大器，不肯隨羣輩俯仰，惟縣内知名士若高傅古、周凱輩與其在幕之張惠言，則傾心待之。嘗登春江第一樓，甚歡，撰聯云：「幾人憂樂與民共，如此江山作畫看。」一時爲之閣筆。然終不得行其志。退與三子謀將纂修縣志，而大憲抑苦之，令解黔餉。起曰：「王事也，願趨之。」反役，調江山縣去，縣志不果修，賫志卒，嘉慶二十二年也。

爲人負氣矜名節，時嫉之，故官止吴城同知，而聲滿天下。所製古文，世以與方望溪先生并列，稱方爲桐城派，稱惲爲陽湖派。著《大雲山房文集》八卷、《書事》二卷，其治獄别有《子居决事》四卷。嘗謂其文皆自史遷出，下史公無北面者。李元度撰《國朝先正事略》載入《文苑》。新纂。

（〔清〕汪文炳等修《（光緒）富陽縣志·名宧》，清光緒三十二年刻本）

《瑞金縣志》惲敬傳

惲敬，字子居，江蘇陽湖舉人。初任浙江富陽知縣，遷江西新喻，調補瑞金，嘉慶十年莅任。性剛介，數以事忤上官，有强項吏風骨稜稜之意。前後治瑞十年，多善政，操守清潔，人不敢干以私。嚴禮法，絶苞苴，鋤奸民，懲蠹役，遠近質成者隨至立判，書牘尾輒數十行，無不貼服。比之張用濟、劉玄明，不過是也。於學則無所不窺，而散體文尤擅長。持論謹嚴，顧濟以辯博之才，汪洋恣肆，自成一家。著有《大雲山房文集》及《續集》若干卷，識者珍之。更喜推獎寒士，論詩課文，娓娓不倦。常題詩人謝南岡墓，贖松實僧采若田，亦餘韻之可想者。任滿後署南昌府倅，被議，旋卒。士民至今猶哀慕之。

《（道光）瑞金縣志·名宦》

瑞金知縣惲君墓誌銘

〔清〕陸繼輅

嘉慶二十二年八月甲午，故瑞金知縣惲君卒於常州嗚珂里寓舍。越十月戊子，葬石橋灣祖塋。君弟敷奉太夫人命，徵銘于余。余愧謝不敢任，會敷將之官，葬期迫，不可固辭。

謹按狀，君姓惲氏，諱敬，字子居，陽湖人。祖諱士璜，考諱輪，并以君貴，贈封文林郎。母鄭孺人。

君中式乾隆四十八年本省舉人。五十二年，充咸安宫官學教習。五十五年，期滿引見，以知縣用，選浙江富陽。嘉慶元年，調江山，父憂去官。既喪，選山東平陰，引見，改授江西新喻，調瑞金。

君先後爲知縣十八年，所至輒忤其上官，而上官之賢者亦輒保護之，使忌者不得逞。君又自以勤廉明決，無可乘也。即可乘，固不以一官得失介吾意。故雖屢瀕于危，益侃侃無所瞻徇。最後署吴城同知，爲奸民誣告家人得贓，遂以失察被劾。當是時，前撫刑部尚書金公光悌先已薨逝，今兩廣總督阮公元自河南調撫江西未至，布政使方護理巡撫印務，唶曰：「惲子居大賢，乃今以賄敗！」君既奉部議革職，自南昌還至瑞金，頓首謝鄭孺人曰：「爲吏不謹，貽太夫人憂。」鄭孺人笑曰：「吾知此獄無愧于汝心，故不汝責也。且汝好直，不能爲非理屈，得禍當不止此。今以微罪行，幸矣！」初，君之再謁選也，石橋灣故居已奉君考文林府君遺命，讓兩從父居之，而君挈兩弟及妻子奉鄭孺人之官。至是別假館所親，未獲寧處。屬有門下士官安慶知府，試往謀之，得疾歸。歸寢十日而歿，春秋六十有一。

君少年好爲齊梁駢儷之作，稍長棄去，治古文。四十後益研精經訓，深求史傳興衰治亂得失之故，旁覽縱横、名、法、兵、農、陰陽家言，較其醇駁，而折衷于儒術，將以博其識而昌其辭，以期至于可用而無弊。蓋於本朝諸公方苞、劉大櫆、姚鼐，非徒不愧之而已。而同州之爲古文者張惠言、秦瀛、趙懷玉、吴德旋、吴育、董士錫、顧翊，亦推君無異辭。余年十九即獲交於君，幸得君文以銘先太孺人之墓。甫四易歲，而余乃銘君墓也。嗚呼，可感也！

夫君文初、二集都八卷，外集及詩詞各如干卷，他所著書并有序刻集中。其治獄别有《子居決事》四卷，後當有考，故不具配。

孺人陳氏，繼配孺人高氏。丈夫子一人，穀；女子子七人，吾友歸安姚晏聖常其壻也，餘未行。孫二人，縈孫、玉孫。銘曰：

嗚呼，以君之才與其所學，宜大有爲于世，而顧止于斯耶？即以君爲御史給事中，補闕拾遺，亦其選也，而屢以正言讜論，博從政者之一怒耶？嗚呼，此造物之所主而又誰尤耶？後之人，當有讀君之遺書而致其無窮之思者否耶？

（《崇百藥齋文集》卷十七，清嘉道間刻彙印本）

惲子居先生行狀

〔清〕吴德旋

先生姓惲氏，諱敬，字子居，一字簡堂。世居武進縣之石橋灣。祖諱士璜，考諱輪，兩世并以先生貴，贈封文林郎。母鄭孺人。

先生幼學於父，少長從舅氏鄭環夢楊遊，然持論好獨出己見，長老皆驚異焉。中式乾隆四十八年癸卯科本省舉人。五十二年，充咸安宫官學教習。時同州莊述祖珍藝、莊獻可大久、張惠言皋文，海鹽陳石麟子穆，桐城王灼悔生先後集京師，先生與之爲友，商榷經義古文，而尤所愛重者皋文也。五十五年，教習期滿，引見以知縣用。五十九年，選授浙江富陽縣知縣。皋文爲序以送其行，其略曰：「夫爲令之道、六經孔孟之所述，皆子居向時之所道也。以子居爲之，其不可以至耶？曰吾不爲彼之所爲而已，豈子居向時之所道耶？君子出其言則思實其行，思其行則務固其志。固志莫如持情，實行莫如取善，子居勉之矣。」先生曰：「善，敬敢不求從良友之規？」既至富陽，鋭欲以能自效，矯然不肯隨羣輩俯仰。大吏憚其風節，欲裁抑之，令督解黔餉。先生曰：「王事也。」怡然就道。返自黔中，調知江山縣。父喪，去官，時嘉慶元年十一月也。

四年，服闋，入都謁選。明年四月，選授山東平陰縣知縣，引見，改授江西新喻。新喻吏士素横，藐視官長，輕朝廷法。先生至，痛懲創之，人疑先生之爲治過猛也。已乃進其士之秀異者，與之講論文藝。斷事不收聲，必既其實。士民懷德畏威，翕然大變於其舊。

七年，張皋文殁於京師。先生聞之，慨然曰：「古文自元明以來，漸失其傳。吾向所以不多作古文者，有皋文在也。今皋文死，吾當并力爲之。」先是，皋文與今禮部侍郎蕭山湯公金釗講宋儒之學，是時先生方究心於黄宗羲《明儒學案》，有所見輒筆記之，未及與皋文辯論往復也。及皋文卒，先生爲書與侍郎，其略曰：「濂、洛、關、閩之説，至明而變，至本朝康熙間而復。其變也多歧，其復也多仍。多歧之説足以眩惑天下之耳目，姚江諸儒是也；多仍之説足以束縛天下之耳目，平湖諸儒是也。二者如揭竿于市以奔走天下之人，故自乾隆以來多懋置之。懋置之者，非也；揭竿于市者，亦非也；且如彼此之相詈，前後之相搏，益非也。夫所謂濂、洛、關、閩者，其是耶？其揆之聖人，猶有非是者耶？其變之仍之者，是非其孰多耶？知其是非矣，何以行其是、去其非耶？」蓋先生嘗自言其學非漢非宋，不主故常，故其説經之文能發前人所未發，而世之論先生之文者，乃以爲善於紀述而説經非所長焉。

十年，調知瑞金縣。瑞金在萬山中，俗好訟鬭，素稱難治。先生張弛合宜，吏民咸就約束。有所論決，問法何如，不可干以非義。瑞金諸生楊儀招倚富奸逼佃户女，事發到官，願進千金求脱罪，先生峻拒之。後屢邀人關説，至以萬金相啗。先生曰：「吾自作令以來，苞苴未嘗至門，今乃有此，豈吾有遺行耶？」卒論如律。先生廉名素著，至是人益信之。

十五年，大吏以先生治行第一，保舉卓異。十一月，至京師。明年三月，引見，回任候陞。是歲刻《大雲山房文稿》成。又明年，守南昌府吴城同知。

十九年，以奸民誣告家人得贓失察，被劾黜官。先生爲人負氣，矜尚名節，所至輒與上官忤。上官以其才高，每優容之，而忌者或銜之次骨。及誣告事起，當是時，前撫刑部尚書金公光悌薨於位，今兩廣總督阮公元自河南調撫江西未至，布政使方護理巡撫印務，喈曰：「惲子居大賢，乃今以賄敗！」先生既擯不見用，士大夫之賢者咸爲先生惜且冤之，而先生不以介意，益務爲文自壯。初先生之再謁選也，石橋灣故居已奉其先府君遺命，讓兩從父居之，自挈兩弟奉鄭孺人之官。至是假館所親，無寧居。屬有門下士官安慶知府，試往謀之，道遇疾歸，歸寢十日而卒。

先生生於乾隆二十二年丁丑二月初一日，卒於嘉慶二十二年丁丑八月二十三日，春秋六十有一。配孺人陳氏，繼配孺人高氏。子一人，弟之子穀也，嘗從予遊。女七人，長適歸安姚晏，餘皆未行。孫二人，尚幼。

先生既卒之三月，余始從穀求遺書，得《大雲山房文稿》都若干卷，外集及詩詞各若干卷，《歷代冠服圖説》未成。其治獄別有《子居決事》四卷。

先生之治古文，得力於韓非、李斯，與蘇明允相上下，近法家言。叙事似班孟堅、陳承祚，而先生自稱其文自司馬子長而下無北面。先生所欲有爲於天下者，具見文集中，以在下位不獲有所施設，然後之人讀其書，足以知其志之所存也。先生於陰陽、名、法、儒、墨、道德之書既無所不讀，又兼通禪理，以爲心之故惟聖賢能知之而言之，佛與學佛者亦能知之而言之，《大學》「正心修身」章與《金剛經》「應無所住而生其心」句相合。故嘗謂余云：「論學貴正而不執，然不可雜，雜則不正矣。」蓋其所自得者如此。

穀以所述先生年譜示余，余病其未備也，乃更參以所聞見及先生文集，爲狀如右。謹狀。

（《初月樓文鈔》卷八，清道光三年康兆晉刻本）

案：清張維屏輯《國朝詩人徵略》「惲敬」條生平事迹引録《行狀》全文，而篇首稱先生「號簡堂」；又録《大雲山房文稿通例》、《三代因革論》等文，後附評語，見「彙評」部分。

惲子居先生事略

〔清〕李元度

先生姓惲氏，諱敬，字子居，號簡堂，江蘇武進人。幼負異才，持論好出獨見，長老皆驚異焉。舉乾隆四十八年鄉試，充官學教習。居京師，與同州張惠言臯文友，商榷經義，治古文。

五十九年，授富陽知縣。鋭欲以能自效，矯然不肯隨群輩俯仰。大吏憚其風節，欲裁抑之，令督解黔餉。先生曰：「王事也。」怡然就道。返役，調江山縣。父憂去官。嘉慶五年，補江西新喻縣。新喻吏素横黠，先生痛懲之，人疑其治過猛也。已乃進其士之秀異者，與講論文藝。士民懷德憺威，俗大變。十年，調瑞金縣。諸生楊儀招倚富逼奸佃户女，事發，願進重金求脱罪，峻拒之。至以萬金相啗，先生曰：「吾自作令以來，苞苴未嘗及門。今若此，吾豈有遺行耶？」卒論如律。舉卓異。十七年，守南昌府吴城同知。逾年，以奸民誣告家奴得贓失察，罷。

先生爲人負氣，矜尚名節，所至輒與上官忤。上官以其才高，每優容之，而忌者益衆。既免官，士大夫之賢者咸惋惜，先生一不以綴意，益務爲文自壯。張皋文之歿京師也，先生聞之，慨然曰：「古文自元明以來，漸失其傳。吾向不多作者，以有皋文在也。今皋文死，吾當并力爲之。」先是，皋文與湯文端金釗講宋儒之學，時先生方究心於黄梨洲之《明儒學案》，有所見輒筆記之，未及與皋文辨論往復也。及是，始致書湯公，其略曰：「濂、洛、關、閩之説，至明而變，至本朝康熙間而復。其變也多歧，其復也多仍。多歧之説足以眩天下之耳目，姚江諸儒是也；多仍之説足以束縛天下之耳目，平湖諸儒是也。二者如揭竿於市以奔走天下之人，故自乾隆以來多憖置之。憖置者，非也；揭竿於市者，亦非也；且如彼此之相詈，前後之相搏，益非也。夫所謂濂、洛、關、閩者，其是耶？其揆之聖人，猶有非是者耶？其變之仍之者，是非其孰多耶？」蓋先生嘗自言其學非漢非宋，不主故常，於陰陽、名、法、儒、墨、道德之書，既無所不讀，又兼通禪理。皋文嘗稱其亦狂亦狷，亦隘亦不恭。其治古文得力於韓非、李斯，與蘇明允相上下，近法家言。叙事似班孟堅、陳承祚，而先生自謂吾文皆自司馬子長出，子長以下無北面者。

卒於嘉慶二十二年，年六十有一。著《大雲山房文集》八卷、《書事》二卷，其治獄别有《子居決事》四卷。

（《國朝先正事略》，清同治五年循陔州堂刻本）

惲子居別傳

〔清〕尚鎔

惲子居名敬，陽湖人。乾隆癸卯舉于鄉，會試者屢矣，終不成進士。嘉慶初，宰富陽，忤大吏，轉餉黔楚，旋歷新喻、瑞金二縣，皆以廉敏稱。子居淹貫羣書，工著述，與同州張惠言共爲古文。時天下言古文者多以袁枚、姚鼐爲宗，子居謂：「枚猖狂無理，鼐亦未爲至。」厲然以馬、班、韓、蘇自命。俄而惠言卒，益鋭精不少輟。越十年，裒然成集，自鏤板以行世，凡祝壽、贈行、時文之序概不著，由是惲子居古文之名大重于時。當其爲令也，所至每與上官抗，或面肆譏評，賢者以其富才學，多優容之，然亦不力薦；忌者遂銜之次骨。既自矜其能，浮沉下僚，不得志。母老家貧，又爲養不能舍去，人皆危之。及署吳城鎮同知，卒以失察家人削職。忌者曰：「惲子居大賢，今乃以墨敗耶！」聞者莫不扼腕云。

子居爲文沉毅，尤長于序事，高者横絶一世，直追南宋以前。然刻酷近法家言，且雜以佛、老，有議其不醇正者，弗顧也。晚年理《明儒學案》，欲與中朝士大夫講學，而持論好異，無有起而應和者。罷官後，挾其集衣食于奔走，南游至粤，作《丹霞山記》、《韓文公廟》、《光孝寺碑銘》，尤奇闢雄偉。人多以得交爲幸，競傳其文。嘉慶丁丑卒于家，年五十九。著有《大雲山房文集》八卷。

尚鎔曰：吾生晚，不及見諸老先生。歲在丙子，猶幸與惲子居謀面于章江之上，今十八年矣。其文極爲吾鄉所稱，而吴人各尊所聞，顧不甚推許，然世豈復有此才哉？至其性狂而褊，僅罷官而死，則未爲不幸也。子居無子，與魏叔子、全謝山相同，人或以工古文爲戒，悲夫！

昌黎誌柳子厚墓，瑕瑜互見，益見交情而傳信。近人概爲隱諱，非古法矣。文之精切生動，卓然可傳。（婁潤筠）

（《持雅堂文集》卷三，咸豐六年《持雅堂全集》本）

記惲子居語

〔清〕陸繼輅

子居之葬也，其弟子寬徵銘於余。余以子居平生抱負既已見諸文辭，其爲令善治獄，又自有《決事》四卷，故皆未之及，而第述吴城罷官一事，後人參觀之，可以知君矣。其明年，吴仲倫復爲君著行狀，頗採取余文，而他事加詳焉。因憶君官新喻時，嘗爲大府所器，從容語君曰：「吾與君文字交，質疑辨難，何所不可？然孔子與下大夫言侃侃，與上大夫言誾誾，此不足爲君法邪？」子居起立應曰：「孔子所與言之上大夫，季孫氏也。其人小人，不能容君子，故聖人不得不稍遜其辭。使遇伊、傅、周、召，必不然矣。某不敢以待季孫者待閣下。」大府無以難。子居言論雋永，多類此。筆記之以示仲倫，宜可補入狀中，亦使世之驕諂者兩知所警也。

子居讀相人書，自言精其術。余年十九與子居初相見，遽目余曰：「狀元也。」後七年，見子居錢唐，復相之曰：「當爲臺諫。」比子居罷官歸，乃熟視余曰：「君非仕宦中人，曩相君皆誤。」已而告魏曾容曰：「吾非真能相人也。祁孫弱冠時，正堪作狀元耳。」

因撫掌大笑。嗟乎，歲月逝邁，志氣銷歇，如君言反復，勝耶？抑憫其頹廢而將有以振之邪？惜當時未以質君也。

（《崇百藥齋文集》卷十六，清嘉道間彙印本）

惲敬傳

〔民國〕錢基博

惲敬，字子居，號簡堂，江蘇陽湖人。父輪，績學不顯。母鄭，亦有志節；生敬四歲即教以四聲，八歲學爲詩，十一歲學爲文，十五歲學六朝文、學漢魏賦頌及宋元小詞。十七歲學漢、唐、宋、元、明諸大家文，而父始告以讀書之序，窮理之要，攝心專氣之驗，非是不足以爲文。於是復反而治小學，治經史百家。凡父所手録天官、地志、物理、人事諸書，亦次第發篋觀之，然未有所發也。時於一二日中得一解而油油然；數十日中得一解而油油然；至索之心，誦之口，書之手，仍芒芒乎揺揺乎而已！父詔之曰：「此心與氣之故也，不可以急治，當謹而俟之，減嗜欲，暢情志。嗜欲減則不淆雜，情志暢然後能立，能立然後能久大。」自是之後，敬不敢言文者十年。旋舉乾隆四十八年鄉試，以計偕赴京師。五十二年，充咸安宫官學教習。時同郡莊述祖、莊獻可、張惠言，海鹽陳石麟，桐城王灼，皆世所稱博學通人，先後集京師。敬與之友，商榷經義古文。而尤所愛重者，張惠言也。竊窺其言行著述，因復理乃父之所詔告，欲有所論撰。而下筆迂回細謹，塊然不能自舉；因喟然曰：「嗚呼！天地萬物，皆日變者也；而不變者在焉！不變者，所以成其日變也。文者，生乎人之心。天地萬物之日變，氣爲之；心之日變，神爲之。神之變，速於氣之變；而迂回之弊，循循然而緩；謹細之弊，切切然而急；於神皆有所閡焉，敢不力充之以求所以日變者哉！然而有不可變者！《典論》曰：『學無所遺，辭無所假。』《史記》曰：『擇其言尤雅者著於篇。』可以觀矣！」惠言曰：「然！吾子勉之矣！毋望其速成，毋誘於勢利也！」

既而敬以五十五年教習期滿，引見，以知縣用。

五十九年，選授浙江富陽縣知縣，惠言爲序以送其行曰：「夫爲令之道，六經孔孟之所述，皆子居向時之所道也；以子居爲之，其不可以至耶！曰吾不爲彼之所爲而已，豈子居向時之所道耶？君子出其言，則思實其行；實其行，則務固其志。固志莫如持情，實行莫如取善，行矣勗哉！」敬謝曰：「敢不求從良友之箴規！」

既之富陽，銳欲以能自效，矯然不肯隨羣輩俯仰。大吏憚其風節，欲裁抑之，令督解黔餉。敬曰：「王事也！」怡然就道。返自黔中，調知江山縣，父喪去官，時嘉慶元年十一月也。

四年，服闋，入都謁選。明年四月，選授山東平陰縣知縣。引見，改授江西新喻。新喻吏士素横，藐視官長，輕朝廷法，敬至，痛懲創。人疑其爲治之猛也。已乃進其士之秀異者，與之講論文藝；而斷事不收聲，必既其實。士民懷德畏威，翕然大變於其舊。

十年，調知瑞金縣。瑞金在萬山中，俗好訟鬥，素稱難治。敬張弛合宜，吏民咸就約束。有所論決，問法何如，不可干以非義。瑞金諸生楊儀招倚富奸傴佃户女，事發，到官，願進千金求脱罪，敬峻拒之。後屢邀人關説，至以萬金相啗。敬曰：「吾自作令以來，苞苴未嘗至門，今乃有此，豈吾有遺行耶！」卒論如律。敬廉名素著，人益信之。

十五年，大吏以先生治行第一，保舉卓異，至京師。明年三月引見，回任候升。明年，擢南昌府吴城同知。十九年，以奸民誣告家人得贓失察，被劾。敬爲人負氣，矜尚名節，所至輒與上官忤。上官以其才高，每優容之，而忌者或銜之次骨。至是前巡撫刑部尚書金光悌薨於位；而河南巡撫阮元調任未至，布政使方護理巡撫印務，唶曰：「惲子居大賢，乃今以賄敗！」尋奉部議革職。歸頓首謝母鄭曰：「爲吏不謹，貽太夫人憂！」鄭笑曰：「吾知此獄無愧於汝心，故不汝責也。且汝好直，不能爲非理屈，得禍當不止此；今以微罪行，幸矣！」

敬既擯不見用，士大夫之賢者，咸爲冤痛。而敬一不以綴意，益務爲文自壯。

張惠言之殁京師也，敬聞，慨然曰：「古文自元明以來漸失其傳，吾向不多作者，以有皋文在也。今皋文死，吾當并力爲之！」惠言晚年締交侍郎蕭山湯金釗，頗講宋儒之學。而敬方究心讀黄宗羲《明儒學案》，意有異同，未及與惠言辯論往復也。及惠言卒，乃貽書金釗以申其指曰：「濂、洛、關、閩之説，至明而變，至本朝康熙間而復。其變也多歧，其復也多仍。多歧之説，足以眩惑天下之耳目，姚江諸儒是也；多仍之説，足以束縛天下之耳目，平湖諸儒是也。二者如揭竿於市以奔走天下之人，故自乾隆以來，多慭置之。慭置之者，非也；揭竿於市者，亦非也；且如彼此之相訾，前後之相搏，益非也！夫所謂濂、洛、關、閩者，其是耶？其揆之聖人，猶有非是者耶？其變之仍之者，是非其孰多耶？知其是非矣，何以行其是，去其非耶？」自言其學非漢非宋，不主故常；於陰陽、名、法、儒、墨、道德之書，既無所不讀，又兼通禪理。

惠言嘗稱其亦狂亦狷，亦隘亦不恭。其論佛經之文曰：「凡佛經之説，其辭旨無甚大異。《楞伽經》不立一義而諸義皆立，悉與《金剛經》相比，惟艱晦過當。達摩至中國，掃除一切文字，以此經付慧可大師。蓋艱則難入，晦則難出。難入，則意識無所用；難出，則怡然涣然者皆得之自然，乃即文字中斷文字障也。至鴻忍大師易以《金剛經》，簡直平易，人皆樂從，故道法大行而禪復流於文字，此五宗語録之所以歧互也。經中開卷斥百八句皆非，則全經語句無著爲最勝處。蓋《金剛經》先説法，後説非法；此經先説非法，後説法，一而已矣！其言不離妄想，即見正智，與《楞嚴》『無始生死根本』、『無始元清浄體』義同；與《法華經》『是法非思量分别之所能解，惟有諸佛乃能知』之義亦同。佛法豈在多求耶！」見《楞伽經書後一》「如此下語，人以惲子居爲宋學者固非，漢唐之學者亦非。要之，男兒必有自立之處，不隨人作計，如蚊之同聲，蠅之同嗜，以取富貴名譽也。」見《答方九江》「《維摩詰經》，鳩摩羅什所譯大乘經，史稱與釋道安相合。證無生忍，造不二門，住不可思議解脱，莫極於《維摩經》。而行文則弇陋平雜不足觀也。其經之全指，在注明維摩詰示疾爲緣起。蓋佛教人出家，而維摩詰以居士見身，故此經《佛道品》言『煩惱泥中有衆生起佛法』，乃即病與藥耳；然執藥治病，藥即病矣。故下章《入不二門品》，盡掃除之，所以爲大乘經也。如此義諦，惟佛地位能決之！諸弟子并大菩薩，豈任問此疾耶！蓋全指皆出於佛，而筆授非過量人，雖釋道安、鳩摩羅什無如之何也。」見《維摩詰經書後》輯有《五宗語録删定》一書以明指歸。嘗謂：「心之故，惟聖賢能知之而言之；佛與學佛者，亦能知之而言之。《大學》正心修身章，與《金剛經》『應無所住而生其心』句相合。論學貴正而不執，然不可雜，雜則不正矣。」見《〈五宗語録删存〉序》蓋自道其所得者如此。

敬之爲學好融通儒釋，不以爲混；而論文則推本經子，必裁以義。其論古文之源流及治法曰：「昔者班孟堅因劉子政父子《七略》爲《藝文志》，序六藝爲九種，聖人之經，永世尊尚焉！其諸子則别爲十家，論可觀者九家，以爲雖有蔽短，合其要歸，亦《六經》之支與流裔。敬嘗通會其説：儒家體備於《禮》及《論語》、《孝經》；墨家變而離其宗；道家、陰陽家支駢於《易》；法家、名家疏源於《春秋》；縱横家、雜家、小説家適用於《詩》、《書》；孟堅所謂『《詩》以正言，《書》以廣聽』也。惟《詩》之流復别爲詩賦家，而《樂》寓焉。農家、兵家、術數家、方技家，聖人未嘗專語之，然其體亦六藝之所孕也。是故六藝要其中，百家明其際會；六藝舉其大，百家盡其條流。其失者，孟堅已次第言之；而其得者，窮高極深，析事剖理，各有所屬。故曰：『修六藝之文，觀九家之言，可以通萬方之略。』後世百家微而文集行，文集弊而經義起，經義散而文集益漓。學者少壯至老，貧賤至貴，漸漬於聖賢之精微，闡明於儒先之疏證，而文集反日替者，何哉？蓋附會六藝，屏絶百家，耳目之用不發，事物之賾不統，故性情之德不能用也。敬觀之前世，賈生自名家、縱横家入，故其言浩汗而斷制；鼂錯自法家、兵家入，故其言峭實；董仲舒、劉子政自儒家、道家、陰陽家入，故其言和而多端；韓退之自儒家、法家、名家入，故其言峻而能達；曾子固、蘇子由自儒家、雜家入，故其言温而定；柳子厚、歐陽永叔自儒家、雜家、詞賦家入，故其言詳雅有度；杜牧之、蘇明允自兵家、縱横家入，故其言縱厲；蘇子瞻自縱横家、道家、小説家入，故其言逍遥而震動。至若黄初、甘露之間，子桓、子建氣體高朗，叔夜、嗣宗情識精微。始以輕儁爲適意，時俗爲自然，風格相仍，漸成軌範，於是文集與百家判爲二途。熙寧、寶慶之會，時師破壞經説，其失也鑿；陋儒襞積經文，其失也膚。後進之士，竊聖人遺説，規而畫之，睇而斵之，於是文集與經義并爲一物。太白、樂天、夢得諸人，自曹魏發情；静修、幼清、正學諸人，自趙宋得理；遞趨遞下，卑冗日積。是故百家之敝，當折之以六藝；文集之衰，當起之以百家。」見《二集序目》「是何也？孔子曰：『辭達而已矣。』孟子曰：『詖辭知其所蔽，淫辭知其所陷，邪辭知其所離，遁辭知其所窮。』古之辭具在也，其無所蔽、所陷、所離、所窮四者，皆達者也。有所蔽、所陷、所離、所窮四者，皆不達者也。然而是四者，有有之而於達無害者焉，列禦寇、莊周之言是也，非聖人之所謂達也；有時有之，時無之，而於達亦無害者焉，管仲、荀卿之書是也，亦非聖人之所謂達也。聖人之所謂達者何哉？其心嚴而慎者，其辭端；其神暇而愉者，其辭和；其氣灝然而行者，其辭大；其知通於微者，其辭無不至。言理之辭，如火之明，上下無不灼然，而迹不可求也；言情之辭，如水之曲行旁至，灌渠入穴，遠來而不知所往也；言事之辭，如土之墳壤鹹瀉而無不可用。此其本也，蓋猶有末焉。其機如弓弩之張，在乎手而志則的也；其行如挈壺之遞下而微至也；其體如宗廟圭琮之不可雜置也，如毛髮肌膚骨肉之皆備而運於脈也，如觀於崇岡深巖進退俯仰而横側喬墮無定也。如是，其可以爲能於文者乎？若其從入之途，則有要焉。曰：其氣澄而無滓也，積之則無滓而能厚也；其質整而無裂也，馴之則無裂而能變也。」見《與紉之論文書》「然必有性靈、有氣魄之人方能。語小則直湊單微，語大則推倒豪傑。本源穢者，文不能浄；本源粗者，文不能細；本源小者，文不能大也。」見《與來卿》

「治之之法，須平日窮理極精，臨文夷然而行，不責理而理附之；平日養氣極壯，臨文沛然而下，不襲氣而氣注之。則細入無倫，大含無際，波瀾氣格，無一處是古人，而皆古人至處矣！看文可助窮理之功，讀文可發養氣之功。看文，看其意，看其辭，看其法，看其勢，一一推測備細，不可辜負古人。讀文，則湛浸其中，日日讀之，久久則與爲一。然非無脱化也。歐公每作文，讀《日者傳》一過。歐文與《日者傳》，何啻千里？此得讀文三昧矣！今舉看文之法。譬如《史記·李將軍列傳》『匈奴驚，上山陳』，一『山』字便是極妙法門。何也？匈奴疑漢兵有伏，以岡谷隱蔽耳。若一望平原，則放騎追射矣，李將軍豈能百騎直前，且下馬解鞍哉？使班孟堅爲之，必先提清漢與匈奴相遇山下，亦文中能手。史公則於『匈奴驚』下銷納之，劍俠空空兒也！此小處看文法也。《史記·貨殖列傳》千頭萬緒，忽叙忽議，讀者幾於入武帝建章宫、煬帝迷樓，然綱領不過『昔者』及『漢興』四字耳。是史公胸次，真如龍伯國人，可塊視三山，杯看五湖矣！此大處看文法也。其讀文之妙無可言，當自得之而已！」見《答來卿》「至於作文之事：曰典。典者所以尊古也。若單文無故實，則比於小學諸書，當時語據制詔及功令是也。曰自己出。毋勦意，毋勦辭是也。曰審勢。能審勢，故文無定形。古之作者，言無同聲，章無同格是也。曰不過乎物。不過乎物者，必稱其物也。言事，言理，言情皆以之。」見《初集序目》「作文之法，不過理實氣充。理實先須致知之功，氣充先須寡欲之功。致知非枝枝節節爲之，不過其心淵然於萬物之差別，一一不放過。故古人之文，無一意一字苟且也。寡欲非掃浄斬絶爲之，不過其心超然於萬事之攻取，一一不黏著。故古人之文，無一句一字塵俗也。其尺度，則《文心雕龍》、《史通》、《文章宗旨》等書，先涉獵數過，可以得型典焉。若其變化之妙，存乎一心而已！」見《答來卿》

其論古今文家利鈍，如論太史公曰：「敬十五六時，讀《史記》，以孟子、荀卿與諸子同傳，不得其説。問之舅氏清如先生。先生曰：『此法史家亡之久矣！太史公傳孟子，曰受業子思之門人，曰道既通，蓋太史公於孔子之後，推孟子一人而已！而世主卒不用。所用者，孫子、田忌，戰攻之徒耳！次則三騶子、淳于髡諸人，其術皆足以動世主，傳中所謂牛鼎之意也。而孟子獨陳先王之道，豈有幸耶？荀卿者，非孟子匹也，然以談儒、墨、道德廢，況孟子耶！蓋罪世主之辭。其行文如大海泛蕩，不出於厓；如龍登玄雲，遠視有悠然之迹而已。孟堅、蔚宗，不能至也。然世主所以不用孟子者，何也？陷於利也，而不知即所以亡。故以梁惠王言利發端，又引孔子罕言利以明孟子之所祖。是以荀卿形孟子，以諸子形孟子、荀卿，故題曰《孟子荀卿列傳》。若孟堅、蔚宗，當題「孟二騶〔二〕淳于列傳」矣！此《史記》所以可貴也。』後見敬讀《文選》，曰：『汝知縱横之道乎！言相并，必有左右；意相附，必有陰陽；錯綜用之，即縱横也。』敬思之竟日，仍於先生之言《史記》得之，於是讀天下之書皆釋然矣！」見《〈孟子荀卿列傳〉書後》又曰：「作史之法有二，太史公皆自發之。其一《留侯世家》曰：『所與上從容言天下事甚衆，非天下所以存亡，故不書。』此作本紀、世家、列傳法也；而表、書亦用之。其一《報任少卿書》曰：『究天人之際，通古今之變。』此作表、書法也；而本紀、世家、列傳亦用之。《史記》七十列傳，各發一義，皆有明於天人古今之數，而十類傳爲最著。蓋三代之後，仕者惟循吏、酷吏、佞倖三途，其餘心力異於人，不歸儒林，則歸游俠，歸貨殖，天下盡於此矣！其旁出者爲刺客，爲滑稽，爲日者，爲龜策，皆畸零之人。」見《讀〈貨殖列傳〉》

讀《論衡》曰：「吾友張皋文嘗薄《論衡》，詆爲鄙冗；其《問孔》諸篇，益無理致。然亦有不可没者！其氣平，其思通，其義時歸於反身。蓋子任稾質卑薄，卑薄故迂退，迂退故言煩而意近。其爲文以荀卿爲途軌，而無其才與學，所得遂止此！然視爲商、韓之説者有徑庭焉！卑薄則易近於道，高强則易入於術，斯亦兼人者所宜知也！」

論漢人文曰：「近有言漢人文多如經注，唐宋文乃漢之變體者，吾誰欺？欺天乎！漢人文如經注者，止經師自序之文。其它奏疏、上書、記事、言情之文具在，皆與唐宋之文出入者也。推而上之，聖人之六經，文之最初者矣！唐宋之大家，悉與相肖。《儀禮》之細謹，《考工記》之峭宕，其相肖者，如《畫記》、《説車》是也。若漢之經師，肖六經何體耶？且文固不論相肖也。」見《與趙石農》

論韓愈曰：「《平淮西碑》是摹《詩》、《書》二經，已爲人讀爛，不可學。《南海廟碑》是摹漢人文，亦不可學。如書字摹古之帖，若復摹之，乃奴婢中重臺也！《送李愿序》淺而近俗，《與于襄陽書》俳而近滯，《釋言》窠臼太甚，《上宰相書》亦有窠臼。其後兩篇，夭矯如龍矣！學韓文，先須分別其不可學者，乃最要也。此外可學者，大抵識高則筆力自達，力厚則詞采自腴。而其用意用法之巧，有不可勝求者，略舉數篇以爲體例。如《汴州水門記》，節度使是何官銜，隴西公是何人物！水門之事則甚小，若一鋪叙，不成語矣。故記止三行，詩中詳其事業，於水門止一兩語點過。此是小題不可大作也。有大題亦不可大作者，李習之《拜禹言》是也。禹之功德，從何處贊揚？故止以數言唱歎之。知此，雖著述汗牛充棟，豈有浮筆浪墨耶！如《殿中少監墓志》，竟用點染法。

韓公何以有此筆墨？蓋因少監無事可書，北平王事業函蓋天地，若不敘北平王，於理不可。然輕敘則不稱北平王，重敘則少監一邊寥落，誼客奪主矣！是以并敘三代，均用喻言，使文體均稱，翻出異樣采繪，照耀耳目。且恐平敘三代，有涉形迹，是以將納交作連絡，存殁作波瀾，真鬼神於文者也！如《滕王閣記》，有王子安一篇在前，其文較之韓公，乃瑜珈僧之於法王，寇謙之、杜光庭等於仙伯，何足芥蒂！然工部所謂『當時體』也，其力亦足及遠，既有此文，不可不避；故韓公通篇從未至滕王閣用意，筆墨皆烟雲矣！如《貞曜先生》、《施先生墓志》，不列一事，以貞曜，詩人，施，經師，止此二意，便可推衍成絕世之文；若列一事，體便雜也。又如《曹成王碑》、《許國公碑》，盡列衆事，以二人均有大功於民生國計，其事皆不可削，須擇之，部署之，鋪排之，以成吾之文。若一虚摹，文與人與官皆不稱也！以上意法，引而伸之，可千可萬，可極無量！歐公蓋能得之而盡易其面貌，故差肩於韓公。若各大家、各名家均有所得，不如歐公所得之多也。儻不如此看，則歐公之文，與凡庸惡軟美之文何別哉！」見《答來卿》又曰：「余少讀韓退之《南山詩》及子厚《萬石亭記》、《小丘記》，喜其比形類情，卓詭排蕩。及長，始知其法自周秦以來體物者皆用之；非退之、子厚詩文之至者也！退之以重望自山陽改官京

曹，方有大行之志，故其詩恢悦；子厚負釁遠謫，故其文清瀏而迫隘。」見《〈沿霸山圖詩〉序》

其論明清人文曰：「文章之事，工部所謂天成。著力雕鎸，便覿面千里。儷體尚然，何況散行！然此事如禪宗箍桶脱落、布袋打失之後，信口接機，頭頭是道，無一滴水外散，乃爲天成。若未到此境界，一鬆口，便屬亂統矣。是以敬觀古今之文，越天成，越有法度。如《史記》，千古以爲疏闊；而柳子厚獨以潔評之。今讀伯夷、屈原等列傳，重疊拉雜，及删其一字一句，則其意不全；可見古人所得矣！至所謂疏古，乃通身枝葉扶疏，氣象渾雅，非不檢之謂也！敬於此事，如禪宗看話頭，參知識，蓋三十年。惜鈍根所得，不過如此！然於近世文人痛病，多能言之。其最粗者，如袁中郎等，乃卑薄派，聰明交游客能之；徐文長乃瑣異派，風狂才子能之；艾千子等乃描摹派，佔畢小儒能之。侯朝宗、魏叔子進乎此矣，然槍梏氣重；歸熙甫、汪苕文、方靈皋進乎此矣，然袍袖氣重。能擗脱此數家，則掉臂游行，另有蹊徑，亦不妨仍落此數家；不染習氣者，入習氣亦不染，即禪宗入魔法也。」見《與舒白香》又曰：「古文，文中之一體耳，而其體至正。不可餘，餘則支；不可盡，盡則敝；不可爲容，爲容則體下。方望溪曰：『古文雖小道，失其傳者七百年。』望溪之言若是！明之遵巖王慎中、震川歸有光，本朝之雪苑侯朝宗、勺庭魏禮、堯峰汪琬諸君子，皆不得與乎望溪之所許矣！蓋遵巖、震川，常有意爲古文者也。有意爲古文，而平生之才與學不能沛然於所爲之文之外，則將依附其體而爲之，則爲支、爲敝、爲體下，不招而至矣！是故遵巖之文贍，贍則用力必過，其失也少支而多敝；震川之文謹，謹則置辭必近，其失也少敝而多支。而爲容之失，二家緩急不同，同出於體下。集中之得者十有六七，失者十而三四焉；此望溪之所以不滿也。李安溪先生曰：『古文韓公之後，惟介甫得其法。』是説也，視望溪有加甚焉。敬嘗即安溪之意推之，蓋雪苑、勺庭之失，毗於遵巖，而鋭過之，其疾徵於三蘇氏；堯峰之失，毗於震川，而弱過之，其疾徵於歐陽文忠公。歐與蘇二家，所蓄有餘，故其疾難形。雪苑、勺庭、堯峰，所蓄不足，故其疾易見。然望溪之於古文，則又有未至者，是故旨近端而有時而歧，辭近醇而有時而窳。近日朱梅崖等於望溪有不足之辭，而梅崖所得，視望溪益庳隘。文人之見日勝一日，其力則日遜焉。敬生於下里，同州諸前達，多習校録，成考證專家。爲賦詠者，或率意自恣。而大江南北以文名天下者，幾於昌狂無理，排溺一世之人，其勢力至今未已。疑指袁枚言之。敬幸少樂疏曠，未嘗捉筆求若輩所謂文之工者而浸漬之，其道不親，其事不習，故心不爲所陷而漸有以知其非。後與同州張皋文、吴仲倫，桐城王悔生游，始知姚姬傳之學出於劉海峰，劉海峰之學出於方望溪。及求三人之文觀之，又未足以饜其心所欲云者，由是由本朝推之於明，推之於宋，推之於漢與秦，齗齗焉析其正變，區其長短；然後知望溪之所以不滿者。蓋自厚趨薄，自堅趨瑕，自大趨小。而其體之正，不特遵巖、震川以下未之有變，即海峰、姬傳亦非破壞典型、沉酣淫詖者，若是則所謂爲支、爲敝、爲體下者，皆其薄、其瑕、其小爲之。如能盡其才與學以從事焉，則支者如山之立，敝者如水之去腐，體下者如負青天之高，於是積之而爲厚焉，斂之而爲堅焉，充之而爲大焉。然所謂才與學者何哉？曾子固曰：『明必足以周萬事之理，道必足以適天下之用，智必足以通難知之意，文必足以發難顯之情。』如是而已。皋文最淵雅，中道而逝；仲倫才弱，悔生氣敗。」見《上曹麗笙侍郎書》又曰：「《海峰樓文集》，細檢量，論事論人未得其平，論理未得其正。大抵筆鋭於本師方望溪而疏樸不及，才則有餘於弟子姚姬傳矣。而或者以潔目之，鄙見太史公之潔，全在用意揫落千端萬緒，至字句不妨有可議者。今海峰字句極潔，而意不免蕪近，非真潔也。姬傳以才短不敢放言高論，海峰則無所不敢矣，懼其破道也。又好語科名得失，酒食徵逐，胸中得無滓穢太清耶！」見《與章澧南》又曰：「朱梅崖，始終學韓公者也。大抵韓公天資近聖賢豪傑，而爲文從諸經、諸子入，故用意深博，用筆奧衍精醇。梅崖止文人，而爲文又從韓公入，故詞甚古，意甚今，求鍊則傷格，求遒則傷調。自皇甫持正、李南紀、孫可之以後，學韓者皆犯之。然其法度之正，聲氣之雅，較之破度敗律以爲新奇者，已如負青天而下視矣！」見《答伊揚州書二》又謂：「南宋以後，束縛修飾。有死文，無生文；有卑文，無高文；有碎文，無整文；有小文，無大文。韓昌黎詩曰：『想當施手時，巨刃摩天揚。』南宋以後，止於水航之尺寸粗細用心，而不想施手時，故陵夷至此也。」見《上舉主陳笠帆先生書》獨盛自揚詡，以爲所作文，能生，能高，能整，能大。變化取子長，嚴整取孟堅。其孟堅以下，時參筆勢而已！

今觀其文，言厲氣雄，若肆意出之，而下筆特矜慎，與桐城姚鼐得法於劉大櫆同，而境詣不同。姚鼐如斂而促，意餘於辭而不欲盡。敬則特悍以肆，氣溢於篇而不敢盡。厥後曾國藩用揚雄、馬司馬相如以救姚鼐之希淡，而瑰麗間出，其蔽也雜；敬則學馬司馬遷、班固以異姚鼐之蕪近，而遒變時臻，其蔽也矜。其辭浄而無滓，斯敬之所以同於姚鼐，而與曾國藩爲異；其氣厲而爲雄，斯敬之所以異於姚鼐，而與曾國藩爲同。著有《大雲山房文稿初集》四卷，《二集》四卷，《補編》一卷，《言事》即尺牘二卷，而自爲《文稿通例》刊卷末，辨析義法，咸有援據。其治獄別有《子居決事》四卷。以嘉慶二十二年卒，年六十一歲。

錢基博曰：余讀陽湖陸繼輅《崇百藥齋文集》有《七家文鈔序》曰：「我朝自望溪方氏別裁諸僞體，一傳爲劉海峰，再傳爲姚惜抱。桐城一大縣耳，而有三君子接踵輝映其間，可謂盛矣！乾隆間，錢伯坰魯思親受業於海峰之門，時時誦其師説於其友惲子居、張皋文。二子者，始盡棄其考據駢儷之學，專志以治古文。蓋皋文研精經傳，其學從源而及流。子居泛濫百家之言，其學由博而反約。二子之致力不同，而其文之澂然而清、秩然而有序，則由望溪而上求之震川，又上而求之廬陵如一轍也！」於戲！敬之於桐城，若是班乎？是未可知也。桐城姚鼐自稱聞古文法於同鄉劉才甫先生，而陸氏則稱敬與張惠言之治古文，户牖開設自劉海峰。然就文章論之，惲、張二子於劉大櫆爲近，而姚鼐則相去不啻以千里。大櫆力摹昌黎，鼐則希蹤歐、歸。敬得大櫆之恣縱，惠言得大櫆之矜麗；而鼐則變以閒適。惲、張二子能取異己者之長而時濟之，鼐則避所短而不犯，而陸氏乃以一轍概之。其然，豈其然？余故著其離合異同之迹，以俟言文章流別者有所考焉。至敬之文，精察廉悍，肖其爲人。其紀畸人逸士，以微知著，常數語盡生平。持論有本末，言氣化、言仙釋，皆率臆而談，洞達真契，推勘物情，不事谿刻，而終莫能遁。然叙述膴仕富子，則支離拖沓；有所諍議，必揶揄顯要。性不欲有所後於人，而義味蓋闕，故於古先賢哲所不言，與言而不敢盡者，則莫不言之。又不耐受譏彈，負氣强辯，此不能無蔽也！其震讋一世以此，而不能無貽識者之譏亦以此！

（《江蘇教育》一九三五年第四卷第七期）

【校記】

〔一〕「二騶」，當作「三騶」，參見《初集》卷二《〈孟子荀卿列傳〉書後》校記。

案：錢基博《中國文學史》附録《讀清人集别録》有《大雲山房文稿》提要一篇，與此傳内容大體相同。傳文爲求通俗，引文皆不識出處，今據提要補識出處，以「見某篇」小字識於下。

子居明府

〔清〕錢泳

武進惲子居明府名敬，乾隆癸卯舉人。其先爲漢平通侯楊惲，因名爲氏。惲之子梁相遷毗陵，自漢至今，未嘗他徙。南田翁其族也。子居以官學教習出爲浙江富陽知縣。其爲官也，剛方正直，清廉自守，而訟斷如流，雖老吏莫能窺其奧，一時有神君之目。與同邑張皋(聞)〔文〕爲莫逆交，兩人俱以古文自命。而子居之文尤爲傑出，以韓、歐爲宗，以理氣爲主，如長江大河，浩乎其不可測也。丁艱，起服後歷官江西瑞金、新喻知縣，卒以剛方爲上官所忌，詿誤。後隨一僕遨游山水間，數年而卒。余嘗有書寄之云：昔司馬子長有言，如方枘欲納圓鑿，其能入乎？良可歎也！

(《履園叢話・耆舊》，清同治九年重修本)

送惲子居序

〔清〕張惠言

余少時嘗服馬少游言，求爲鄉里善人以没吾世。年二十七來京師，與子居交。觀其議論文章，礴切道德，乃始奮發自壯，知讀書，求成身及物之要。八年之間，共躓于舉場，更歷困苦。出頫仰塵俗，入則相對以悲，已相顧自喜益甚。凡余之友，未有如子居之深相知者。《詩》曰：「無言不讎。」子居之益余多矣。于其選而爲令，余可以無言？

始子居之語余也，曰：「當事事爲第一流。」余愧其言，然未嘗忘也。凡余之學，嘗求其上矣，自以爲不足，則姑就其次，故往往無成焉。夫爲令之道，六經孔孟之所述，子居向時之所道者，皆其上者也。以子居爲之，其不可以至耶？曰：「吾不爲彼之所爲者而已。」豈子居向時之所道耶？君子出其言，則思實其行；思其行，則務固其志。固志莫如持情，實行莫如取善。是乃子居之所以益余者也，子居勉之矣。

（《茗柯文編》初編，清光緒七年重刻本）

送惲子居序

〔清〕吴德旋

五十九年，惲子居以咸安宫教習期滿，謁選得浙江之富陽縣。余年十五六時識子居於家，及來都，與子居交益親。子居之友張皋文，予師友也。予之學爲古文，得子居、皋文兩人爲助。於子居之行，其能已於言邪？德旋聞之古之君子，其學也學其所行，其行也行其所學。唐宋人如韓退之、歐陽永叔、蘇子瞻、曾子固之徒，以古聖賢人爲師，其發於言，爲文章，美矣善矣，而施之政事，多可述者，不徒以言之已也。子夏曰：「仕而優則學，學而優則仕。」今子居之于學其果優乎否邪？若猶未優，則學固未可以已也。如曰：「吾已仕矣，學非吾事也。」則吾未敢信爲仕之獨優也。往年皋文作《吏難》四篇，言曲而中，極爲子居所賞。今其爲之也，于皋文之言者實能體而行之，吾見富陽之民之蒙其澤也。子居行矣，余何以告子居哉？曰：信以爲本，敏以出之，寬以居之，廉以守之。斯於仕與學也思過半矣。

（《初月樓文鈔》卷三，清道光三年康兆晋刻本）

與惲子居書

〔清〕吴德旋

子居先生足下：伏維比日政履綏和，侍奉堂上安吉，欣慰欣慰。德旋自皋文南還後，益落寞無所向。近與族子子方同主西華門外李員外家，惟朝夕以誦讀爲事。時之人未有能知德旋者，德旋亦不願人知也。竊嘗以古之賢人雖交滿天下，其號爲知己者，不過數人。然得此數人者知之，愈於羣天下之人知之也。今使羣天下之人知有德旋，而足下及皋文者乃反鄙夷而不屑道，則雖羣天下之人知之，如未嘗有知之者也。今德旋幸爲足下及皋文所知矣，雖時之人未有能知德旋者，德旋固以爲愈於羣天下之人知之也。足下前在京時，以孟、韓之學爲己任。及今從政，務益推而大之，斯德旋之見知於足下其爲幸愈不淺。德旋雖不敢自謂於古有得，但心竊志之久矣。古之道，不譽人以求悦己，故敢進其説如此也，足下其亦詳察之。不宣。德旋頓首。

（《初月樓文鈔》卷二，清道光三年康兆晋刻本）

祭惲子居文

〔清〕姚文田

維年月日，具官姚文田謹遣使，以清酌庶羞致祭於前任江西瑞金縣知縣子居惲大兄之靈曰：

嗚呼！昔在甲子，予經豫章。見君館舍，拜君高堂。款洽終夕，紛羅酒漿。及君北來，予之大梁。蹤迹相避，遂如參商。越兹不見，十有四霜。何期一别，泉路悠長。君性狷急，行己以剛。下視世俗，塵垢秕穅。與物微忤，氣奮膽張。予每獻規，亦云孔臧。及其遇事，則又如忘。屢宰下邑，澤流惠滂。傲睨大吏，如其輩行。衆雖嫉之，謂爲吏良。鄙夫安能，卒用大傷。勇於爲文，軼宋睎唐。詆訶異趨，詞鋒莫當。科舉學行，古文久亡。沿波討源，爲世津梁。嗟予於學，早不自薆。老而求助，非君誰望。乃不憖遺，哀哉彼蒼。思我親串，德如珪璋。惟惲與胡，情愛相方。胡君前逝，宿草墳荒。白髮慈親，支離在牀。今君復然，摧肝裂腸。懷舊臨風，流淚浪浪。南北各天，不能飛翔。緘詞寄哀，祇酹一觴。

（《邃雅堂集》，清道光元年江陰刻本）

二 著述考略

《惲氏家乘·先世著述考略》惲敬著述考

〔民國〕惲寶惠

惲敬北分石橋彔公派（魁元公支）第六十五世

考公字子居，一字簡堂，學者稱子居先生，東麓公之九世孫也。中乾隆癸卯科本省鄉試舉人，充官學教習。在京師即與同邑張皋文惠言商榷經義古文，於諸友中尤所愛重。選授浙江富陽縣知縣，丁憂。服闋，改授江西新喻，調瑞金縣知縣，署吳城同知，被劾罷官。事詳吳仲倫所爲《行狀》，不具述。

皋文先生歿，公聞之慨然曰：「古文自元、明以來漸失其傳，吾向所以不多作古文者，有皋文在也。今皋文死，吾當并力爲之。」公嘗自言其學非漢非宋，不主故常。其説經之文能發前人所未發，治古文得力於韓非、李斯，與蘇明允相上下，近法家言。叙事似孟堅、承祚，而公自稱其文自子長而下無北面。當是時，舉世方宗桐城方、姚之文，而公及同里張皋文、陸祁孫繼輅、董晉卿士錫、李申耆兆洛諸先生講求經世致用之學，以發爲文章，世稱之曰陽湖派。陸祁孫所爲公《墓志》，稱其研精經訓，深求史傳興衰治亂得失之故，旁覽縱横、名、法、兵、農、陰陽家言，較其醇駁而折衷於儒術，將以博其識而昌其辭，至於可用而無弊。所著《大雲山房文集》，海内承學之士幾於家置一編，傳刻至再至三，誠可謂立言不朽者矣。兹將已見著録者分考其略如次。

《十二章圖説》邑志有著録（註存），刻入《咫進齋叢書》

考是書公自有序，略謂古者十二章之制，漢諸經師不親睹其制，多推測摹擬之辭。然搜遺祛妄，各有師承，考古者必以爲典要。至歷代《輿服志》具載不經之制，而冕弁服則兢兢然不忘乎古焉。某頗窺各家禮圖得失，今上采箋註，下揆史志，爲十二章，分圖若干，合圖若干，歷代圖若干，附其説於後云云。草稿藏歸安姚覲元處。光緒乙亥，理而出之，黯昧蝕損，莫可究詰。僅存分圖十二，又歷代圖三，而按之後説，均屬參差，未敢臆定何代。仍附説一卷刊行，寶此叢殘，不敢失墜，俟禮家之考訂云爾。以上見覲元跋語，原圖説則刊入姚氏《咫進齋叢書》。

《古今首服圖説》邑志有著録（註存）

考是書公有自序，略謂自漢以後喜趨於苟簡，三代首服之制以意增損之。增損既久，與古全乖。其燕閒所服，更無故實。牽彼就此，以古合今，故禮圖所繪不能無失。某考各家經注及史傳，參伍始終，錯綜正變，爲圖説若干卷，冠、纚、冒各從其類。若朝祭之用，則經史具有明文，考古者可自得之云云。按上列兩種圖説，公集中僅存序文，其原書則各種刻本皆所未見。惟《十二章圖説》尚爲姚氏刊行，此書恐未易尋覓矣。按吳仲倫撰公《行狀》，云《歷代衣冠圖説》未成。

《子居决事》四卷邑志有著録（註存）

考是書公有自序，略謂本朝法皆畫一，行臺省大吏權不敵漢郡守，州縣吏權不敵漢户賊曹，皆謹奉功令，無敢恣意者。某初領縣事，然褊中，遇事輒任氣擊斷之。昔友張皋文過縣，曰：「凡天下以易心言吏事者，與手殺人一間耳。」某聞此言，爲之愧汗。今年五十矣（按公卒於嘉慶丁丑，年六十一，則作此序之時當爲嘉慶丙寅，公在瑞金縣任），精力志意漸不如前，始患過者，今未必不患不及。天道之盛衰、人事之進退，不可不防其流失也。因類前後所决事爲若干卷，以自觀省焉。其目曰稟，以達上官；曰批，以受民辭也。此書早見著録，可以覘公之吏才，惜亦未有刻本。

《大雲山房文稿初集》四卷《二集》四卷《言事》二卷邑志有著録（註存）

考是書經公手自編次，前列《通例》，爲金石文字及編集者之法式。《初集》目録瑞金陳蓮青雲渠排次讎校，凡雜文一百六十篇，嘉慶十六年五月刻於京師琉璃廠，工冗雜，不應尺度，且未竟。九月，補刻并修治於常州小營前。二十年三月，武寧盧旬宣劬眉改定二十篇入《外集》，復刻於南昌甲戌坊。公自爲《序録》云，皆嘉慶建元以後論撰，以年次其目録，而各記明某年某月至某地得文若干首。《二集》目録凡雜文九十六篇，嘉慶二十年（護頁作二十一年）長洲宋揚光吉甫刻於廣州西湖街。二十一年，自贛往歙，武進董士錫晉卿復爲排次，增定十篇。公自爲《序録》，以年次其目，與《初集》同。今參校所見各本，互有同異，爰臚列如次（其《言事》二卷，則專見於蜀刻本，爲他本所無）。

一、《初集》四卷二册。嘉慶十六年九月補刻於常州小營前，是爲家刻最初本。後定本入《外集》各文均未删，篇目與以後各刻本異。

一、《初集》四卷《二集》四卷，共八册。《初集》嘉慶二十年盧旬宣刻於南昌，《二集》翌年宋揚光刻於南海。兩集合訂一部，卷首《通例》後增吴德旋《行狀》一篇。是刻删文二十篇入《外集》，但所謂《全集》者并無《外集》。

一、《初集》四卷《二集》四卷《補編》一卷《言事》二卷，共九册。公孫念孫（按公無子，以弟之子爲嗣；念孫字叔嗣，官四川候〔補〕鹽大使）於同治八年七月重刻於四川，是爲蜀刻本。跋云：「咸豐庚申，家藏原板燬於兵燹，今重刻於蜀。又行篋中攜有尺牘一卷，附置於後。」按：即《大雲山房言事》也。《補編》所刻，即南昌本所删文二十篇，惟其註佚者，核之實只兩篇。其《上秦小峴按察書》之一及《外舅高府君墓誌》則仍見於他刻本也。此本初、二集篇目與贛、粵本皆同，但多完顏崇實前序、顧復初後序各一篇。又《言事》二卷據《武陽志餘》稱附文稿以行，皆論學論理之書，涉民事者不存焉。雖尺牘，亦古文也。又此本第一册護頁「某年月重刻於蜀，板存山西館街口半濟堂側雷信述齋」。

一、《初集》四卷《二集》四卷，共八册。光緒十四年正月，公曾孫元復（時官於鄂）重刻於湖北。篇目排次與盧、宋合刊本同，惟《初〔集〕》四卷有圈點起訖及評語，而《二集》無之。《初集》卷三多補佚一篇。

一、《初集》四卷《二集》四卷，共八册。光緒十四年，湖北官書處刊印本。其板本與前完全相同，僅護頁「春正月」易「官書處」三字。

一、《初集》四卷《二集》四卷《補編》一卷《言事》二卷，共六册。商務印書館《四部叢〔刊〕》内影印蜀刻本。又中華書局印行《四部備要》排印本同。

一、《惲子居文鈔》四卷，共四册。宣統紀元上海國學扶輪社石印本。文僅四卷，篇目與以前各刻異，似係據一選鈔本付印。文皆斷句。

《大雲山房雜記》二卷刻入《咫進齋叢書》

考是書有同治十一年九月歸安姚覲元刻。《大雲山房雜記序》略謂先生所著《大雲山房文稿》初、二集（按姚序稱《二集》刻於廣州者後附《言事》一卷，但所見各本除蜀刻外皆未見），蓋不知幾經删定而後成書，而先生畢生精力亦萃於此矣。先世父比部公（按即姚晏，字聖常）爲先生女夫，藏手稿數十篇，某幼時常得見之，今都散佚。其存者《十二章圖説》二卷，圖已不全，及此《雜記》二卷而已。《雜記》不見於文集，或所手删，或成於刻集之後，均未可知，故刻之以質世之讀先生文者。

《大雲山房集外文》一卷輯刊中

長汀江丈叔海瀚藏有公集外文十三篇舊鈔本，先府君借而鈔録，原有硃色圈點，亦爲手過，以付不肖。迨府君捐館後，惠曾照録校刻，板舊存都寓中，尚未付印。今遍閲各本目録，無一同者，擬與蜀刻《文稿補編》中之十八篇并成一卷，續爲付刊，名之曰《大雲山房集外文》，以補其闕，藉廣流傳。特先附識於此。

《蒹塘詞》見《武陽志餘》

《志餘》稱是編未刊入《大雲山房集》，今存者惟張氏《詞選》附録中《畫胡蝶》詞六闋而已。考毘陵詞家亦自成一派。張皋文先生著有《茗柯詞》一卷，其詞學專主意内言外，旨約辭深，由北宋諸家以上規南唐二主，淵源温、韋。一時如先子居公、劉申受、丁若士、陸祁孫、左仲甫、李申耆、周保緒諸老皆宗之，海内詞家至推爲毘陵詞派正宗。公所著《蒹塘詞》已無傳本，《詞選》雖僅存此六闋，亦可略窺公之詞學矣。

（《惲氏家乘》前編卷十八）

《桐城文學淵源考》惲敬條

〔民國〕劉聲木

惲敬，字子居，一字簡堂，武進人。乾隆癸卯舉人，官吴城同知。初聞古文義法，未及爲。後因張惠言早殁，遂并力以治古文。研精經訓，深求史傳，得力于韓非、李斯，近法家言。叙事似班孟堅、陳承祚，義法一本司馬子長。雖氣必雄厲，力必鼓努，思必精刻，然綜核廉悍，高簡有法。其鎔鍊淘洗之功用力甚久，用能澄然而清，秩然而有序，仍屬桐城家法。撰《大雲山房文稿》初集四卷、二集四卷、補編一卷、續編一卷，雜著□卷。

《武進陽湖合志》、《富陽縣志》、《初月樓詩文鈔》、《萇楚齋書目》、《崇百藥齋集》、《藝舟雙楫》、《國朝先正事略》、《國朝文匯》、《碑傳集》、《皇朝經世文編》、《國朝耆獻類徵》、《皇朝續文獻通考》。

（《桐城文學淵源考》，民國十八年直介堂叢刻本）

《桐城文學撰述考》惲敬撰述考

〔民國〕劉聲木

《大雲山房言事》二卷

《子居決事》四卷

《蒹塘詞》

《十二章圖説》二卷《咫進齋叢書》本

《古兵器圖考》

《五宗語録刪存》五集

《大雲山房文稿補遺》一卷

《大雲山房文稿外集》

《大雲山房雜記》二卷《咫進齋叢書》本

《古今衣冠圖説》未成

《明儒學案條辨》

《富陽縣志》□卷張惠言同修

（《桐城文學撰述考》，民國十八年直介堂叢刻本）

刻《大雲山房雜記》序

〔清〕姚覲元

簡堂先生文直溯子長，孟堅以下不屑道也。所著《大雲山房文稿》，《初集》四卷先刻于京師，補刻于常州，復刻于南昌。《二集》四卷刻于廣州，後附《言事》一卷，蓋不知幾經删定而後成書，而先生畢生精力亦萃於此矣。此外若《外集》，若詩詞，若《十二章圖説》、《古今首服圖説》、《子居决事》，皆存其序目於文集中，而其書世不數覯。先世父比部公爲先生女夫，藏先生手稿數十篇。覲元幼時常得見之，今都散佚。其存者《十二章圖説》二卷，圖已不全，及此《雜記》二卷而已。《雜記》不見於文集，或所手删，或成於刻集之後，均未可知。要亦文之畸零，於先生無足輕重者。雖然，世固謂睹一鱗而知龍，見一翼而知鳳，非龍之體具此一鱗，鳳之美萃此一翼，蓋即此一鱗、一翼，已非凡有鱗者之鱗與凡有翼者之翼所可及也。故刻之以質世之讀先生文者。同治十二年九月歸安姚覲元撰。

（見《大雲山房雜記》卷首，清光緒九年歸安姚氏刻《咫進齋叢書》本）

案：《大雲山房雜記》、《十二章圖説》皆刻入姚覲元《咫進齋叢書》。

《大雲山房雜記》提要（《筆記小説大觀》）

〔清〕惲敬撰。敬爲一代博洽工文之士，有《大雲山房文稿》行世。此記獨佚而不載，是否爲敬所手删，或成於刻集之後，無從臆揣矣。記雖寥寥二卷，而長於考據，精深明碻。如「税船之始」、「門神之始」、「禁博戲之始」、「倡優名班之始」，窮源遡委，具見根柢，非泛爲徵摭者比也。吉光片羽，彌足珍貴，是固不以多寡論也。

（《筆記小説大觀》第七册，上海進步書局印行，江蘇古籍刻印社重版）

惲子居《紅樓夢論文》

〔民國〕李葆恂

往在鄂省，聞陽湖惲伯初大令云，其曾祖子居先生有手寫《紅樓夢論文》一書，用黄、朱、墨、緑筆，仿震川評點《史記》之法，精工至極，兼有包慎伯諸老題跋，今在歸安姚方伯覲元家。大令擬刻以行世，乞方伯作序，未及爲而方伯卒，此書竟無下落。或云已爲其女公子抽看不全，真可惜已。否則定能風行海内，即有志古文詞者亦或有啓發處。子居爲文自云司馬子長以下無北面者，而於曹君小説傾倒如此，非真知文章甘苦者何能如是哉！

（《舊學盦筆記》，民國五年《義州李氏叢刻》本）

案：此篇據南師大古籍所編《江蘇藝文志·常州卷》檢得。其原文著録惲敬著作大抵本諸《惲氏家乘·先世著述考略》，故不俱録。

三　評論

吴德旋評（五篇）

〔清〕吴德旋

書《大雲山房文稿》一

吾觀竺乾氏之書，恣睢奡悍，無所顧畏，直而不撓，前而不却，文之傑然者也。惲子居得之以言儒言，而佐之以秦人之精刻，故雄悍舉無與比。然欲進而儕於詩書作者之列，則闕乎優柔濬邈温純之美，其高者乃幾及於鼂家令之爲焉。鼂家令以刻覈之資，治申、商之學，非必專意爲文也。子居專意爲文，而適焉鼂家令之似，則固其性之所近，而非盡由於學。非其性之所近而强學之，鮮有不敗矣。余謂漢人之文可師法者，無過劉子政。子政文端愨淵懿，足以徵君子之所養，學之雖不成，不失爲謹厚士，無險厲佻薄之習。其成者，在宋爲曾子固，在明爲歸熙甫，在我朝爲姚姬傳，皆絶異乎子居之爲之者也。其與子居爲孰勝乎？非蒙之所能定也。世有推高子居，謂其文直與韓退之并。之人也，固異乎榮古虐今者之識歟！而其於退之亦游其藩而已，其窔奥則未之睹也。

（《初月樓文鈔》卷一，清道光三年康兆晉刻本）

書《大雲山房文稿》二

〔清〕吴德旋

子居《與湯編修書》文甚工，論皋文語甚當。夫皋文，世所推奉而信其說之不謬者也。然皋文其始以漢人之學爲賢於宋，猶不免於隨時俗之好以就名。後既遷而爲濂、洛、關、閩之說，則爲時無幾，而其說之存於著述者不少概見。嗚呼，天不欲使斯道大章顯於世耶？胡奪斯人之酷也！然而世之溺於功利辭章之習久矣，皋文即幸而獲永其年，大聲疾呼以震發一時之聾聵，人之羣焉推奉而信其說之不謬者，未必如其始之爲漢學時。子居之論皋文當矣。而子居好己勝而自多其能，其才愈高而言乎質之近道，則皋文爲愈於子居。皋文之稱子居也，曰「亦狂亦狷，亦隘亦不恭」。狂者進取，狷者有所不爲，子居信皆有之。其狷而至於矜也，似隘；其狂而入於肆也，似不恭。夫隘與不恭，非夷、惠之病，學夷、惠者之病也。子居兩似之而自喜益甚，故卒遠於中行。雖然，以子居之才而循循乎先聖賢之規矩繩墨，則横渠、康節之儔也，豈直爲文士已哉？

（《初月樓文鈔》卷一，清道光三年康兆晉刻本）

與程子香論《大雲山房文稿》書

〔清〕吴德旋

前往惲子居《大雲山房文稿》，頗悉心究其利病否？子居文有得於「遷、固之雄剛」，然頗似法家言，少儒者氣象。《上秦小峴按察書》乃絶似《戰國策》，唐以後如此等文甚少也。其言云「仲倫之於道也儉」，此語誠中吾病；其言「仲倫達心而懦」，此非知予者。予性實剛介，特不喜與人競是非耳，豈遂懦哉？其論王惕甫謂「惕甫强有力而自恃」，又云「惕甫之於道也越」。此二語恐子居亦所不免，惕甫或較甚耳。古之學者，厚於責己而恕以待人，故其氣和，其詞婉。自明以來，文士不知此義，而好貶人以自高，故其矜情勝氣時時流露於楮墨間，去「孟、韓温醇」之境遠矣。或謂子居文似毛西河，予以爲西河冗雜，子居高簡有法，相懸不可以階級計，但詞氣特相近耳。然使子居和其氣，婉其詞，其文未必能若是之雄且傑也。使子居能和其氣，婉其詞，而其文仍若是之雄且傑，不且將差肩於子長、退之，而陵轢孟堅、子厚矣乎？然今子居之所就，固已在持正、可之上，而方之明允、介甫，猶爲未足焉。吾之文，位置當在震川、望溪間，固子居之所甚不滿者。而子居之文，予亦以意量其高下如此。此千古之事，豈一人之私能軒之而輊之哉？大弟究心斯事久矣，其以予之言爲何如也？不宣。（《初月樓文鈔》卷二，清道光三年康兆晋刻本）

與王守静論《大雲山房文稿》書

〔清〕吴德旋

子香歸，得手書二，藉悉近狀，甚慰遠懷。《與子香論〈大雲山房文稿〉書》，因子香之問而及之耳，不欲傳聞於人也。子香與足下觀之，過矣。足下欲書此文而藏之，抑又過矣。無已則請得與足下申論之。

僕於文所見與子居異。子居爲文氣必雄厲，力必鼓努，思必精刻。而僕所深好者，柔澹之思、蕭疏之氣、清婉之韻、高山流水之音。此數者皆子居所少。然子居文固遠出雪苑、勺庭諸公上。其字句皆經鎔鍊淘洗，誠爲得力於周秦諸子之書，非苟作者。然亦但可謂之文而已，若謂道即因之而見，恐矜氣太甚，未爲得中道也。至其論文之語，則僕往往求其解而不可得。子居以爲古文其體至正，此語恐非是。經、史、子皆文也，安得別有所謂古文體乎？唐宋人文集中亦有言古文者，對當時場屋中取士之文言之，非別立一體，以爲古文之式也。其言「不可盡」、「不可餘」，吾不知其所謂盡，以何人之文之體較之而謂之盡；其所謂餘，以何人之文之體較之而謂之餘也。子居述安溪先生言謂「古文韓公後介甫得其法」，而子居推其意言之，則自歐陽文忠公而下均有貶詞，似古文之體當以韓公爲正矣。而子居又嘗以爲文必宗經，唐宋人作贈序，是謂不經。贈序韓公之作最佳，而子居一筆抹倒，則又似不以韓公爲正。究不知其所謂盡，以何人之文之體較之而謂之盡；其所謂餘，以何人之文之體較之而謂之餘也。夫經、史、子皆文，文固不始於韓公。僕竊以爲有文字來，當以虞夏之書爲文祖。虞夏之書簡而易明，殷《盤》、周《誥》何其爲之難也，言之又何其嘵嘵也。殷周人已不能得虞夏人作文之法，而況於戰國之世，道術分裂，諸子百家之紛紜雜出者乎？而又況乎唐、宋、元、明諸人之各名一家者乎？欲以一律繩之，難矣。子居之論震川也，謂震川之文謹，謹則置詞必近，以是爲震川之失。夫謹莫謹於《春秋》，《春秋》將有失耶？置詞之近，莫近於《論語》，《論語》將有失耶？以震川之文較之聖人之爲言，其淺深、大小、高下誠不可以同日語。然其所以不可同日語者，當别自有在，而非謹之失與置詞之近之失也。故僕又以爲下六經之文一等者，司馬子長之《史記》是也。《史記》文無美不具，自兹已降，即不能無少欠缺。以此人之所有傲彼人之所無，無不可者。子居以其雄厲之氣、鼓努之力、精刻之思，傲廬陵、震川諸君子，諸君子必俯首而願爲之屈；而諸君子以其柔澹之思、蕭疏之氣、清婉之韻、高山流水之音傲子居之所短，子居能無避席乎？僕於古人之文好而學之二十餘年矣，近以饘粥不繼，方汲汲治生，此事蓋已廢棄，非欲與子居競名者。然僕於文自有見處，不能於子居之所是者而即是之，所非者而即非之也。子居高才盛志，幾欲掩迹韓、柳。僕之荒言，固知必爲有識者所訶。足下其藏之篋中，勿以宣示於人，幸甚幸甚。德旋頓首。

（《初月樓文鈔》卷二，清道光三年康兆晉刻本）

《初月樓古文緒論》評惲子居語

〔清〕吴德旋

惲子居文多縱横氣，又多徑直説下處，不善學之，便易矜心作意而氣不和。其續集氣息較好，筆力又不逮前集矣。惟作銘詞古質不可及。文章説理不盡醇，故易見鋒鍔。

子居自命似欲獨開生面，然老泉已有此種，不可謂遂能出八家範圍也，但不可謂其學老泉耳。老泉文變化離合處，非子居所能。

（《初月樓古文緒論》，《别下齋叢書》本，民國十二年上海商務印書館影印清海昌蔣氏刻本）

包世臣評（一篇）

讀《大雲山房文集》

〔清〕包世臣

右《初集》、《二集》共八册，故友陽湖惲敬子居之所作也。子居文精察廉悍如其爲人，其紀畸人逸士，以微知著，常數語盡生平。持論有本末，言氣化、言仙釋，皆率臆而談，洞達真契，推勘物情，不事谿刻而終莫能遁，近世言文未有能先子居者也。然叙述膴仕富子，則支離拖沓，有所諍議，必揶揄顯要，即誚訕守土長吏，率多府罪于下，是其不能無蔽也。子居性不欲有所後於人，而義味蓋闕，故於古先賢哲所不言，與言而不敢盡者，則莫不言之。又不耐受譏彈，流輩固無以加子居震讋氣矜，罕能以所欲言進及進而得盡者。子居之文必傳於後世，然其必以是數者致累亦無疑也。然古文自南宋以來，皆爲以時文之法，繁蕪無骨勢。茅坤、歸有光之徒程其格式，而方苞系之，自謂真古矣，乃與時文彌近。子居當歸、方邪許之時，矯然有以自植，固豪傑之士哉！其兩集目録，述古人淵源所自當已，然與人論文書十數首，仍歸、方之膚説。將毋所與接者，庸凡不足發其深言耶？抑能行者，固未必能言也？予將訪哲弟敷子寬於海寧，子寬心成之士，能言其兄文所至者也，故書以詢之。

（《小倦遊閣集》卷十四，清包氏小倦遊閣鈔本）

李元度評（一篇）

書《大雲山房集》後

〔清〕李元度

子居治古文，從周秦諸子入，尤得力於韓非、李斯、鼂錯，近法家言。叙事近班孟堅、陳承祚，深於《史記》，能得其法外之意。本朝文家，於太史公書得其深者，推魏叔子、方望溪及先生。先生謂自子長而下無北面者，其篤自信如此。集中無詩文集及贈送序，雖以韓、歐所嘗爲者，皆堅謝弗爲，自謂義例固於金湯。其論文曰典，曰自己出，曰審勢，曰不過乎物，皆不愧古之立言者。惜其好牽引釋氏書，援儒入墨，推波助瀾，如《金剛經》、《楞伽經》、《楞伽經》續、《維摩經》、《壇經》書後，《五宗語録删存序》、《光孝寺碑銘》等篇，皆不應入正集。張南山嘗欲盡芟之，爲别刊一本，真知言也。古今文章家，惟韓、歐二公及望溪集不闌入二氏一語，此所以爲正宗歟！子居齗齗辨晰，其蔽乃若此，殆賢智之過，而結習未能忘也。

（《天岳山館文鈔》卷三十，清光緒六年爽谿精舍刻本）

陸繼輅評（三篇）

封贈應書某階某官

〔清〕陸繼輅

《大雲山房文稿通例》極精核，惟云子孫封贈止應書階非是。謹按制誥，兹以覃恩封贈爾爲某大夫某官，是明以子孫之官官之也。若止書階，則編修、知縣、教授并文林郎，講讀學士、祭酒、知府并朝議大夫既無所分別，而京朝官加級請封，益不知用何官得封矣。（《合肥學舍札記》卷六）

有心相難

〔清〕陸繼輅

惲子居敬論震川之文謹，謹則置辭必近。其言甚當。吳仲倫德旋非之，謂謹莫謹於《春秋》，近莫近於《論語》，斯言過矣！今人有失之隘者，仲倫將曰莫隘於伯夷邪？有失之不恭者，仲倫將曰莫不恭於柳下惠邪？震川之謹，非《春秋》之所謂謹；震川之近，非《論語》之所謂近也。故知此文乃有心相難之作，未足以服子居之心也。（《合肥學舍札記》卷一）

三國正統

〔清〕陸繼輅

友惲子居云：《三國志》以評易贊，何也？吳、魏君臣皆亂世之雄，從而贊之，是長亂也。惟蜀君臣宜有贊，故於其終全録楊戲之文。壽之奪魏、吳而與蜀如此，可謂微而顯矣。其識益精。……（《合肥學舍札記》卷十一）

龔自珍評（一篇）

識某大令集尾

〔清〕龔自珍

某大令，我不暇與之言佛儒之異同矣。言大令，大令爲儒，非能躬行實踐、平易質直也。以文章議論籠罩從游士，士慴然。聰明旁溢，姑讀佛書，以炫博覽。於是假三藏之汪洋恣肆以沛其文章，文章益自憙。此其弟一重心。然而漸聞佛氏之精微似不盡乎此，恧焉，怯焉，退焉，阻焉，悔焉。此其弟二重心。名漸成，齒漸高，從游之士之貌而言儒與貌而言佛者益附之矣。則益傲慢告人曰：佛未可厚非。若以佛氏蒙其鑒賞者然，若以其讚佛爲佛教增重者然。此其弟三重心。有聊竊其旁文剩義以詁儒書，頗有合者。於是謗儒之平易質直、躬行實踐者曰：聰明莫我及。又深没其語言文字，諱其所自出，以求他年孔廡之特豚。此其弟四重心。如之何而可以諱之也，莫如反攻之，乃猖狂而謗佛。其謗佛也，無以自解其讀佛也，於是效宋明諸儒之言曰：不入虎穴，焉得虎子。我昔者讀佛，正爲今者之闢佛。於是并其少年之初心而自誣自謗。此其弟五重心。見儒之魁碩而尊嚴者，則懼而謝之曰：我之始大不正，不敢卒諱。與前説又岐異，所遇强弱異，故卑亢異。然而又謗儒書，所謗何等也？孔子、孟子之言窮理盡性以至於命之事，《易》、《詩》、《書》、《中庸》之精微，凡與佛似則謗之曰：儒之言絶不近佛，儒自儒，佛自佛。如此立言，庶幾深没其迹矣。此其弟六重心。儒之平易者受謗，儒之精微者又受謗，讀儒謗儒，讀佛謗佛，兩不見收，覆載無可容。其軍敗，其居失，其口呷嘎，其神沮喪，其名不立，其踝旁皇，如嬰兒之號於路、丐夫之僵於野。老矣理故業，仍以文章家自遁。遁之何如？東雲一鱗焉，西雲一爪焉，使後世求之而皆在或皆不在。此其弟七重心。或告之曰：文章雖小道，達可矣，立其誠可矣。又告之曰：孔子之聽訟，無情者不得盡其辭。今子之情何如？又不應，乃言曰：我優也，言無郵。竟效優施之言，以迄於今死。

（《定盦續集》卷三，清同治七年吴煦刻本）

案：民國世界書局鉛印本《龔定盦全集類編》此篇文末有龔橙注：「大令爲惲敬，陽湖人。以文鳴一時。文筆非無取，唯好名無信根，甘爲佛法外道，故大人書以示戒。橙記。」

李慈銘評（四條）

〔清〕李慈銘

擁衾閲惲子居敬《大雲山房集》。子居與文僖爲婚姻，其學亦出入漢、宋，而雜于佛氏。喜爲高古簡奥之文，頗盛自標置，詆訾明以後諸家，無一當意。其文其學，殆與姚姬傳并時驂靳，而碑誌諸作，峭潔精嚴，自成一子，乃遠非姬傳所及。其《大庾戴文端碑文》，尤極用意，固近世之奇作也。

同治癸亥十一月初六日

跋《大雲山房集》一通。略謂其文從子家入，由史家出，故簡潔峭深，其學本于法家，故其言峻刻寡情，然嘉慶以來，無其敵也。

十二月初五日

感涼小病，卧閲《大雲山房集》。大雲文自足傳，惜其標置過高，好自爲例，乃時失之紛雜，此包慎伯所以病其破碎也。又喜説經，而議論無根據，令人有蛇足之歎。

同治丁卯八月十九日

閲惲子居《大雲山房集》。其《潮州韓文公廟碑》、《廣州光孝寺碑》，皆稱奇作，而議論皆有過當處。

光緒丁亥十二月十二日

（《越縵堂讀書記》，中華書局一九六三年版）

《國朝詩人徵略》所輯有關評論

〔清〕張維屏輯

古文體例，有有定者，有無定者，然必先明於有定，而後可以言無定。明以來金石之文往往不考古法，漫無矩度，是體例不可不講也。如潘氏昂霄之《金石例》、王氏行之《墓銘舉例》、黄氏宗羲之《金石要例》，皆援據賅洽，辨論精詳，治古文者所當考究。至惲子居自爲文集通例，不過一家之言，然亦足見其矜慎不苟，且條列簡明，亦足爲初學

治古文者之一助也。(《聽松廬文鈔》)

國朝古文,論者多推望溪方氏苞,前乎方氏者,有侯方域、魏禧、汪琬、姜宸英、朱彝尊、邵長蘅諸家,後乎方氏者,有劉大櫆、袁枚、朱仕琇、魯九皋、彭紹升、姚鼐諸家,而數十年以來,則袁、姚兩家爲尤著。子才之文爽健近於肆矣,然未足以言古人之肆也,且好爲可喜可愕以動人目,其流弊將入於小説家;姬傳之文謹嚴近於醇矣,然未足以言古人之醇也,且拘守繩尺不敢馳騾,其流弊將如病弱之夫,懨懨不振。故就諸家而論,愚以爲文氣之奇推魏叔子,文體之正推方望溪,而介乎奇正之間則惲子居也。諸家爲古文,多從唐宋八家入,唯魏叔子、惲子居從周秦諸子入,而皆得力於《史記》。夫善學古人者,非徒學其形貌,貴得其神氣也;非徒學其文中之辭,貴得其文外之意也。叔子、子居之文於《史記》未嘗貌似,而吾謂其善學《史記》者,謂其得《史記》言外之神、法外之意也。然世人貴遠而賤近,推魏叔子或以爲偏嗜矣,至推惲子居或且以爲阿好矣。雖然,文章公器,願與知言者共審之。(《聽松廬文鈔》)

嘉慶乙亥六月,常州惲子居敬初至廣州。一日,葛衣葵扇訪余於城西,一見如舊相識。次年春,子居即度嶺北旋,其寓羊城僅數月。時余館西關外,相隔重城,亦未能數數把晤也。一日，謂余曰：「吾將爲文贈君，以誌永好。」余曰：「微先生言，屏亦願有請也。先大母苦節數十年，既蒙朝廷旌，屏欲得賢而工文者爲文，表諸墓，以示後嗣，敢以爲請。」子居曰：「敬諾不敢辭。」越日，屏具衣冠，奉行狀詣寓齋，再拜子居，於是爲撰《黄太孺人墓表》，今載集中。

又一日，過余談至日暮，留宿齋中，固索余古文稿觀之，辱承獎許，且勸并力爲之。將行，執余手曰：「子，嶺外柳仲塗也，他日文集編成，作序者其惲子居乎？」孰意别後曾不二年，遽聞微疾辭世。古文一道失此良友，每一念及，輒令人意沮心孤，不禁太息歔欷而不能自已也。至《柳仲塗集》雖曾瀏覽，實非所好，且生平性情亦與之不類，不知子居曷爲舉以相況？惜當時匆匆握别，不暇詳矣。（《聽松廬文鈔》）

一日，與子居飲，酒酣，余曰：「子之文必傳於後世無疑，唯集中有牽引釋氏之言，此種最爲可厭。余他日爲子别刊一本，當盡删之。」子居曰：「《佛遺教經》云：『若有人來節節支解，當自攝心，無令嗔恨。』支解且不恨，況删文字耶？」余曰：「子欲以酒解酒耶！」相與大笑。（《松軒隨筆》）

朝鮮金正喜評（一篇）

朝鮮　金正喜

上權彝齋（敦仁）

《大雲稿》收在籤厨云。曾一寓目，可稱歐、曾正派，近來巨擘。議論稍涉縱橫，或似坡公規制。大有嚴整，無愧介甫，無一放倒罅漏，直欲上掩方、劉，未可以突過。特其魄力稍大，至於姬傳之澹雅處，終遜一籌。如袁子才、王念豐諸人，當辟易矣。其人品極高伉，擇言而發，必當徵信於後人。碑志有可讀者，無諛辭，東人眼境所不能及。如東人之飣餖湊砌，乳語屁説，無所一遺者，可以此卞之耳。初、二集外，又有外集。厨收中若具存，可暫抽示？伏望又或近出文字之可觀者，并有以獲睹，幸甚。

（《阮堂全集·阮堂尺牘》，果堂文化社影印本）

四　提要序跋

《四部備要書目提要》惲敬集提要

《大雲山房全集》十一卷

著者小傳

惲敬，清陽湖人，字子居，號簡堂，乾隆舉人，歷知富陽、江山二縣，遷江西吴城同知，以事去官。爲人負氣，矜尚名節，所至以振興文學爲務。自言其學非漢非宋，不主故常。治古文得力於韓非、李斯，與蘇明允相上下，近法家言，世稱陽湖派。有《大雲山房文集》。

本書略述

《大雲山房初集》四卷，《二集》四卷，《言事》二卷，《補編》一卷，清惲敬撰。

惲氏古文，世稱爲陽湖派之祖。吴德旋撰惲氏行狀，稱先生之治古文得力於韓非、李斯，與蘇明允相上下，近法家言，叙事似班孟堅、陳承祚。而先生自稱其文自司馬子長而外無北面。其《上曹儷笙侍郎書》有與同州張皋文、吴仲倫，桐城王悔生遊，始知姚姬傳之學出於劉海峰，劉海峰之學出於方望溪，及求三人之文觀之，又未足以饜其心之所欲，乃由本朝推之於明，推之於宋、唐，推之於漢與秦，齗齗焉析其正變，區其長短等語。是知惲氏陽湖之學，其根本實出於桐城，并無與桐城派有角立門户之見也。

李氏慈銘謂惲氏之學出入漢、宋而雜於佛氏，善爲高古簡奥之文，頗盛自標置，詆詈明以後諸家無一當意，其文其學殆與姚姬傳并時驂靳，而碑誌諸作峭潔精嚴自成一子，乃遠非姬傳所及。所作《大庾戴文端碑文》尤極用意，固近世奇作等語。李氏讀書獨具特識，其言自當不誣。至與惲氏同時，亦以陽湖派卓然成家者，尚有張氏惠言。

（《四部備要》）

《清人文集别録》惲敬集提要

張舜徽

《大雲山房文稿初集》四卷《二集》四卷《言事》二卷《補編》一卷 同治八年刻本

陽湖惲敬撰。敬字子居，乾隆四十八年舉人。以教習官京師。期滿，以知縣用。歷官富陽、平陰、新喻、瑞金等縣。嘉慶二十二年卒，年六十一。吴德旋稱其爲人負氣，矜尚名節，所至輒與上官忤。上官以其才高，每優容之，而忌者或銜之次骨。卒爲人誣告家人得贓失察，被劾黜官。（見吴氏所撰《行狀》，載《初月樓文鈔》卷八）又稱其文有得於遷、固之雄剛，然頗似法家言，少儒者氣象。（見《初月樓文鈔》卷二《與程子香論〈大雲山房文稿〉書》）包世臣亦稱其文精察廉悍，如其爲人。（見《藝舟雙楫·論文三·讀〈大雲山房文集〉》）今觀是集卷首有通例及叙録，高自標置，悍然自擬于子史，其自待已不淺。究其所至，大抵以碑誌之作爲最佳，簡潔謹嚴，頗具史法，遠非并世文家所能逮。説經非其所長，好逞己見而無義據。蓋有見於當時以説經爲尚，故亦數數爲之，因置之集中以自重耳。其實敬文辭足以自立，不説經何害？殆亦囿于風氣，猶未能免俗也。敬始在京師，獲交張惠言、吴德旋、王灼，以學問文章相切磋。知姚鼐之學出于劉大櫆，大櫆之學出于方苞，因求得三家文讀之，未足以饜其心，由是推之于明，推之于宋、唐，推之于漢與秦，而後有所得。《文稿初集》卷三《上曹儷笙侍郎書》，既已自道之矣。可知其從事之始，固自桐城三家之文入門也。其文之足以自立者，在其入而能出，不爲桐城義法所囿耳。後之論清世文派者，必立桐城、陽湖二目，一似壁壘嚴峻，有可分而不可合之勢，豈其然乎！

（《清人文集别録》卷十，中華書局一九六三年版）

同治二年本惲世臨重刻附記

先伯父簡堂先生所著《大雲山房文稿》、《初集》、《二集》共八卷，外附《言事》二卷。嘉慶丙子歲刻於南海西湖街，版藏故望，越咸豐庚申，燬於兵火。世臨大懼先伯父著述泯没不傳也，爰議鳩工重鋟，越五月工竣。始終董其事者，劉刺史如玉力也。同治二年

秋九月從子世臨謹識於楚南節署。（同治二年本書末）

同治八年本惲念孫重刻附記

先祖《大雲山房古文》兩集共八卷。咸豐庚申歲，家藏原板燬於兵燹。今念孫重刻於蜀，又行笥中携有尺牘一卷，附置於後。其通例向刻卷末，今列於卷首，以便省覽。

同治八年秋七月，孫念孫謹記。（同治八年本書末）

同治八年重刻本完顏崇實序

陽湖惲子居先生以高才博學，洞悉古文原流支派，生平嘗挾其能以號召學者，學者亦推尊之。顧但聞其倡而已，未聞有和者也。以是鬱鬱天壤間，窮老以終。然而積今數十年，世之言古文者以先生爲一大宗，身後之推崇過於生前，則豈非以其精神之所寄不可得而澌滅邪？先生讀書雜，出入於諸子百家，傍及道藏禪乘，無不畢究，而一以孔孟之理爲歸宿。其爲文不專一體，自唐宋以來迄於本朝各家，無不瀏覽，而一以《史》、《漢》爲標準。其包羅甚宏富，其考核甚精要，其議論諸家得失甚切當。而其自爲文，則意量甚闊大，理解甚超遠，體例甚嚴謹，堅卓而不可越。蓋其於古文，譬如身居九天之上，下視人世，妍媸美惡，燭照無遺。屈子云：「攬冀州兮有餘，横四海兮焉窮。」先生殆有焉。而當時學者，其才識或不逮先生，又習聞先生緒論引繩批根、洞筋擢骨，則又無不愕眙逡巡，窮於攀躋，無門可入，宜乎其有倡而無和也。

數十年以來，世之言古文者大抵皆師桐城，謂爲正宗。其爲古文者，無論某甲某乙，開卷數行，無不可知爲桐城私淑，若和鼓然，同然一音，是亦可云盛矣。然而文質不相襲，狂狷不同科，率天下之人羣然一其耳目、同其軌轍，墨守之過，殆無心得。余嘗謂：爲桐城之文，可以守經而不騖於歧；爲先生之文，可以達變而不詭於正。凡學，積久必變，惟古文亦然。然則先生之文之著於今兹，殆亦理數之自然。且亦見力學之士苟能自立，雖當時無公卿之揄揚、交游之推助，而精氣所鬱，積久益彰。彼依附門户以取聲譽者，其中之所存固已薄矣。

余家與惲氏爲中表，今先生之嗣孫念孫將刻先生《大雲山房集》，以應世之求者，爰序而論之，與學者折衷焉。

同治八年己巳七月完顔崇實序。（同治八年本卷首）

同治八年本王秉恩跋

同治丙、丁間，余應社課賦，爲陽湖湯秋史師成彦拔置首選，因往贄請業，先生授以此集暨孫、洪諸公纂箸，余始知常州學。此集爲先生朱墨平點，叚讀照録，常庋篋衍有年。辛亥避地滬瀆，得湘刻本，中多名人校讐，爲武進劉洵之遵夔，烏程汪謝城曰楨，吴縣葉調生廷琯，雷甘（亭）〔谿〕浚，元和馮林一桂芬，長洲潘麟生鍾瑞，德清俞蔭甫樾所校，互有得失同異，因迻録此本。先生文集原刻外有贛本、湘本、粤本，余此本爲川刻，完顔文勤公崇實有序，較諸本譌誤差少，復得諸公勘定，尤臻美備。湯先生平點，蓋不匱云。華陽後學王秉恩識。（上圖藏王秉恩批點本《大雲山房文稿》）

川田剛《大雲山房文鈔》序

大儒之文，以學殖勝；文人之文，以才情勝。譬之水，學殖淵源也，才情波瀾也。苟無淵源，行潦爾，溝渠爾。則文人之文，雖曰以才情勝，亦且不可無學殖。而世或忘本務末，雕蟲篆刻，欲以比肩於古作者之流，惑矣。惲子居《大雲山房集》，文人之文也，以才情勝者也。今鈔而刻之，豈不幾乎淈其泥而揚其波耶？

且士不學則已，苟學焉，孰不欲爲大儒。姑就清人論之，道學如陸氏、湯氏，辨博如毛氏，考據如顧氏、閻氏、胡、惠、段、錢諸氏，流派雖不同，皆所謂大儒，其文莫不可觀。乃是之不講，而從事於此，何哉？蓋陟遠自邇，欲探其源，先問其委。今夫康熙以還，號稱文人者，侯、方、汪、朱、袁爲巨擘，而邵青門、王軫石、黄石牧、劉海峰、姚惜抱輩次之。子居特在伯仲之間，未能駕而上焉。然今讀其文，藻思泉湧，波瀾老成。以發性理之藴者有之，資見聞之博者有之，辨經義史傳之是非者有之。夫文人之文，非第一流者，亦能藉學殖以助才情如此，況侯、方、汪、朱、袁乎？又況陸、湯、毛、顧、閻、胡、惠、段、錢諸氏乎？

然則斯書行於世，覽者飜然，以悟夫本末源委之所在，而問津於大儒之域者，或從此始。嗚呼，滄海横流，迴狂瀾於既倒者誰也？余援筆以三歎云。甕江川田剛撰。

右余二十年前舊稿，亡友鈴木君搜之篋底，以弁此卷，使人慚汗沾背。蓋惲氏之文，氣格高古，以精鍊勝，乃專稱其才情，殊覺失當。然仍舊不改，亦記昨非之感耳。戊寅三月，剛又識。

（日本藏鈴木魯編《大雲山房文鈔》）

鈴木魯《大雲山房文鈔》序

清惲子居《大雲山房文》，前後二集如干卷，舶載在我者極少。曩年亡友矢島立軒偶購獲一本，同予讀之。其《遊廬山記》云：「頃之，香爐峯下白雲一縷起，遂團團相銜出。復頃之，遍山皆團團然。復頃之，則相與爲一，山之腰皆弇之。」予乃率然下評語曰：「廬山之雲，可以喻子居之文矣。」夫清初之文，才力横溢如勺庭、雪苑、堯峰無論已。其後諸子群起角逐，各争其長，而子居則以奇變勝。子居學問浩博，兼攻百家，故經説及《三代因革》諸論自儒家入，而其他有如自道家入者，有如自詩賦家入者，有如自雜家、小説家入者，奇變出没，不執一體以言之。廬山之雲，其似子居之文耶？抑子居之文有所得於廬山之雲也。於是相共抵掌論談者數刻。嗣後予就仕途，風塵奔走，不從事鉛槧者數年于此矣。頃者罷官杜門，乃寄書立軒弟某，千里借覽，始得盡讀全集。因手録其尤者四十餘篇，以付剞劂氏，題曰《大雲山房文鈔》。嗚乎，立軒逝矣，欲尊酒從容重論子居之文而不可得，是爲憾耳。抑一惲氏也，而南田之畫世莫不知焉，子居之文則或有未知之者。今公諸世，以須同好之士，蓋亦立軒之意也。是爲序。明治十年冬至後三日，蓼處鈴木魯撰。

（日本藏鈴木魯編《大雲山房文鈔》）

郭象升跋

《大雲山房文稿》八卷，清惲敬撰，清光緒刻本。

此爲余最初購書時所托人購之上海者，妄有評論，字迹極劣，悔而以刀割去之，則又加一重悔，污之如黥耳，割之乃如刖也。五刑之屬以髡黥爲輕，惟余惡其書迹如蛟蛇之螫，故寧出於斷腕也。曾有長歌自訟其罪，友人多讀而笑之。

余既悔此本污損，因别收一部，雖爲子居氏初刻，然不及此本之善。此本第一集有評論，有圈點之變例，但以首尾爲標記，而不連下，乃從來文集所無，當是子居創爲之。其評論亦子居筆也，前此劉海峰、朱梅崖皆自加贊語，公然刊行，子居聊效法之耳。定本删之是也。然啓發人意，即亦何妨，故余仍并存之。

右二跋不記在何年矣，經丁丑之變藏書淪於浩劫，及再到太原，收拾奇零，此本尚存，所謂子居初刻者亡矣。緣初刻附有《子居决事》等一、二種不易見之書（子居有《雜記》二卷刊入《思進齋叢書》，今亦亡之），故保守者扣留之也。凡余此次亡書多同此例，漫記之以爲一笑。雲舒。（扉頁）

《上董中堂書》「入官寺如甘寧」，此子居誤記也，當作「入官寺如凌統」耳。《吴志·凌統傳》：「過本縣步入寺門，見長吏懷三版恭敬盡禮。」統父爲甘寧射殺，相仇久之，吴王爲之解釋乃止。子居因凌、甘有此事，二人又皆吴之勇將，故涉筆致誤也。庚辰（一九四〇）雲舒記。（卷二前）

文章之道本美術也，當魏晉六朝時，駢麗之詞曲盡其美，而散形之作乃官文書所用，或家書小簡（試觀《淳化閣帖》所摹晉宋人尺牘有一四六對偶之文乎）不及運思徵典、加意刻畫者亦用之，故曰筆。然筆亦有佳惡，當時頗不薄視，但不視爲美術耳。唐世初復古文，如元次山，宋世初復古文，如柳仲塗，只似六朝人之筆，彼以美相競，我以醜獨居，彼以華相競，我以朴獨居，矯而已矣，未得文章之理也。六朝、三唐、五季之浮艷也，有其惡劣也；戰國、二漢之高簡淳古也，有其優美華贍矣。韓、柳知之，歐、蘇知之，其文一出，舉世耳目爲之丕變，以其不以筆與文爭，而自以散行之美奪駢偶之美也。散行文之不講音節者仍筆耳，故韓、柳、歐、蘇并於此加意，此非韓、柳、歐、蘇創之也。西京文字載在班書者有一不如此乎？司馬子長，西京第一大作手也，《報任安書》鏗鏘如金石，舒卷如雲霞，固有音節入神也；至於《史記》一書，體大物博，錯錯落落，蹇蹇佶佶，固古文之所可也，而美不在焉（此指《史記》一半言之耳）。今觀惲子居文，多學《史記》之了無音節者，此其一生之失計也。幸不至元次山、柳仲塗耳，然以望韓、柳、歐、蘇遠矣。（卷三前）

王叔和之名從來無知之者，章太炎《葑漢微言》始考得之其名熙也，叔和蓋以字行。《脉經》近年有影雕宋本甚精，吾舊有楊惺吾影宋本《傷寒論》，合一處藏弆，之後爲馬君圖借閱失之。（卷三重刻序）

清代自朱竹垞《曝書亭集》開端以生平考證所得載之文中，後世讀其書者，即於文中有所不足而增益學問多矣。是故施愚山人品賢於竹垞，其古文意度波瀾亦最相近，而閱《學餘集》者無所得焉，不如竹垞之有裨也。其後則《王白田集》出，世亦争相寶重。然白田尚是講宋學者，特考據精密，不爲空言耳。及漢學之説起，錢竹汀、盧抱經、翁覃溪、王蘭泉莫不以考據行文。而稍前於諸公如全謝山、杭大宗、沈冠雲、汪韓門之集均同風旨。繼諸公而起者，段茂堂、孫淵如、阮文達公，其多尤不可勝道，於是南皮張氏《書目答問》遂别設一門，以列諸集。世人珍重，視之過於古文駢體之集十倍也。桐城派古文，姚惜抱已稍用考據；陽湖派惲、張二氏本漢學之雕也；子居之學尤博雜，幾與竹垞類矣。《大雲山房二集》謂之古文乎？則此等篇什筆墨與錢、盧、翁、王諸公實無少别，或且不及諸公之翩躚自得，然而世人固不討厭之也。數百年後，國粹長存，文章家言當以空泛見廢，其能參入考評者定不磨滅矣。文章何足孤仗耶？陽湖人其知之矣。（卷三圖説序）　（《郭象升藏書題跋》）

秋笳集	［清］吴兆騫撰　麻守中校點
漁洋精華録集釋	［清］王士禛著 李毓芙、牟通、李茂肅整理
聊齋志異會校會注會評本	［清］蒲松齡著　張友鶴輯校
敬業堂詩集	［清］查慎行著　周劭標點
納蘭詞箋注	［清］納蘭性德著　張草紉箋注
方苞集	［清］方苞著　劉季高校點
樊榭山房集	［清］厲鶚著　［清］董兆熊注 陳九思標校
劉大櫆集	［清］劉大櫆著　吴孟復標點
儒林外史彙校彙評	［清］吴敬梓著　李漢秋輯校
小倉山房詩文集	［清］袁枚著　周本淳標校
忠雅堂集校箋	［清］蔣士銓著　邵海清校 李夢生箋
甌北集	［清］趙翼著　李學穎、曹光甫校點
惜抱軒詩文集	［清］姚鼐著　劉季高標校
兩當軒集	［清］黄景仁著　李國章校點
惲敬集	［清］惲敬著　萬陸　謝珊珊 林振岳標校　林振岳集評
茗柯文編	［清］張惠言著　黄立新校點
瓶水齋詩集	［清］舒位著　曹光甫點校
龔自珍全集	［清］龔自珍著　王佩諍校點
水雲樓詩詞箋注	［清］蔣春霖著　劉勇剛箋注
人境廬詩草箋注	［清］黄遵憲著　錢仲聯箋注
嶺雲海日樓詩鈔	［清］丘逢甲著　丘鑄昌標點

湯顯祖詩文集　　[明]湯顯祖著　徐朔方箋校
湯顯祖戲曲集　　[明]湯顯祖著　錢南揚校點
白蘇齋類集　　[明]袁宗道著　錢伯城校點
袁宏道集箋校　　[明]袁宏道著　錢伯城箋校
珂雪齋集　　[明]袁中道著　錢伯城點校
隱秀軒集　　[明]鍾惺著　李先耕、崔重慶標校
譚元春集　　[明]譚元春著　陳杏珍標校
陳子龍詩集　　[明]陳子龍著
施蟄存、馬祖熙標校
牧齋初學集　　[清]錢謙益著　[清]錢曾箋注
錢仲聯標校
牧齋有學集　　[清]錢謙益著　[清]錢曾箋注
錢仲聯標校
牧齋雜著　　[清]錢謙益著　[清]錢曾箋注
錢仲聯標校
牧齋初學集詩注彙校　　[清]錢謙益著　[清]錢曾箋注
卿朝暉輯校
李玉戲曲集　　[清]李玉著
陳古虞、陳多、馬聖貴點校
吳梅村全集　　[清]吳偉業著　李學穎集評標校
歸莊集　　[清]歸莊著
顧亭林詩集彙注　　[清]顧炎武著　王蘧常輯注
吳丕績標校
安雅堂全集　　[清]宋琬著　馬祖熙標校
吳嘉紀詩箋校　　[清]吳嘉紀著　楊積慶箋校
陳維崧集　　[清]陳維崧著　陳振鵬標點
李學穎校補

淮海居士長短句箋注	[宋]秦觀著　徐培均箋注
清真集箋注	[宋]周邦彦著　羅忼烈箋注
樵歌校注	[宋]朱敦儒著　鄧子勉校注
李清照集箋注(修訂本)	[宋]李清照著　徐培均箋注
陳與義集校箋	[宋]陳與義著　白敦仁校箋
蘆川詞箋注	[宋]張元幹著　曹濟平箋注
劍南詩稿校注	[宋]陸游著　錢仲聯校注
放翁詞編年箋注(增訂本)	[宋]陸游著　夏承燾、吴熊和箋注 陶然訂補
范石湖集	[宋]范成大撰　富壽蓀標校
于湖居士文集	[宋]張孝祥著　徐鵬校點
稼軒詞編年箋注(定本)	[宋]辛棄疾撰　鄧廣銘箋注
姜白石詞編年箋校	[宋]姜夔著　夏承燾箋校
後村詞箋注	[宋]劉克莊著　錢仲聯箋注
雁門集	[元]薩都拉著 殷孟倫、朱廣祁校點
揭傒斯全集	[元]揭傒斯著　李夢生標校
高青丘集	[明]高啓著　[清]金檀注 徐澄宇、沈北宗校點
唐寅集	[明]唐寅著　周道振、張月尊辑校
震川先生集	[明]歸有光著　周本淳校點
海浮山堂詞稿	[明]馮惟敏著 凌景埏、謝伯陽標校
滄溟先生集	[明]李攀龍著　包敬第點校
梁辰魚集	[明]梁辰魚著　吴書蔭编集校點
沈璟集	[明]沈璟著　徐朔方輯校

玉谿生詩集箋注　[唐]李商隱著　[清]馮浩箋注　蔣凡校點

樊南文集　[唐]李商隱著　[清]馮浩詳注　錢振倫、錢振常箋注

皮子文藪　[唐]皮日休著　蕭滌非、鄭慶篤整理

鄭谷詩集箋注　[唐]鄭谷著　嚴壽澂、黄明、趙昌平箋注

韋莊集箋注　[五代]韋莊著　聶安福箋注

二晏詞箋注　[宋]晏殊、晏幾道著　張草紉箋注

梅堯臣集編年校注　[宋]梅堯臣著　朱東潤編年校注

歐陽修詩文集校箋　[宋]歐陽修著　洪本健校箋

蘇舜欽集　[宋]蘇舜欽著　沈文倬校點

嘉祐集箋注　[宋]蘇洵著　曾棗莊、金成禮箋注

王荆文公詩箋注　[宋]王安石著　[宋]李壁箋注　高克勤點校

王令集　[宋]王令著　沈文倬校點

蘇軾詩集合注　[宋]蘇軾著　[清]馮應榴注　黄任軻、朱懷春校點

東坡樂府箋　[宋]蘇軾著　[清]朱孝臧編年　龍榆生校箋

欒城集　[宋]蘇轍著　曾棗莊、馬德富校點

山谷詩集注　[宋]黄庭堅著　[宋]任淵、史容、史季温注　黄寶華點校

山谷詩注續補　[宋]黄庭堅著　陳永正、何澤棠注

山谷詞校注　[宋]黄庭堅著　馬興榮、祝振玉校注

淮海集箋注　[宋]秦觀撰　徐培均箋注

陳子昂集(修訂本)	[唐]陳子昂撰　徐鵬校點
孟浩然詩集箋注(增訂本)	[唐]孟浩然著　佟培基箋注
王右丞集箋注	[唐]王維著　[清]趙殿成箋注
李白集校注	[唐]李白著　瞿蜕園、朱金城校注
高適集校注	[唐]高適著　孫欽善校注
杜詩趙次公先後解輯校	[唐]杜甫著　[宋]趙次公注 林繼中輯校
杜詩鏡銓	[唐]杜甫著　[清]楊倫箋注
錢注杜詩	[唐]杜甫著　[清]錢謙益箋注
岑參集校注	[唐]岑參著　陳鐵民、侯忠義校注
戴叔倫詩集校注	[唐]戴叔倫著　蔣寅校注
韋應物集校注(增訂本)	[唐]韋應物著　陶敏、王友勝校注
權德輿詩文集	[唐]權德輿撰　郭廣偉校點
韓昌黎詩繫年集釋	[唐]韓愈著　錢仲聯集釋
韓昌黎文集校注	[唐]韓愈著　馬其昶校注 馬茂元整理
劉禹錫集箋證	[唐]劉禹錫著　瞿蜕園箋證
白居易集箋校	[唐]白居易著　朱金城箋校
柳宗元詩箋釋	[唐]柳宗元著　王國安箋釋
柳河東集	[唐]柳宗元著　[宋]廖瑩中輯注
元稹集校注	[唐]元稹著　周相録校注
長江集新校	[唐]賈島著　李嘉言新校
三家評注李長吉歌詩	[唐]李賀著　[清]王琦等評注
樊川文集	[唐]杜牧著　陳允吉校點
樊川詩集注	[唐]杜牧著　[清]馮集梧注
温飛卿詩集箋注	[唐]温庭筠著　[清]曾益等箋注

《中國古典文學叢書》已出書目

詩經今注	高亨注
楚辭今注	湯炳正、李大明、李誠、熊良智注
司馬相如集校注	[漢]司馬相如著　金國永校注
揚雄集校注	[漢]揚雄著　張震澤校注
張衡詩文集校注	[漢]張衡著　張震澤校注
阮籍集	[魏]阮籍著　李志鈞等校點
陶淵明集校箋(修訂本)	[晉]陶潛著　龔斌校箋
世説新語箋疏(修訂本)	[南朝宋]劉義慶撰　余嘉錫箋疏 周祖謨等整理
世説新語校釋	[南朝宋]劉義慶撰　[南朝梁]劉孝標注　龔斌校釋
鮑參軍集注	[南朝宋]鮑照著 錢仲聯增補集説校
謝宣城集校注	[南朝齊]謝朓著　曹融南校注集説
文心雕龍義證	[南朝梁]劉勰著　詹鍈義證
詩品集注(增訂本)	[梁]鍾嶸著　曹旭集注
文選	[梁]蕭統編　[唐]李善注
王梵志詩集校注(增訂本)	[唐]王梵志著　項楚校注
盧照鄰集箋注	[唐]盧照鄰著　祝尚書箋注
駱臨海集箋注	[唐]駱賓王著　[清]陳熙晉箋注
王子安集注	[唐]王勃著　[清]蔣清翊注